W0397385

rororo

rororo

ZU DIESEM BUCH:

«Wenn Kavanaghs Augenzwinkern, sein Witz und seine Ironie aus den Seiten lachen, ist das Vergnügen fast perfekt: ein kleiner Krimi, ziemlich groß.» (*Die Presse,* Wien)

DAN KAVANAGH ist das Pseudonym eines bekannten britischen Autors. Im Rowohlt Taschenbuch Verlag liegt bereits sein Roman «Duffy» (rororo 22132) vor.

Dan Kavanagh

SCHIEBER-CITY

ROMAN Deutsch von Michael Bodmer

Rowohlt Taschenbuch Verlag

Veröffentlicht im Rowohlt Taschenbuch Verlag GmbH,
Reinbek bei Hamburg, Februar 2001
Die Originalausgabe erschien 1981 unter dem Titel
«Fiddle City» bei Jonathan Cape Ltd., London
Copyright © 1981 by Dan Kavanagh
Die deutsche Erstausgabe erschien 1983
unter dem Titel «Airportratten»
Copyright der deutschen Neuübersetzung
© 1993 by Haffmans Verlag AG, Zürich
Umschlaggestaltung: C. Günther/W. Hellmann
Foto: photonica/Kim Steele
Satz Adobe Garamond PostScript (PageMaker)
bei Pinkuin Satz und Datentechnik, Berlin
Druck und Bindung Clausen & Bosse, Leck
Printed in Germany
ISBN 3 499 22131 4

Die Schreibweise entspricht den Regeln
der neuen Rechtschreibung

Für Craig und Li

Am Tag, als man McKay abschoss, war sonst wenig los auf der M 4. Zumindest nicht auf dem Abschnitt zwischen Heathrow und Chiswick; westlich davon, das war nicht mehr ihr Revier – wen kümmerte das also? Zumal es einer von diesen warmen, dunstigen Augustvormittagen war, an denen die Streifenwagen auf ihren speziellen Rampen an der Autobahn wie Echsen in der Sonne liegen; wenn jene paar Meter über der Fahrbahn ein sorgloses, unbemerktes, mützenbeschirmtes Nickerchen gestatten. Und dann wurde vielleicht, so gegen halb zwölf, das Pffft und Knistern des Funkgeräts etwas leiser gedreht und schließlich übertönt von dem winzigen Transistorradio in der blauen Uniformtasche, das auf die Sportübertragung geschaltet war.

Und die Autos machten ja auch keinen Ärger. Bis um zehn hatten sich auch die letzten Pendler in einer Schwade von Nikotin und übler Laune gen Osten verzogen; die würden frühestens in sechs Stunden wiederkommen. Die Laster, die Schwergewichte, die Zwanzigtonner verhielten sich ungewohnt gesittet; das hatte bestimmt irgendwas mit der Sonne zu tun. Und die Zivilisten: Na ja, auf dem Weg zum Flughafen hatten sie soviel Angst davor, sich den Urlaub zu vermasseln, dass sie nicht schneller als sechzig fuhren; und auf dem Rückweg waren sie vom Linksverkehr noch so verwirrt, dass sie oft bis zum Londoner Ende der Autobahn im dritten Gang blieben.

Und so waren die Jungs in Blau nicht allzu erbaut, als McKay abgeschossen wurde, als ein Taxifahrer, der es gesehen hatte – na ja, gesehen hatte er eigentlich nichts, nur ein Autowrack und die mit Lack verschmierte Leitplanke –, per Funk seine Zentrale verständigte, die das nächste Polizeirevier informierte, das in Heathrow anrief, von wo es an die in Uxbridge weitergeleitet wurde, die es beim dritten Versuch (8 Punkte, 1 Mann draußen für England; Boycott mit 2 Punkten von Chappell eliminiert: selbst dieser Teil des Tages lief gut) schafften, eine schläfrig einsilbige Funkstreife zu erreichen. Und die waren nicht allzu erbaut über McKay, der ihnen damit den Morgen versaute. Fast so, als hätte er es absichtlich getan.

Was an der Leitplanke klebte, hätte Lack sein können, war aber keiner. An McKays Wagen gab es etwas Rot, aber soviel auch nicht. Es war ein Cortina, Sonderausführung mit Tigermotiv. Vorne ein Trompe-l'œil-Kühlergitter, dessen senkrechte Stangen die Zähne des Tigers bildeten; an der Seite prangte ein Blitzgewitter von schwarzen und goldenen Streifen; hinten war auf der Stoßstange ein Tigerschwanz aufgemalt, und darüber (McKay konnte sich kaum halten vor Stolz auf seinen Einfall) ein Paar Tigerhinterbacken, die an dem Punkt zusammenliefen, wo der zentral montierte Spezialauspuff mündete. Im Betrieb redeten sie ihn, wie geplant, als «Tiger» an; wenn er nicht da war, nannten sie ihn eher den «Furzkater». Manchmal sahen sie zu, wie er wegfuhr, und lachten gemeinsam über die erste blaugraue Rauchwolke, die den Hinterbacken des Tigers entquoll.

McKay verließ den Internationalen Frachthof West und wandte sich ostwärts, Richtung London. Wie ein Tiger fuhr er aber nicht. Nach einem kleinen Kavalierstart auf quietschenden Reifen (bei der Arbeit gab es doch immer Zuschauer, und wenn es nur ein Straßenfeger und sein Besen waren) machte er sich's auf der Autobahn mit ruhigen siebzig bequem. Er hatte nicht im Sinn, den Motor vorzeitig ausbrennen zu lassen. Außerdem war ihm wohl in seinem Wagen – je länger der hielt, desto besser. Echt wie in einem Sultanspalast, pflegte er zu sagen. Die Stereoanlage; die Batterie von Miniaturflaschen im «Cocktail-Kabinett», wie er hochtrabend sein Handschuhfach nannte; das kleine gepolsterte Lenkrad – Stahl und schwarzes Leder; der üppige Teppichboden unter den Füßen; die Lammfellsitzbezüge («Die macht dem Tiger seine Alte aus den Schafen, die er platt fährt», erklärte er immer); selbst die Hutablage war mit Lammfell ausgelegt. Auf dieser Ablage räkelte sich – für McKay eine weitere besonders hübsche Note – ein großes Stofftier. Ein Tiger natürlich. McKay störte es, dass die Farben des Stofftigers nicht mit denen der Karosserie übereinstimmten, und um ein Haar hätte er den Spielzeugverkäufer verprügelt, der ihm zu versichern suchte, dass die Farben ganz bestimmt authentisch seien (als wären das die Farben seines Cortinas nicht). Immerhin war McKay imstande, aus dieser Not eine Tugend zu machen, falls jemand darauf hinwies. «Es gibt nun mal Tiger in allen Schattierungen», witzelte er, in aller Bescheidenheit auch auf sich selbst anspielend.

McKay blickte auf, an dem allzu blassen Spielzeugtiger vorbei auf den Verkehr in seinem Rücken. Bloß ein Bus, gut zwanzig Meter hinter ihm. Er drehte den Kopf ein wenig und musterte sein Spiegelbild. Das breite, leicht verschwitzte Gesicht, der volle Kussmund, der gelassene Blick – all das gefiel McKay wie immer. ‹Zack, zack›, dachte er bei sich. Lässig zupfte er an seiner Halskette, bis ein dünnes silbernes Hakenkreuz von etwa fünf Zentimetern Durchmesser aus seinem Hemd auftauchte. Die Außenkanten waren messerscharf geschliffen: ohne besonderen Grund, ihm hatte damals die Idee einfach gefallen. Und später hatte es sich ab und zu als nützlich erwiesen. Etwa als er im Café gesessen hatte und dieser

Pakistani ihn anzuglotzen begann. Nichts machte, natürlich – das wagten sie ja nicht; die glotzten nur. Da hatte McKay ein Streichholz genommen, sein Hakenkreuz hervorgepult und direkt vor der Nase des Pakis begonnen, das Streichholz anzuspitzen. Dann ließ er seinen Anhänger baumeln und stocherte langsam in seinen Zähnen, ohne den Typen dabei aus den Augen zu lassen. Dem Paki war dermaßen die Lust vergangen, dass der seinen Nachtisch stehen ließ.

McKay drehte das Hakenkreuz in seiner Rechten, suchte einen Arm davon aus und begann damit forschend in seinem linken Nasenloch zu stochern. Das war noch ein Grund, um bei ruhigen siebzig zu bleiben; obschon man freilich mit so einem Rennlenkrad auch bei 110 mit dem bloßen kleinen Finger steuern konnte, wenn man mochte. Wie er den Leuten gerne erzählte.

Er arbeitete methodisch an seinem Nasenloch und schnippte gelegentlich einen Popel auf seine Jeans. Ein Lastwagen setzte zum Überholen an. Ein paar Sekunden fuhr er neben ihm her, dröhnend und ratternd, dann fiel er wieder zurück. McKay blickte in den Rückspiegel, um zu sehen, wohin er verschwunden war, aber er sah nur wieder denselben Bus wie zuvor; er war etwas näher als das letzte Mal, vielleicht zehn Meter hinter ihm.

Typisch diese Scheißlaster, fand McKay. Wenn's bergab geht, donnern sie an dir vorbei, schwenken vor dir ein, sowie sie eine Handbreit Platz sehen, und bei der nächsten Steigung musst du sie dann wieder überholen. Lächerlich; die sollte man zwingen, in der Kriechspur zu bleiben, wo sie hingehören. Dauernd setzen sie zum Überholen an und überlegen sich's dann anders, bloß weil eine zweiprozentige Steigung kommt.

McKay prüfte nicht nach, ob es eine zweiprozentige Steigung gewesen war, die den Laster hatte zurückfallen lassen. Er nahm es einfach an, wie jeder andere das auch getan hätte; nur war seine Annahme in dem Fall eben falsch. Er drehte bloß das Hakenkreuz in seiner Hand, wählte einen neuen Arm – er war doch kein Schweinigel, er wechselte ja auch ab und zu das Bettzeug – und begann sanft in seinem rechten Nasenloch zu pulen. Kaum hatte er damit angefangen, ging neben ihm wieder das Dröhnen und Rattern los. Wäre McKay nicht anderweitig beschäftigt gewesen, hätte er sich mit dem Laster vielleicht auf ein kleines Spielchen eingelassen: gerade soviel beschleunigt, um vor ihm zu bleiben, und gebremst, wenn der Laster bremste, um dem so richtig auf die Titten zu gehen. Bei Lastern machte er das gern. Aber es war ein schöner Morgen; McKay war ungewohnt gutmütiger Stimmung; er machte eine Routineauslieferung; und außerdem war er gerade beim Popeln. Er warf also nur einen Blick geradeaus (da vorn kam eine Brücke) und einen in den Rückspiegel – der Bus war immer noch da; komisch, jetzt kroch der ihm schon in den Auspuff – und lehnte sich zurück, um den Laster vorbeiziehen zu lassen.

Es war gut geplant; aber schließlich waren die Männer auch nicht billig gewesen: Sie nahmen nur Einzelaufträge an und gaben sich nicht mit Popelkram ab. Sie waren stolz auf ihre Arbeit; das heißt, stolz auf deren professionelle Ausführung. Sie wussten genau, wo es das, was sie brauchten, zu stehlen gab; sie scheuten sich nicht, ein paar Tage für Recherchen dranzugeben; sie führten auch keine verräterischen Alben mit Zeitungsmeldungen über ihr Treiben – obschon sie in ihrer stillen Art auch schon für Schlagzeilen gesorgt hatten.

Der Lastwagen, ein neunachsiger Sattelschlepper, dick mit Planen und Seilen vermummt, kam etwa dreihundert Meter vor der Brücke mit McKay gleichauf. Zentimeterweise schob er sich an ihm vorbei, bis das Heck des Anhängers auf der Höhe der Fondtür des Cortinas war; dann schien er nur so dazuhocken, ächzend und rülpsend, außerstande, ganz vorbeizuziehen. ‹Ist dem Ficker mal wieder die Puste ausgegangen›, dachte McKay.

Der Bus hatte sich inzwischen noch näher rangeschoben. Wer hinter den drei Fahrzeugen herfuhr, musste annehmen, dass es nur deren zwei waren – ein Laster, der unklugerweise einen Bus zu überholen versuchte; der Cortina war vollkommen verdeckt. Und von vorne – na ja, für den Gegenverkehr auf ihrer Höhe würde der Laster den Cortina abschirmen; und der Rest, nahmen sie an, würde durch die Brücke abgedeckt. So hatten es die Männer geplant; und die Männer waren nun mal nicht von der billigen Sorte.

Als das Führerhaus des Lasters jenseits der Brücke wieder ans Licht kam, riss der Fahrer das Steuer herum und trat gleichzeitig auf die Bremse, sodass sein Fahrzeug einen kontrollierten Schlenker vollführte. Das Heck des Anhängers scherte plötzlich nach links aus und rammte den Cortina in die Flanke. «Nur so ’n kleinen Stupser», hatte der Fahrer das genannt, als er die erste Hälfte des Geldes entgegennahm; aber schließlich hatte er schon immer zu Untertreibungen geneigt.

Die erste Wirkung von dem kleinen Stupser war, dass die geschärfte Kante des Hakenkreuzes die fleischige Außenwand von McKays rechtem Nasenloch durchschnitt. McKay setzte zu einem Fluch an, aber dann wurde er von den Ereignissen recht eigentlich überrollt. Und wäre er zum Fluchen gekommen, so hätte er all seine besten Kraftausdrücke vielleicht schon verbraucht gehabt, bevor ihm noch weit Unangenehmeres zustieß als eine aufgeschlitzte Nase; und das wäre doch eine Verschwendung gewesen.

Als der Laster gegen den Cortina krachte, wechselte der Bus in die mittlere Fahrbahn hinüber, um allen weiteren Ereignissen auszuweichen. Das Auto wurde diagonal über den Seitenstreifen geschleudert. Der linke hintere Richtungsanzeiger war das erste, was an der Leitplanke zerbrach: Aber angesichts der Schlussbilanz war dieser Schaden für den Cortina etwa so schlimm wie McKays verletzte Nase, verglichen mit dem Rest seines Körpers.

Leitplanken erfüllen ihren Zweck, solange der Aufprallwinkel innerhalb eines gewissen Bereichs liegt. Der des Cortinas lag außerhalb. Der Wagen prallte gegen die Leitplanke, stand einen Moment auf dem Heck – wobei die Türen aufplatzten und McKay hinausgekippt wurde –, hüpfte dann über die Leitplanke und purzelte Rad schlagend eine Böschung hinunter. McKay selbst hinterließ an der metallenen Abschrankung eine rote Spur von einer Länge, die keiner so recht verstehen konnte. Denjenigen, die als erste überhaupt anhielten, kam es vor, als hätte er ganz furchtbar übertrieben: Wenn man aus dem Wagen geschleudert wurde, warum landete man da nicht einfach auf der Leitplanke und blieb da liegen, darüber gebreitet wie ein Teppich, bereit zum Frühjahrsklopfen? Warum sah es so aus, als hätte jemand oder etwas den armen Kerl die ganze Leitplanke *entlanggeschmiert*? «Schatz, *nein*, Schatz … *nicht* hinsehen.» Natürlich war der bestimmt nicht angeschnallt gewesen, aber selbst dafür war es ein bisschen viel. «Schatz, ich hab dir doch *gesagt,* du sollst nicht hinsehen. Schatz, ist dir … dann aber schnell, – da drüben, ins Gras … Ach du *lieber* Gott.» Warum hielt man bei Unfällen auch an; warum machte man es nicht wie alle andern?

Niemand hatte gesehen, was passiert war. Oder besser gesagt, niemand meldete sich und sagte, er hätte gesehen, was passiert war. Nur etwa eine Stunde später, als eine DC-8 der

Alitalia nach Palermo abflog, gab es eine gedämpfte Diskussion darüber, was denn da eigentlich genau passiert sei, und diese Riesenlaster dürfte man einfach nicht mehr auf die Straße lassen, hab ich doch immer schon gesagt, meinst du, wir hätten anhalten sollen, ich hoffe nur, es hat sich keiner unsere Nummer gemerkt, ach, wie kämen die dazu, die wussten doch gar nicht, dass wir da zugesehen haben; und nach zehn Tagen eines Thomson-Pauschalarrangements mit Sonne, Drinks und nicht allzu vielen Ruinen war der ganze Vorfall mehr oder weniger vergessen. Nichts als eine kleine Delle in der Erinnerung, nicht größer als die Delle in der Leitplanke ein paar Meter hinter der Brücke.

Die Polizisten fanden sich damit ab, dass sie nicht mehr zu dem Cricketmatch zurückkommen würden, bis es 63 Punkte bei 4 Mann draußen stand; es stand immer 63 bei 4, wenn England gegen Australien zuerst am Schlag war, und so dachten sie, sie könnten den Rest des Morgens als bekannt voraussetzen. Die wenigen Automobilisten, die überhaupt angehalten hatten, wurden routinemäßig abgefragt, aber keiner hatte etwas gesehen. Die Fahrer des Lasters und des Busses nahmen die nächste Ausfahrt und ließen ihre Fahrzeuge auf einem Lastwagenparkplatz in der Nähe der U-Bahn-Station Gunnersbury stehen: Beide mussten die District Line nehmen, und wieso hätten sie umsteigen sollen, besonders nachdem sie einen Auftrag erledigt hatten. Die Einzelheiten ihrer Vormittagsarbeit vergaßen sie schon bald, und sie sahen sich nie mehr veranlasst, über den Abschuss länger nachzudenken.

Die einzigen, die darüber nachdachten – abgesehen von McKay natürlich, wenn er sich in späteren Jahren im Rollstuhl durch die Gegend schob –, waren die beiden Polizisten in dem Streifenwagen und die Ärzte im Uxbridge Hospital.

Auf der Rückfahrt zu ihrer Echsenrampe knipste der eine der beiden Gendarmen das Funkgerät aus und sagte:

«Weißt du was, wir könnten ein kleines Geschäft machen.»

«…?»

«Den Wagen da muss doch jemand abschleppen, stimmt's? Ich meine, irgendeine Werkstatt. Ich meine, das wär doch ein Geschäft, nicht? Ist ja kein Umstand für uns, wenn wir bei einer Werkstatt vorbeischauen und denen einen Tip geben, wenn es wo geknallt hat. Die würden sich doch bestimmt erkenntlich zeigen.»

Sein Kollege grunzte.

«War schon mal.»

«Ach ja? Wo … hier in der Gegend?»

«Nicht hier. An der M 1 vor 'n paar Jahren. Riesenstunk. Paar vorzeitige Pensionierungen. Hat nichts gebracht.»

«Hmmm. Na ja, vielleicht waren die zu gierig oder so; vielleicht haben die sich einfach übernommen. Ich wette, wir könnten das hinkriegen. Du musst nur die richtige Werkstatt aussuchen. Und es nicht zu oft machen. Nicht zu viel Erkenntlichkeit verlangen.»

Sein Kollege grunzte nur und schaltete das Funkgerät wieder ein. Könnte man ja mal ein paar Gedanken dran verschwenden.

Währenddessen verschwendeten im Uxbridge Hospital die Ärzte einiges mehr an Gedanken. Sollten sie mit den Beinen anfangen oder mit dem Becken? Eines der Beine sah richtig zermatscht aus; das musste vielleicht ganz weg. Andererseits wusste man bei einem Becken nie, was man da noch alles finden würde, wenn man erst mal darin herumstocherte. Und dann sah es aus, als würde der Rücken auch noch einiges zu tun geben. Ach Gott, war das lästig mit diesen Verkehrsunfällen – man wusste nie, wo man anfangen sollte. Der Oberarzt blickte auf McKays breites, sonnengebräuntes Gesicht. Warum mussten die denn um Himmels willen immer so rasen? Also dann, ans Werk, das war wohl das Beste. Der Narkosearzt fing seinen Blick auf und nahm McKay behutsam die Sauerstoffmaske vom Gesicht. Der rechte Nasenflügel war etwa einen Zentimeter tief aufgeschlitzt. Die Blutung hatte aufgehört. Schön, das wenigstens konnte warten.

1 Drei Monate zuvor hatte Duffy im «Alligator» an der Bar bei einem Drink gesessen und zu entscheiden versucht, welche von zwei Alarmanlagen er einem Kunden empfehlen sollte: diejenige, die besser funktionierte, bei der er aber einen schlechteren Schnitt machte; oder jene, die weniger gut funktionierte (an dieser Lichtschranke kam jeder Scotchterrier vorbei, geschweige denn jene Burschen mit Abitur, die heute in die Branche einstiegen), aber bei der er einen besseren Schnitt machte. Eigentlich, dachte er, gab es da gar keine Frage: Der Kunde war ihm derart zuwider gewesen – wie der Bursche ihm automatisch ein Bier bestellt hatte, während er selbst einen Sherry nahm (nicht dass Duffy Sherry gemocht hätte), die hochnäsige Art, wie er Duffy geduckt hatte, als es um die wahrscheinlichste Methode ging, wie sich ein Einbrecher Zutritt verschaffen würde. Er würde also folgendes tun …

«Ich nehm eine frigide Jungfrau.»

Duffy blickte auf. Ein pausbäckiger Mann mit deutlichem Bartschatten schob sich eben auf den benachbarten Barhocker. Er hatte einen käsigen Teint und sah nicht sehr fit aus. Duffy wandte sich wieder seinem Whisky zu. Er würde folgendes tun: erst mal für das Haus des alten Sacks einen seiner speziell kompliziert aussehenden Schaltpläne zeichnen, dann die Anlage empfehlen, bei der er den besseren Schnitt machte, auf die Rechnung etwas mehr als üblich draufschlagen und das Beste hoffen. Im Grunde war Einbruch bloß Glückssache: Wenn ein geschickter Langfinger mit Handschuhen in der Nacht zugange war, so ließ sich der nicht aufhalten; bei einem Azubi oder einem Hosenscheißer oder einem, der das nur machte, um mal von seiner Alten wegzukommen, da genügte schon ein großer weißer Kasten mit ein paar Drähten dran, und schon verpissten die sich zum nächsten Haus.

«Ich sagte, ich nehm eine frigide Jungfrau, alter Junge.»

Duffy blickte kein zweites Mal hin. Er war nicht in der Stimmung, sich aufgabeln zu lassen; und schon gar nicht in der Stimmung, einen auszugeben. Er hatte am Morgen seinen Bankauszug bekommen. Und so hob er bloß sein Glas in Richtung Barkeeper und sagte, als der herüberkam:

«Ich glaube, der Herr zu meiner Rechten möchte sich einen ausgeben.»

Da hörte er ein Glucksen:

«Frigide Jungfrau und nochmal dasselbe für meinen Freund hier, was immer er da in seiner Pfote hält, ich heiße Leonardo.»

Duffy starrte weiterhin in seinen Whisky. Wenn Pausbäckchen ihm einen Drink spendieren wollte, dann war das Pausbäckchens Sache. Er drehte sich um und schnappte vom Nachbarhocker einen Blick hastiger Erwartung auf.

«Leonardo … Jungfrau … ach, was soll's. Barkeeper, kippen Sie da einen Wodka rein, ja? Einen großen.» Dann wandte er sich wieder Duffy zu. «Schade, das wäre für dich eine schmerzlose Runde geworden. Nach der ersten bin ich nicht mehr so billig zu haben.»

«Ich will sie nicht haben», sagte Duffy.

«Eric Leonard», sagte der Neuankömmling.

«Duffy», sagte Duffy.

«Sonst noch was? *Sir* Duffy.»

«Da gibt's noch einen Nick.»

«Den gibt es meistens. Mein lieber Nick», wiederholte

Leonard den Namen unnötigerweise und ein bisschen schmeichlerisch. Duffy erkannte sich fast nicht wieder. Bei der Arbeit war er Duffy; für seine engen Freunde war er Duffy; die einzigen, die ihn Nick nannten, waren Bekannte, die es nicht besser wussten – oder nichts Besseres durften. Also war das für den Augenblick ganz in Ordnung.

«Und Ihr sollt mich Eric nennen.»

«Ich werd's mir überlegen.» Duffy war immer misstrauisch bei Leuten, die keinen richtigen Familiennamen hatten. Zwei Vornamen: das gehörte sich nicht; das war nicht ... anständig.

Duffy fragte sich, was Leonard wollte. Außer mit ihm ins Bett gehen, natürlich. Was freilich alles andere als eine ausgemachte Sache war. Meistens ging man zwar in den «Alligator», um nicht allein nach Hause zu gehen, klar; aber manchmal ging man auch nur der Atmosphäre wegen hin, um beim Trinken Gesellschaft zu haben, und dann machte man sich mit einem «Ein andermal vielleicht» wieder davon. Das war etwas, was Duffy am «Alligator» gefiel. Es war kein heißer Hahnenstall; es war kein Lokal, wo die Leute Überschallknall auf Fall ihr Coming-out im Concorde-Tempo auslebten; es war auch kein Lokal für Klischee-Typen – das Holzfällerhemd, der kleine Schnauzer, die breite Cordjeans; es war auch kein Lokal für Leder und Ketten und «Augenblick, ich geh nur schnell mal auf die Klappe meine Faust schmieren». Es war ein ruhiges, ordentliches Lokal für ruhige, ordentliche Leute wie Duffy. Es war sogar, vermutete er, ein bisschen bürgerlich.

Und darum war Eric Duffy etwas ungeschliffen vorgekommen. Die aufdringliche Art, die Anzüglichkeiten – das war doch alles so passé; so passé wie Hinterntätscheln. Du magst ja schwul sein, dachte Duffy bei sich, aber das ist ein

Ausgangspunkt, kein Endziel. Duffy war nicht prüde, aber vielleicht war er etwas puritanisch veranlagt. Er hätte gerne gewusst, was Eric für einen Beruf hatte; aber er wollte es auch nicht so dringend wissen, dass er ihn danach gefragt hätte.

Eric wiederum hatte Duffy in die gleiche Kategorie eingeordnet. Er war noch nie im «Alligator» gewesen und fand das Lokal deprimierend konventionell. Man hätte ebenso gut in einer Singles-Bar im mittleren Manhattan sein können, dachte er. All die blauen Blazer, die gestreiften Hemden und *Schlipse*, du lieber Himmel! Und mittendrin dieser untersetzte Bursche im Blouson mit einem großen Plastikreißverschluss vorne, einem Rollkragenpullover und einer ausgewachsenen Bürstenfrisur. Als er auf den Barhocker geglitten war, hatte Eric das breite, kräftige Gesicht mit dem etwas klein geratenen, schmalen Mund bemerkt; auch die Hände wirkten sehr stark, mit kantigen Stummelfingern. Als Duffy sich das erste Mal ihm zuwandte, bemerkte Eric den Goldstecker im linken Ohrläppchen. Du kommst mir gerade recht, dachte er, du kommst mir gerade recht, mein kleiner ungeschliffener Freund.

Bloß kam er dann eben nicht. Als Eric seinen Drink, der zu einer Bloody Mary geworden war, ausgetrunken hatte, beugte er sich hinüber und sagte:

«Nun denn, Sir Duffy, wollen wir in den Sattel steigen?» Doch der Bursche stellte nur sein Glas hin, schüttelte den Kopf und sagte: «Nein.»

Und so war Duffy nach Hause gewandert, deprimiert vom Gedanken an seinen Bankauszug und deprimiert von der Tatsache, dass er um ein Haar nicht «Nein» gesagt hätte.

Eric bereute inzwischen den Drink, den er spendiert hatte. Was Drinks anging, hatte er eine Regel: die Lex Leonard, wie er sie für sich nannte. Jenen, die reicher sind als du, sollst du stets mehr Drinks spendieren als nötig; aber bei denen, die ärmer sind, sollst du stets schmarotzen. So verschaffst du dir auf beiden Seiten Respekt.

Das Merkwürdige war nur, dass es bei diesem Duffy nicht geklappt hatte. Der hatte offenbar kein Bedürfnis nach Schmarotzern. Zweifellos irgendein psychologischer Knacks. Vielleicht, dachte Eric, hätte er dem Burschen mehr persönliche Fragen stellen sollen. Das zog bei denen immer.

Zwei Wochen später schaute Leonard wieder im «Alligator» rein. Als er Duffy diesmal erblickte, legte er eine etwas andere Platte auf, gab sich etwas gewöhnlicher, ging sogar so weit, ihn nach seinem Beruf zu fragen.

«Ich leite eine Firma.»

«Aha, in welcher Branche?»

«Sicherheitstechnik.»

«Hab ich vielleicht schon mal von der Firma gehört?»

«Schon mal von Duffy Security gehört?»

«Nein.»

«Dann haben Sie wohl noch nie davon gehört.»

Eric war plötzlich etwas schärfer darauf, mit Duffy ins Bett zu gehen. Einen Polizisten hatte er schon mal gebumst, aber einen aus der Sicherheitsbranche noch nie. Er hatte einen vagen, nur halb entwickelten Ehrgeiz, mit einem von jeder Branche und Berufsgattung einmal zu schlafen (mit gewissen Ausnahmen natürlich wie Bankiers und Börsenmaklern und Rechtsanwälten; aber schließlich war man ja nicht umsonst ein linker Journalist: Manchmal konnte man nicht verhindern, dass einem die eigenen Prinzipien in die Quere kamen). Einen Sicherheitsexperten zu bumsen; das war etwas Neues. Was er Duffy freilich nicht auf die Nase binden würde.

Duffy wiederum ließ nicht durchblicken, dass er eine bloße Ein-Mann-Firma war; dass sein Büro aus einem Anrufbeantworter bestand; dass sein Lieferwagen sechs Jahre alt war; dass er nicht einmal einen Hund hatte. Nicht dass er jemals einen Hund gebraucht hätte; manche Leute meinten nur eben, dass sie einen gewissen Status verliehen. Aber Eric fragte nicht nach Einzelheiten; seine Neugier war inzwischen mehr oder weniger erschöpft. Stattdessen fragte er:

«Kannst du mich nach Hause bringen?»

Und Duffy erwiderte:

«Also gut.»

Schließlich gingen sie dann in Duffys Wohnung, das Erdgeschoss einer Doppelhaushälfte an der Goldsmith Avenue in Acton. Zuerst erschien Eric die Wohnung sehr ordentlich; dann wurde ihm klar, dass sie nicht so sehr ordentlich war als leer. Was an Einrichtung da war, wirkte aufgeräumt, aber der Gesamteindruck grenzte ans Mönchische.

«Waren die Einbrecher da?», fragte er, im Glauben, dass ein Sicherheitsexperte eine solche Bemerkung witzig finden könnte. Aber Duffy erwiderte nichts. Stattdessen deutete er auf das Badezimmer und sagte:

«Uhr da rein.»

«Urda?»

«Leg deine Uhr da rein.»

Ach so. Na ja, wenn er es so haben wollte. Eric spazierte ins Badezimmer und sah dort eine viereckige Tupperwarebox mit einem Aufkleber. Auf dem Aufkleber stand «Uhren». Eric schälte also seine Armbanduhr ab und ließ sie in die Box fallen; dann, verwirrt, aber irgendwie nachsichtig gestimmt, schnallte er auch noch sein silbernes Namensarmband ab, dessen «EL» von den eingravierten Schnörkeln fast verdeckt wurde, und ließ das auch noch hineinfallen. Vielleicht war es so, wie wenn man seine Wertsachen beim Platzwart deponierte. Er würde Duffy danach fragen müssen.

Hätte er das getan, so hätte ihm Duffy vielleicht von seiner Uhrentickphobie erzählt. Aber Eric fragte nicht danach. Als er das Schlafzimmer erreichte, lag sein Gastgeber bereits im Bett. Eric blickte vage um sich, um zu sehen, wo er seine Kleider hinlegen sollte. Duffys eigene waren nirgends zu sehen. Auch das aufgeräumt. Ach ja, dachte er, das gehörte wohl alles dazu, wenn man das Volk kennen lernen wollte.

Am nächsten Morgen ging Eric mit den üblichen gemischten Gefühlen. Er hatte seine Liste um einen Sicherheitsexperten ergänzt, das war immerhin etwas. Andererseits war es nicht viel anders, Duffy zu bumsen, als jemanden zu bumsen, der kein Sicherheitsexperte war: Wenn man die Augen zumachte, dachte man nicht gleich, ich bin in den Händen eines Mannes, der sich in Geldtransporten, Alarmanlagen und Personalüberprüfungen auskennt. Das kam einem nicht in den Sinn. So machte es für Eric in gewisser Weise sehr viel aus, dass Duffy ein Sicherheitsberater war, und gleichzeitig auch überhaupt nichts. Na ja, dass man halt mal danebenlag, war beim Sex ja nichts Neues, dachte er.

Irgendwie hatte er Duffy ganz gerne gemocht – so weit das bei solchen Gelegenheiten möglich war (und dieses Mögen war oft schwer zu trennen von der Erleichterung, dass alles gut abgelaufen war, und der Hoffnung, dass sich keine bakteriellen Nachwirkungen einstellen würden). Beim Abschied war er sogar so weit gegangen, dass er sagte:

«Auf ein andermal.»

«Nein», hatte Duffy höflich geantwortet, und Eric ertappte sich beim Gedanken: ‹Ich wusste gar nicht, dass ich *so* schlecht bin.› Aber Duffys Ablehnung hatte mit der vergangenen Nacht nichts zu tun; sie hatte ausschließlich mit Carol zu tun und mit den Ereignissen vor vier Jahren und mit einer langen Vorgeschichte, die er den Einnachtsfliegen gewiss nicht auftischen würde.

Und im Augenblick gab es in Duffys Leben nur Einnachtsfliegen. Einnachtsfliegen beiderlei Geschlechts, übrigens; aber selbst wenn sie als Liebhaber noch so kompetent waren oder sauber oder interessant oder ganz einfach nur nett, durften sie ihre Uhren doch nur einmal in seine Box fallen lassen. Carol, Exkollegin von der Polizeiwache West Central, Exfreundin (nein, Freundin eigentlich immer noch, irgendwie) und Exverlobte (nein, auch nicht ganz. Sie hatte ihn gefragt, und er hatte «Nein» gesagt) – sie war die einzige Ausnahme; und das war die bittere Ironie der Sache: Carol war die einzige Person, bei der Duffy im Bett Erfolg haben wollte – und die einzige Person, bei der er automatisch versagte, schon so oft versagt hatte, dass er es mittlerweile gar nicht mehr versuchte. Bei Carol potent zu sein, hatte Duffy längst entschieden, war das Luftschloss eines Idioten. Da konnte man ebenso gut an den Himmel glauben.

«Ich nehme immer noch eine frigide Jungfrau», raunte ihm drei Monate später im «Alligator» eine vertraute Stimme ins Ohr. «Wo seid Ihr gewesen, Sir Duffy?»

Duffy gab dem Kellner ein Zeichen und dolmetschte:

«Tomatensaft, viel Eis.»

«Ach so, altes Haus, wenn du die Runde zahlst …» Eric hielt den Kellner mit einem Zucken seiner Augenbraue zurück. «Versenken Sie doch noch zwei Wodkas darin, wenn Sie schon dabei sind.»

«Nein, du zahlst», sagte Duffy, der sich stets hartnäckig gegen solche Tricks zur Wehr setzte.

«Mein Gott, kein Wunder, lässt man dich Geldtransporte überwachen, wie?» Eric ächzte theatralisch. «Egal, ich komme gleich zur Sache.»

«Nein», sagte Duffy. «Kein zweites Mal, hab ich gesagt, stimmt's?» Warum meinten die Leute immer, «Nein» hieße «Ja, bald»?

«Moment. Momentchen auch. Job. Willst du einen Job?»

«Vielleicht.»

«Deswegen hab ich dich gesucht.»

«Ich steh im Telefonbuch.»

«Stimmt, aber es macht eben viel mehr Spaß, hier zu sitzen und sich einen Drink spendieren zu lassen, als durchs Telefon mit deiner Sekretärin zu quatschen, nicht wahr?»

Duffy ließ eine der beiden Bemerkungen durchgehen, nahm die andere aber auf.

«Zahlen wirst immer noch du.»

«Ein Freund eines Freundes ... hat gewisse Schwierigkeiten.»

«Das überrascht mich nicht.» Dieses bleiche Gesicht und gleichzeitig dieses heitere Getue hatten für Duffy etwas Irritierendes. Sei eins oder das andere, dachte er.

«Immer bösartig, wie?» (Auch das ließ Duffy durchgehen.) «In seinem Unternehmen wird offenbar geklaut.»

«Da gibt's so 'ne ganz nützliche Abteilung der öffentlichen Dienste, die man für so was eingerichtet hat, weißt du. Nennt sich Polizei.»

«Na ja, er hat da offensichtlich seine Gründe.»

«Und die wären?»

«Es ist ein kleines Unternehmen – gut ein halbes Dutzend Angestellte. Allgemein gutes Betriebsklima, nur ist offenbar ein faules Ei darunter. Wenn er jetzt zur Polizei ginge, kämen die doch mit ihren Quadratlatschen da reingetrampelt, würden alles auf den Kopf stellen und erst mal jeden verdächtigen, stimmt's?»

«Das könnte der Klauerei ein Ende machen.»

«Und so hat er sich gedacht, er holt einen Privaten rein, lässt ihn ein bisschen rumschnüffeln. Kann doch nichts schaden, oder?»

«Nein. Kann ihn nur Geld kosten. Warum hast du mich vorgeschlagen?»

«Na ja, du leitest doch eine Firma für Sicherheitstechnik, nicht?»

«In der Beziehung kennst du mich aber gar nicht.»

«Nein, aber unsereins muss doch zusammenhalten, stimmt's?»

Aha, dachte Duffy: «Schwule als die Freimaurer von heute – sind wir jetzt so weit gekommen?» Würde er bald einen neuen Händedruck lernen müssen? Er war irritiert. Wenn man Solidarität nicht nötig hatte, ärgerte man sich, wenn sie einem aufgedrängt wurde.

«Erzähl weiter.»

«Er heißt Hendrick. Er betreibt eine Speditions- und Lagerfirma vom Flughafen Heathrow aus. In letzter Zeit ist ihm etwas zu viel von seinem Zeug abhanden gekommen.»

«Wie würde er mich erklären? Mit einem Mopstiel in der Hand wirke ich nicht sehr überzeugend.»

«Einer seiner Männer hatte neulich einen Autounfall. Der wird eine Weile ausfallen.»

«Wie praktisch. Und was hab ich zu tun?»

«Das wird er dir schon sagen.»

«Ich berechne …»

«Duffy», fiel ihm Eric ins Wort, «ich bin kein verfickter Arbeitsvermittler. Mach das selbst mit ihm aus. Was du verdienst, ist mir egal. Wenn du den Job willst, schaust du bei ihm vorbei.» Eric war verärgert. Erst stellte sich Duffy so an, als wollte man ihn vergewaltigen; dann wurde er auch noch pampig. Eric kritzelte auf den oberen Rand einer Zeitung. «Das ist sein Londoner Büro. Ruf an, sag, du würdest dich wegen der Papayas melden.»

«Der was?»

«Der Papayas. Die Frucht. Tropisch. Das ist ein Kennwort, Duffy. Wir dachten, es wäre keine gute Idee, wenn du anrufst und sagst, du würdest dich melden, um die Diebstähle aufzuklären.»

«Geschnallt.»

«Das will ich hoffen.» Eric glitt von seinem Barhocker. Er fühlte sich falsch eingeschätzt. Er hatte Duffys «Nein» ganz bestimmt nicht als «Ja, bald» aufgefasst. Sondern bloß als «Vielleicht später mal».

«Ach, noch zwei Dinge.»

«Ja?»

«Wer ist dein Freund?»

«...?»

«Der Freund, der der Freund ist in ‹Der Freund eines Freundes›.»

«Ach, das spielt keine Rolle.»

«Woher weißt du das?»

«Weil er die Firma seines Freundes nicht beklaut hat, darum. Und was ist das zweite?»

«Oh – vergiss nicht, die Drinks zu bezahlen, wenn du gehst.»

Duffy saß Roy Hendrick gegenüber, in einem Büro von der Größe eines Wartehäuschens, in der Nähe der Euston Road. Seine Sekretärin hatte ein Zimmer vom Umfang eines großen Kühlschranks. Hendrick schien sich nicht sehr behaglich zu fühlen. Vielleicht war ihm das Büro nicht so vertraut – vielleicht hatte er es nur aus Steuergründen oder um seine Kunden mit einer Londoner Filiale seines Unternehmens zu beeindrucken. Vielleicht fühlte sich Hendrick auch aus einem anderen Grund unbehaglich; vielleicht belog er Duffy. Das taten Kunden oft.

Hendrick, ein fleischiger, düsterer Mann mit schmierig blondem Haar und einem schlabbernden Anzug, den ihm jemand vererbt haben mochte, erklärte sein Problem.

«Ich bin kein Engel, Mr. Duffy, und ich erwarte auch nicht, dass andere sich wie Engel benehmen. Aber es gibt doch Grenzen.»

«M-hm.»

«Wenn Sie die Möbelpacker bestellen, wenn Sie umziehen, da rechnen Sie ja damit, dass einiges verloren geht, nicht wahr? Ich meine, wenn Sie vernünftig sind, dann verpacken Sie die Sachen, die Ihnen wichtig sind, persönlich und bringen sie selbst hin, und sind auch nicht weiter überrascht, wenn sich die Möbelpacker im Laufe der Arbeit auf Ihre Kosten zu einem kleinen Bonus verhelfen. So läuft das doch, nicht wahr?»

«Wenn Sie meinen.» Die einzigen Möbelträger, mit denen Duffy je zu tun gehabt hatte, waren Einbrecher gewesen. In seiner letzten Wohnung war zweimal eingebrochen worden: Das zweite Mal hatten sie alles mitgenommen, einschließlich seines Häufchens Sixpence-Münzen und seines elektrischen Wasserkessels; sie hatten sogar seine Topfpflanze mitlaufen lassen. Geblieben waren ihm nur ein paar Aschenbecher, ein Bett und ein Teppich. Dafür hatte er keinen Möbelwagen mehr gebraucht, als er in eine andere Wohnung umzog.

«Nun, im Speditionsgeschäft läuft es ähnlich. Wenn Sie per Luftfracht expedieren, müssen Sie damit rechnen, dass dies und das abhanden kommt. Das Zeug geht durch so viele Hände, muss vom Zoll geöffnet werden – na ja, da gibt es mehr Versuchungen, als Adam je begegneten, wenn Sie verstehen, was ich meine.» (Duffy wirkte auf Hendrick nicht sonderlich bildungsfreudig.) «Und wissen Sie, was man über Heathrow sagt?» Hendrick hielt inne. Aus Duffys Miene ging klar hervor, dass er nicht wusste, was man über Heathrow sagte. «Wer dort arbeitet, muss nie Obst und Gemüse einkaufen. Ich hab mir sagen lassen, dass es dort im Umkreis von mehreren Meilen kaum einen Gemüsehändler gibt. Jeder, der in der Gegend seine Frau dabei ertappt, wie sie versucht, ein Pfund Äpfel oder dergleichen zu *kaufen*, steckt sie praktisch stracks in die Klapsmühle.»

Hendrick blickte Duffy starr an, um ihn zu einer vagen Verbrüderung gegen das schwache Geschlecht einzuladen. Duffys Miene blieb ausdruckslos. Hendrick blickte kurz auf den Goldstecker in Duffys linkem Ohr. Er hatte Lust, einmal daran zu zupfen, nur damit der Mann endlich etwas von sich gäbe. Schließlich sagte Duffy doch noch etwas, wenn auch sehr zurückhaltend.

«M-hm.»

«Was meinen Sie mit *M-hm*?»

«Sie haben also Äpfel verloren, ist es das, was Sie mir sagen wollen?»

«Nein. Das heißt, ja, irgendwie schon, aber darum geht es nicht. Ich leite dieses Geschäft seit fünf Jahren. Habe immer einen bestimmten Prozentsatz von Langfingerei akzeptiert. Da gibt's manchmal so etwas wie eine stillschweigende Abmachung: Ihnen hilft es, ihren Lohn etwas aufzubessern, und ich belaste es der Versicherung und drücke ein Auge zu. Lohnt sich gar nicht, da was zu machen.»

«Aber neuerdings ...»

«Aber neuerdings, etwa einmal im Monat oder so, artet es aus: da wird richtig abgesahnt. So, dass ich es nicht mehr schleifen lassen kann.»

«Beispielsweise?»

«Eine Sendung Taschenrechner. Ein halbes Dutzend Pelze. Zwei Kisten Räucherlachs.»

«Spedieren Sie nur Luxusartikel?»

«Eigentlich nicht. Wir verfrachten ein ziemlich gemischtes Sortiment; von allem etwas. Aber man schickt nichts per Luftfracht, was nicht wertvoll oder verderblich ist oder schnell expediert werden muss, weil die Marktlage es verlangt. Wir kriegen nicht allzu viele Kisten voll Gartenmöbel oder Schweinetrockenfutter, wenn Sie das meinen, nein.»

«Wie wollen Sie mich reinschleusen?»

«Sie können McKays Stelle übernehmen. Der arme alte McKay», fügte Hendrick hinzu, als wollte er sein Mitgefühl bekräftigen; aber die Wiederholung ließ es aufgesetzt erscheinen (und vielleicht war es ohnehin nie sehr aufrichtig gewesen). «Den hätten wir fast abschreiben können. Seinen Wagen kann er auch abschreiben. Sehr schöner Wagen.» Hendricks letzte Bemerkung zumindest hörte sich aufrichtig an.

«Was hab ich zu tun?»

«Bisschen von allem: Wir sind eine kleine Firma. Da packen alle mit an. Bisschen fahren, bisschen Sachen rumschleppen, bisschen Mrs. Boseley helfen.»

«...?»

«Oh, die leitet für mich den Frachtschuppen. Erstklassige Frau, wird Sie auf Trab halten.»

«Trägt gern Pelze, wie?»

Hendrick blickte auf, sein düsteres Gesicht verzog sich träge zu einer schockierten Miene. Bevor es dort anlangte, ließ

Duffy ein ungewohntes Lächeln aufblitzen. «Nur ein kleiner Scherz, Mr. Hendrick. Fragen muss ich doch, nicht wahr?»

«Sie melden sich bei ihr, sobald Sie anfangen können. Morgen?»

«Übermorgen. Ich berechne fünfundzwanzig im Tag.»

«Ah, so, nun, das ist etwa, was McKay gekriegt hat, das geht also in Ordnung.»

«Nein, das kommt zu McKays Lohn hinzu. Wenn ich zwei Jobs habe, will ich auch zwei Lohntüten.»

Sie feilschten. Wie üblich blieb Duffy anfänglich fest, verlor dann ein wenig das Interesse und ließ schließlich so viel nach, dass er sich hinterher über sich selbst ärgerte. Immerhin bekam er so das Anderthalbfache seines Normaltarifs, und es machte ihm auch nichts aus, ab und zu ein paar Säcke umzulagern. Besonders, wenn das bedeutete, dass er für ein paar Wochen nicht mehr zum Gemüsehändler zu gehen brauchte.

2

«In den Hintern?», wiederholte Duffy ungläubig.

«In den Hintern.»

Duffys Schließmuskel zog sich unwillkürlich zusammen. Willett verkniff sich ein Lächeln; komisch, wie das die Leute immer aus der Fassung brachte. Er fuhr fort:

«Vier hinten rein, drei vorne rein. Vielleicht war es auch umgekehrt. Nicht dass das eine große Rolle spielt. Nettes Mädchen übrigens. Na ja, ziemlich nett – du weißt schon, so 'ne Noble, wie üblich. Natürlich war es früher so, dass jedes noble Stück einfach durchmarschierte oder schnippisch wurde, wenn du sie zu fragen wagtest, ob du mal ihr winziges *Bordcase* –» das sprach er im affektierten Tonfall des Möchtegern-Oberschichtlers aus – «kontrollieren könntest, aus dem ganz zufällig gerade auf allen Seiten fünfzehn Pelze hervorguckten. Heutzutage müssen wir so ein nobles Stück nur ansehen, wie sie allein reist, etwas wacklig auf den Beinen steht, und schon kennen wir ihre ganze Geschichte, bevor sie auch nur zu erzählen begonnen hat. Diese Mädels halten sich für so erwachsen, reisen in der Welt herum, begegnen so 'nem un*glaub*lich *süßen* Perser oder Araber oder was, verknallen sich in den – manchmal hat er ihr etwas Koks verpasst, oft aber auch nicht, fast immer tun sie's aus Liebe – und eh sie sich's versehen, wanken sie aus dem Flugzeug mit einem Dutzend Kondome voll Heroin im Leib. Na, wenn du *so was* seit, sagen wir, zwölf Stunden in der Röhre hast, dann kannst du's nicht mehr ignorieren, nicht wahr? Und manche dieser armen Mädels – diese ausländischen Herren, in die sie sich verknallen, sind ja nicht blöd, die wissen, dass wir die Flüge von den offensichtlichen Orten im Auge behalten, und so lassen sie sie Riesenumwege um die Welt machen, bevor sie hier ankommen –, manche dieser Mädels haben ihr halbes Dutzend seit vollen sechsunddreißig Stunden drin. Ich meine, die sehen aus, als wären sie gerade vom Pferd gestiegen. Blöde Stopfgänse.»

«Heißen die bei euch so?»

«Stopfgänse – ja. Blöde Mädels. Manche davon sind ganz süß. ‹Was wird nur meine Mami sagen … Und Abdul – ich fand ihn ja *soo* toll.› Blöde Stopfgänse. Und die Abduls kriegen wir natürlich nie zu fassen. Manchmal schicken sie mit den Mädels einen zur Bewachung mit – zur Sicherheit, damit die nicht auf die Glanzidee kommen, das ganze Zeug das Flugzeugklo runterzuspülen.»

«Und wer holt es dann heraus?»

«Wie?»

«Wer durchsucht sie – die Stopfgänse?»

«Die ausnehmen? Nein, das liegt nicht drin. Da musst du schon warten, bis es rauskommt. Ich meine – das wäre Körperverletzung oder so was. Wir dürfen sie bis auf die Haut durchsuchen, aber stochern dürfen wir nicht. Elftes Gebot: Du sollst nicht stochern.» Diesmal ließ Willett seinem Lächeln freien Lauf.

«Und was macht ihr mit ihnen?»

«Wir stecken sie in die Spezialtoilette für Stopfgänse.»

«...?»

«Das ist ein Zimmer, in das wir sie sperren, wenn wir meinen, dass sie gestopft sind. Ein Bett, ein paar Stühle, und am Ende so 'ne Toilette auf einer Art Thron. So erhöht, sieht ganz nobel aus. Die Schüssel ist mit Plastik ausgekleidet, wie der Sack, den die Alte in den Mülleimer steckt. Ich meine, es ist völlig klar, worum es geht: Die Toilette ist sozusagen der Mittelpunkt des Zimmers, und normalerweise erzählen wir ihnen eh, was wir für einen Verdacht haben. Und dann sitzt einer von uns einfach da und wartet darauf, dass sie vorwärts machen. Schließlich ist es ja nicht schwer, uns zu beweisen, dass sie keine Stopfgänse sind. Stinkt ein bisschen, aber schwer ist es nicht.»

«Wie lange müsst ihr da warten?»

«Ach, manchmal tagelang. Das Dumme ist, du darfst sie nie aus den Augen lassen. Wenn du eindöst, weißt du ja, was sie machen.» Duffy wusste es nicht. «Dann scheißen sie's raus und würgen es gleich wieder runter.»

Duffy schluckte leer und warf einen mulmigen Blick auf sein Schokoladen-Eclair.

«So was machen die echt?»

«Wenn du die Wahl hast zwischen dem und sieben Jahren, dann beißt du wohl eher in den sauren Apfel.»

Wohl eher, dachte Duffy, mochte über die Qual der Wahl aber nicht länger nachsinnen.

«Muss langweilig sein, diese Warterei.»

«Ja, das ist sie auch. Wären wir in Hongkong oder so, könnten wir ihnen ein Abführmittel in den Kaffee schütten, und schwupps, die Sache wär gelaufen. Aber hier nicht – das wäre auch Körperverletzung, ihnen das Abführmittel zu verpassen. Drum müssen wir eben warten, und wir behalten sie so lange da wie nötig. Und wenn sie dann endlich kapiert haben, dass wir sie erst wieder rauslassen, wenn sie mal gemusst haben, heißt es Gummihandschuhe an, Wäscheklammer auf die Nase und wie Queen Victoria an England denken.»

«Bist du sicher, dass in diesem Kaffee nichts drin ist?»

«Nur so 'n kleines Überredungsmittel. Ich möchte nämlich, dass du die paar Päckchen Fruchtkaugummi nach Bagdad schaffst.» Willett grinste. Er hätte ganz gerne Duffys Eclair verputzt. «Ach, und falls es dich interessiert, der Rekord für eine Stopfgans liegt bei fünfundfünfzig. Vorne und hinten zusammen, versteht sich. Und der Rekord für einen Schlucker liegt bei hundertfünfzig. So was findest du natürlich nicht im Guinness Buch der Rekorde.»

Duffy grinste zurück. Willett war ein netter alter Knabe; na ja, so alt auch wieder nicht – um die fünfzig. Sein Haar war schütterer als bei ihrer ersten Begegnung, aber sonst war er immer noch der gleiche stämmige, fältchengesichtige, redselige alte Bursche, als den Duffy ihn kennen gelernt hatte. Er hatte so ein Gesicht wie der Lieblingsonkel deines besten Freundes – und das war vielleicht der Grund, weshalb er ein so guter Zollbeamter war. Den Lieblingsonkel deines besten Freundes konntest du nicht anlügen; und wenn, dann stand dir das schlechte Gewissen ins Gesicht geschrieben. Willett war schon leitender Beamter gewesen, als Duffy ihm zum ersten Mal geschäftlich über den Weg gelaufen war; und er war schon so lange im Dienst, dass für ihn die abgeschaffte, aber lieb gewonnene Berufsbezeichnung «Hafenzollwache» insgeheim immer noch Geltung hatte.

Sie saßen beim Kaffee im «Apple Tree Buffet» im Terminal 1. Hinter Duffys Rücken stand die Ausrede für den Namen des Lokals: ein toter Baum, viereinhalb Meter hoch, rundherum mit roten und grünen Glitzerkugeln behängt. Über Duffys Kopf ratterte die große Abfluganzeigetafel gelegentlich die Aufrufe des Nachmittags herunter; die gleichen Angaben wurden da und dort auf Monitorpaaren wiederholt. Alle dreißig Sekunden oder so ertönte eine ruhig gesprochene Lautsprecherdurchsage, und Teetassen wurden halb voll stehen gelassen. «Letzter Aufruf» war in dieser Gegend ein beliebter Ausdruck: Er hallte in Duffys Ohren wie ein Memento mori. Er hätte gewettet, dass es pensionierte Piloten gab, die ihren Lebensabendbungalow «Letzter Aufruf» nannten.

Nur Willetts Anwesenheit bewahrte Duffy davor, mittelstarker Paranoia nachzugeben. Er hasste Flughäfen. Er hasste auch Flugzeuge. Beides, zweifellos, weil er das AUSLAND hasste. Ausländer hasste er nicht – zumindest nicht mehr als die meisten andern Leute –, aber er hasste ihren Herkunftsort. Duffy war natürlich noch nie im Ausland gewesen, aber er wusste, auch ohne hinzugehen, dass ihn dort irgendein Wahnsinn ereilen würde. Und so hasste er alles, was ihn an die Mühelosigkeit erinnerte, mit der diese furchtbare Phantasievorstellung wahr gemacht werden könnte. Beim Anblick von Flugzeugen am Himmel duckte er sich; ein British-Airways-Bus, der harmlos die Cromwell Road entlangrollte, erfüllte ihn mit Angst. Nicht einmal Begegnungen mit Stewardessen mochte er – da bekam er immer das dunkle Gefühl, sie könnten ihn entführen und er würde sich gefesselt und geknebelt im Frachtraum einer abstürzenden DC-10 wieder finden. Das war nämlich noch so was mit diesen Flugzeugen: Sie stürzten ab; sie brachten einen um. Wäre Duffy König gewesen, so hätten alle Flugzeuge dem Rumpf entlang die Aufschrift tragen müssen: «DER GESUNDHEITSMINISTER WARNT: FLIEGEN GEFÄHRDET IHRE GESUNDHEIT».

Und dann war da noch was mit diesem Heathrow. Duffy kam sich hier vor wie in einer fremdländischen Stadt. Hier hörten die Leute auf, Engländer zu sein – selbst wenn sie Engländer waren. Sie rempelten einen an mit ihren Koffern und entschuldigten sich nicht einmal. Sie drängelten sich vor einem in die Warteschlange. Sie schrien. Sie zeigten beim Abflugsteig ganz schamlos ihre Gefühle. Schon machten sie den Ausländern Konkurrenz in ausländischem Benehmen. Und überall gab es diese winzigen Asiatinnen in braunen Kitteln: Sie trugen Tabletts, schoben Mops, leerten Aschenbecher, gingen graziös in Toiletten ein und aus. Die meisten waren so klein, dass Duffy sich normal groß vorkam; manche von ihnen schienen ihm sehr alt; sie sprachen nie, es sei denn untereinander, und dann in einer Sprache aus dem AUSLAND. Das einzige, was daran erinnerte, dass man nicht im AUSLAND war, waren die Schilder überall und die entnervend ruhig gesprochenen Mitteilungen aus den Lautsprechern. Doch selbst das wollte noch nicht heißen, dass man in England war. Als eine winzige Asiatin Duffys Tablett entfernte, wurde ihm klar, wie ihm dieser Ort vorkam: wie ein florierender Vorposten des britischen Empire, mit tüchtigen einheimischen Sklaven.

«Worum geht's, Duffy?» Willett hatte wieder seine Onkelmiene aufgesetzt. Das machte Duffy gar nichts aus. Er mochte Willett. Und in jedem Fall hatten Zollbeamte für ihn nicht den gleichen Stellenwert wie Stewardessen: Schließlich waren sie dazu da – so jedenfalls sah es Duffy –, die Leute von Auslandsreisen abzuschrecken, ihnen die Sache zu vermiesen, ein unbestimmtes Gefühl von behördlicher Missbilligung zu vermitteln. Überhaupt nicht wie Stewardessen.

«Weiß ich noch nicht. Ich bin erst so am Auskundschaften. Ab morgen hab ich einen Job im Frachthof. Da wird geklaut. Mehr weiß ich noch nicht. Wollte mir nur mal in Erinnerung rufen, wie es hier so aussieht – und sehen, was du so treibst, natürlich. Normalerweise hab ich wenig Grund hierher zu kommen.»

Willett legte sein Gesicht wieder in Fältchen; er wusste um Duffys Phobien.

«Dass da geklaut wird, ist nicht überraschend. Schließlich sind wir hier in Schieber-City, Duffy.»

«M-hm.»

«Ich meine, die Zeitungen und die Richter, die sprechen statt von Heathrow von Diebsrow, nicht wahr? Aber Diebstahl ist nur ein kleiner Teil des Ganzen. Wir sind hier in Schieber-City, Duffy – Schieber-City.»

«M-hm.»

«Stimmt doch. Was denkt Otto Normalverbraucher? Otto Normalverbraucher meint, hier geht es nur um Schmuggel, nicht wahr? Die überzählige Flasche zollfreien Schnaps, die man versteckt, oder die Quittung für deine Kamera, die sie sehen wollen; und dann und wann kommt der Schwarze Mann persönlich durch die Tür gelatscht, und da ist irgendetwas an ihm, das uns sagt, hoppla, der ist es, und er trägt so 'ne große Ledermütze auf dem Kopf, und die nehmen wir auseinander, und in dem kleinen Knopf obendrauf finden wir einen Diamanten oder LSD oder einen Mikrofilm von den Geheimnissen der Atombombe. So stellt sich Otto Normalverbraucher das vor, nicht wahr? Otto Normalverbraucher ist ein Volltrottel.»

«M-hm.»

«Das hier ist eine Stadt, Duffy, eine richtige Großstadt.» Willett lehnte sich zurück und kam nun richtig in Fahrt. «Sie ist so groß wie Newcastle, und die Bevölkerung wechselt täglich. So musst du dir das vorstellen. Natürlich gibt's hier Schmuggel, aber das ist nur die hiesige Spezialität. Außerdem gibt's aber auch alle übrigen Großstadtverbrechen, und du hast es mit den raffinierteren Burschen zu tun, die schlau genug sind zu kapieren, worin diese Stadt sich von normalen Städten unterscheidet. Darin nämlich, dass sie sehr reich ist und vierundzwanzig Stunden am Tag geöffnet bleibt und dass viele von den Leuten, die hier sind, nur eines wollen, nämlich schnell nach Hause kommen, und solange sie dabei nicht *zu* viel verlieren, geht das schon in Ordnung.

Da wäre also mal der Schmuggel, klar. Dann gibt es die Diebstähle. Dann bewaffnete Raubüberfälle. Dann Taschendiebe und Fälscher und Dealer und allen voran die Schieber. Hier gibt es so viele Schiebereien, Duffy, das würdest du gar nicht glauben. Du weißt, was sie sagen ...»

«Das mit dem Obst und Gemüse? Hab ich gehört.»

«Schön, den kennst du also schon. Dann hast du vermutlich auch von den Schlitzohren am Taxistand gehört – dreihundert Pfund für die Fahrt nach Birmingham, und beim ersten Autobahnschild Richtung Birmingham schmeißen sie dich raus, und du kannst zu Fuß gehen.»

«M-hm.»

«Kennst du den mit dem Parkhaus?» Willett war ehrgeizig gestimmt, er musste Duffy mit einem ganz besonders guten Schieberstück beeindrucken.

«Nein.»

«Ah. Parkhaus.» Willett winkte vage in die entsprechende Richtung. «Kurzzeitparkhäuser, Langzeitparkhäuser. Okay?»

«Okay.»

«Langzeitparkhaus viel billiger, aber ein Stück weiter weg. Da musst du den Bus zum Terminal nehmen. Du stellst den Wagen ab, deponierst die Schlüssel, füllst ein Formular aus, auf dem steht, wann du wiederkommst, um es abzuholen, fliegst davon zu Sonnenschein und Señoritas. Und was passiert? Ein kleiner Autoverleih wächst aus dem Boden. Keine Fragen, und eine ganze Ecke billiger als Avis oder Hertz. Wer wird sich denn nach einem wunderschönen Urlaub noch an den Kilometerstand seines Autos erinnern? Und wenn, dann kann man immer noch den Zähler zurückdrehen, nicht wahr?»

«Klingt narrensicher. Läuft das immer noch?»

«Nein, die blöden Schlitzohren haben zu viele Unfälle gebaut. Da hat man den Laden dichtgemacht. Zumindest soweit wir wissen.»

«Sauberes Schieberstück», sagte Duffy anerkennend.

«Erstklassig, solange es klappte. Schade, dass sie's verbockt haben.»

Duffy nickte. Er kannte das Gefühl; es war in allen Abteilungen der Polizeidienste verbreitet. Nach einer ersten Zeit, in der du jeden für alles Mögliche verhaften willst – wenn dir jedes «Truppen raus aus Nordirland»-Abzeichen und jede angedeutete obszöne Geste als Landfriedensbruch erscheint –, findest du dich allmählich mit der Erkenntnis ab, dass du ohnehin nie alle erwischen, nie alles aufklären wirst. Du erwischst eine ganze Menge Leute, weil sie blöd sind, und dann verachtest du sie, weil sie einen Beruf ergriffen haben, für den sie so schlecht gerüstet sind; du erwischst auch eine ganze Menge Leute, weil du Schwein hast; und du erwischst auch eine ganze Menge Leute, weil du hart arbeitest und dir alle Mühe gibst, sie auch zu erwischen. Mörder, Kinderschänder und dergleichen – die sind verhasst. Aber dann gibt es auch manche Verbrechen und Verbrecher, die du unweigerlich bewundern, sogar mögen musst. Verbrechen, in die viel Geistesarbeit gesteckt worden ist, die sehr gut ausgeführt werden und bei denen niemand zu Schaden kommt – zumindest praktisch niemand. Da widerstrebt es dir fast, die Leute, die das getan haben, zu schnappen, weil du etwas empfunden hast, das schon an Freude grenzt: und wenn die dann die Sache verbocken, ärgerst du dich über sie; als hätten sie, indem sie sich von dir erwischen ließen, dich irgendwie enttäuscht.

«Wie wisst ihr, wen ihr durchsuchen müsst?» Das war eine Frage, die Willett früher oder später von jedem gestellt wurde.

«Berufsgeheimnis. Nein, ich will's dir sagen. Eine Mischung aus wissenschaftlicher Methode und einer guten Nase, das ist es. Nase manchmal buchstäblich gemeint. Wir haben hier einen Beamten, der hat eine bessere Nase als sein Hund. Wirklich wahr, ich schwör's. Da gehen wir mit dem Hund eine Ladung durch – der Hund sollte den Cannabis ausschnüffeln, aber dieser Kollege kommt ihm oft zuvor. Sagt dem Hund, wo er zu schnüffeln hat. Der Hund springt auf und ab, wedelt mit dem Schwanz und kriegt wieder ein Steak zum Abendbrot. Erstaunlich, diese Nase.»

«Aber würdet ihr mich zum Beispiel durchsuchen?»

«Kommt drauf an. Manchmal kriegen wir natürlich einen Tipp. Manchmal schauen wir uns auch die Koffer an, bevor sie auf das Karussell raufkommen – das kann eine Hilfe sein. Und dann schauen wir dich an, oft schon von dem Augenblick an, wo du aus dem Flugzeug steigst. Nicht unbedingt dich persönlich, aber manche Leute. Und trau keinem Spiegel, so ganz nebenbei, trau keinem Spiegel.»

«Klingt nicht so, als würdet ihr mich anhalten.»

«Nein, vielleicht nicht. Aber da ist jeder Beamte wieder anders. Wenn du keine Informationen hast, bist du auf deine Nase angewiesen. Es gibt zwei Sorten von Nasen, ich nenne sie die wissenschaftliche und die willkürliche Nase. Die wissenschaftliche Nase ist, wenn du nach Typen Ausschau hältst, die nervös sind oder die für dein Gefühl zu viel oder zu wenig Gepäck haben. Manchmal kommt ihr Koffer als erster auf das Karussell – so was lässt sich arrangieren –, aber sie tun so, als ob sie ihn nicht bemerken würden, und schnappen ihn sich erst, wenn die Hälfte der anderen Passagiere ihre Koffer an sich genommen haben. Also, den würden wir filzen. Soviel zur wissenschaftlichen Nase.

Die willkürliche Nase dagegen ist bei jedem anders. Ich zum Beispiel halte jeden an, der den Regenmantel über die linke Schulter geworfen hat. Klingt blöd, nicht wahr? Aber du brauchst irgendein willkürliches Kriterium, nach dem du dich richtest, nur schon, um dich selbst auf Trab zu halten. Ich kenne Beamte, die Leute in weißen Anzügen anhalten; wenn du sie fragst, wieso, erzählen die was von tiefenpsychologischen Gründen – dass sie denken, der Typ ziehe einen weißen Anzug an, damit andere denken, er sei rein und unschuldig und drehe keine krummen Dinger. Natürlich hat der Typ seinen weißen Anzug meist deshalb an, weil er nicht will, dass er im Koffer zerknittert, oder weil er Angst hat, er wird ihm geklaut, oder weil er vielleicht eine Stewardess anbaggern will. Aber der Beamte meint, es stecke mehr dahinter, oder redet sich das zumindest ein, und dabei geht er nur seiner willkürlichen Nase nach. Es ist ganz verschieden: Manche Beamte halten Leute an, die nicht lächeln, oder solche, die lächeln, oder Blonde oder Kahlköpfe oder Männer in Begleitung von Mädels, die den Beamten gefallen. Oft geht es da nur darum, das Mädel etwas länger ansehen zu können, oder dann ist es eine

Art Neid, wenn sie eine Nacht lang auf den Beinen waren und sauer sind auf diese feinen Pinkel, die aus L. A. angejettet kommen. Da kann ich ihnen keinen Vorwurf machen.»

«Durchsucht ihr die Besatzung?»

«Natürlich. Das ist dann Stöbern – so heißt das bei uns. Ich hatte letzte Woche Stöberdienst. Wir haben sie wie üblich auf den Kopf gestellt. Haben nicht viel gefunden – aber es geht ja auch ebenso sehr darum, sie abzuschrecken, wie etwas zu finden.»

«Gibt es jemanden, den ihr nicht durchsuchen dürft?»

«Diplomatengepäck. Aber auch da gibt es Methoden.»

«Die wären?»

Willett lächelte.

«Ein Frettchen reinschicken, natürlich.» Duffy hätte wissen müssen, dass er darauf keine ernsthafte Antwort bekommen würde. «Nein, aber um es kurz zu machen, Duffy, wie ich schon sagte, wir sind hier in Schieber-City. Niemand ist über das Gesetz erhaben, aber verdammt viele Leute buddeln sich unter ihm durch.»

Seinen nächsten Gedanken wollte Duffy nicht aussprechen, und so sah er seinen Freund nur an und zog fragend eine Braue hoch.

«Frecher Kerl.»

Duffy ließ die Braue wieder sinken.

«Also, wo du schon fragst, nein, meines Wissens nicht. Nicht hier jedenfalls. In Gatwick gab's vor ein paar Jahren etwas Zoff – da haben ein paar Piloten einer Fluglinie, die wir hier nicht nennen wollen, wohl da und dort geschmiert. Aber hier? Die Hälfte von denen sind Schotten, das ist schon mal ein guter Anfang, und ich sag das, obwohl ich Fan von Arsenal bin. Nein. Das trauen die sich nicht bei ihrem Job, da kriegt man solche Strafen aufgebrummt, und es wäre sehr schwierig, so was durchzuziehen. Obwohl, manchmal seh ich es direkt vor mir: der Coup deines Lebens – die Versuchung ist groß. Und wenn da einer umfiele, wäre das meiner Meinung nach Mrs. Thatchers Schuld. Nein, echt, das meine ich.»

«Ich dachte immer, du wärst ein Tory.»

«Bin ich. Hab für die Lady gestimmt. Sag das ja nicht meiner Alten.» Willett machte eine verschwörerische Miene. «Aber irgendwie steh ich auf die. Allein schon diese maßgeschneiderten Kostüme. Die würd ich jederzeit durchlassen: Die schlüpft bei mir durch den grünen Korridor, gar keine Frage. *Aber* – die Lady hat etwas Furchtbares getan: Sie hat das Belohnungsprinzip abgeschafft. Ich bin sicher, es war nicht Mrs. T. *persönlich;* aber wenn der kleine Beamte, der den guten Einfall gehabt hat, das nächste Mal hier vorbeikommt, reiß ich ihm das Futter aus dem Anzug, darauf kannst du Gift nehmen.»

«Stimmst du nächstes Mal wieder für die Tories?»

«Da müsste schon noch mehr passieren, Duffy. Aber weißt du, die reden immer von Anreizen – was haben wir denn heute noch für einen Anreiz? Warum schaffen sie alles ab, was funktioniert?»

«Das ist nicht meine Art von Fragen.» Sie standen gleichzeitig auf, und Duffy schüttelte Willett die Hand. «Ich schau vielleicht in ein, zwei Wochen wieder vorbei.»

«Jederzeit. Wer weiß, vielleicht tauch ich demnächst in deinem Frachtschuppen auf, um rumzustöbern.»

«Äh, wenn ja, dann hast du mich noch nie gesehen.»

«Klar. Und aufgepasst bei illegalen Golfschlägern. Die sind so lang und dünn und aus Metall und werden oft in Taschen transportiert.»

«Ich werde die Augen offen halten.»

«Pass auch auf auf die Schlitzohren. Das mein ich ernst. Die Schlitzohren hier sind auch nicht netter als Schlitzohren anderswo. Sehr wenig Sinn für Moral, manche davon.»

«Kapiert.»

Und Duffy ging davon durch den lärmenden Basar dieser merkwürdigen Empire-Stadt.

Am nächsten Tag, bevor er sich auf den Weg zur Arbeit machte, rief er Carol an und lud sie für den Abend ein. Sie sagte, das würde sie nicht schaffen. Wie immer versetzte ihm die Nachricht einen Stich. Er fragte nicht; sie erklärte nicht; so war es abgemacht. Eine Zeit lang hatte sie ihm jeweils erzählt, was sie vorhatte, wenn sie wusste, dass er nichts dagegen haben würde – mit einer Polizeikollegin ins Kino gehen; oder ihre Tante besuchen –, aber das führte nur dazu, dass er, wenn sie es nicht erklärte, dachte, sie treffe sich mit Paul Newman im «Ritz» oder drehe an dem Abend ein halbes Dutzend Pornofilme. So kamen sie wieder auf ihr ursprüngliches System zurück, dass sie nichts sagte und er nicht fragte. Sie würde stattdessen am folgenden Abend kommen.

Er suchte sich für Hendrick Freight eine passende Kleidung zusammen: eine Denimjacke, die aussah, als wäre sie aus einzelnen Flicken zusammengesetzt, es aber nicht war (Duffy war sich betrogen vorgekommen, als Carol ihm gezeigt hatte, dass die Nähte nur vorgetäuscht waren); seine älteste Jeans, mit echten Flicken auf den Knien; Desert Boots. Das sollte okay sein.

Als er in seinen Lieferwagen kletterte, dachte er einmal mehr, wie schlau es von ihm gewesen war, den Wagen nicht mit Schriftzügen wie DUFFY SECURITY und Bildern von roten Totenschädeln und Knochen oder so vollzukleistern. Manche Firmen machten das: Profil zeigen, nannten sie das. Er besaß wohl ein Schild mit der Aufschrift DUFFY SECURITY: Es hatte Saugnäpfe auf der Rückseite und ließ sich an der Seitenfläche des Lieferwagens befestigen, wenn er in offiziellem Auftrag unterwegs war. Ursprünglich hatte er zwei solche Schilder besessen, für beide Seiten des Wagens, aber eines war auf einer Fahrt nach Barking verloren gegangen. Offenbar hatte er an dem Tag minderwertigen Speichel produziert.

Also: Seine Kleider waren okay, der Lieferwagen war okay (das heißt, er war angesprungen), das Einstellungsgespräch war abgekartet und würde daher wohl ebenfalls okay sein (Hendrick hatte gesagt, am besten sollte Duffy Mrs. Boseley erzählen, er habe im Haus von Hendrick eine Menge Gelegenheitsarbeiten gemacht und suche nun nach einer Dauerstellung). Auf der M 4 fuhr der Pendlerverkehr größtenteils in der Gegenrichtung, das war also *auch* okay. Das Einzige, was nicht okay war, war die Tatsache, dass Duffy nun jeden Tag nach Heathrow rausfahren und zuhören musste, wie die Flugzeuge vor Schmerz aufheulten, und mit ansehen, wie sie in einem lächerlichen, unhaltbaren Winkel abhoben, und bei seinem Pech würde bestimmt eines davon beschließen, in den nächsten Tagen über dem Frachthof abzuschmieren.

Sein Unbehagen war durchaus vernünftig. Wer auf Flughäfen arbeitete und sich *keine* Sorgen machte, der war abartig, hatte Duffy längst für sich entschieden. Zu seiner Linken drängte sich eine lange, träge morgendliche Schlange von Jumbos zum Landen und hielt sich parallel zur M 4. (Offenbar konnten die nur so navigieren. «Also, ich nehme die A 205 durch Mortlake …» – «Ach? Nein, ich halte mich lieber an die Nordumfahrung …» Das war alles, worüber sich Piloten überhaupt je unterhielten.) Die Flugzeuge flogen mit einer Meile Abstand zueinander, was in krimineller Weise unzureichend war, das sah sogar Duffy. Und sie flogen so langsam –

sie kamen kaum an ihm vorbei. Vermutlich ein Wettstreit, wer am langsamsten fliegen konnte, ohne abzuschmieren.

Versuch's mal so zu sehen, sagte sich Duffy. Je schneller du herausfindest, wer Hendricks Zeug klaut, umso schneller kannst du aufhören, dir Sorgen zu machen, dass eine DC-10 sich in einen Stuka verwandelt oder dass dir ein Kubikmeter gefrorener Pisse aus 6000 Meter Höhe auf die Nuss fällt. Na schön. Bei der Ausfahrt 3 ging er ab von der M 4, zog automatisch den Kopf ein, als er die Flugbahn der Jumbos kreuzte, und umrundete die Außenbezirke des Flughafengeländes.

Fracht wurde an der Südseite von Heathrow abgefertigt. Innerhalb der Umzäunung lag der Zollbereich; die Schuppen dort gehörten einzelnen Fluggesellschaften, die für ihre Fracht verantwortlich waren, bis sie den Zoll passiert hatte. Dann wurde sie direkt dem Importeur weitergegeben oder einem aus der Horde von Spediteuren, die sich gleich vor dem Zaun breit gemacht hatten.

Hendrick Freight stand in einer weniger vornehmen Gegend dieses sekundären Frachtmarktes. Schickere Spediteure hockten alle unter einem Dach in einem modernen Schuppen dicht an der Straße. Der Wachmann am Tor ließ Duffy nach einem kurzen Telefongespräch passieren und wies ihm den Weg. Hendrick Freight war ein hoher, luftiger Schuppen – Duffy hoffte, dass der Job sich nicht bis in den Winter hinziehen würde – mit Seitenwänden aus gelb getünchten Hohlblocksteinen und einem Runddach aus Wellblech. In rostfarbenen dreistöckigen Regalen lagen Warensendungen. Über jedem Lagerfach hing eine große rote Nummer.

Während er noch dort stand, kam plötzlich ein gelber Gabelstapler vorbeigeheult und hätte ihn mit seinen flachen Metallzinken beinahe umgesäbelt. Aufgepasst, dachte Duffy.

Wenn du einen von denen ins Bein kriegst, kannst du eine Menge versäumter Bettlektüre nachholen, eh du dich's versiehst. Er machte sich gemächlich auf den Weg durch den Schuppen. Vorsintflutliche Neonröhren hielten sich in der Decke verborgen und mussten sich da und dort von nackten baumelnden Glühbirnen aushelfen lassen. Da und dort standen Waagen, die eher unter Altersschwäche als Abnutzung litten. Obschon es ein warmer, trockener Tag war, wirkte der Schuppen klamm.

Er passierte den Gabelstapler, der nun an ein paar Ballen in Sackleinwand herumfuhrwerkte, und erreichte ein erhöhtes, verglastes Büro am anderen Ende des Schuppens. Da saß Mrs. Boseley. Sie hätte eigentlich gar kein erhöhtes Büro gebraucht; sie schien auch so auf jeden herabzublicken. Sie war um die vierzig und was man so als gut aussehend bezeichnet. Ihre Art von Attraktivität zog Duffy aber gar nicht an: Er mochte Frauen, die klein und dunkel und freundlich waren wie Carol und nicht backenknochig und reserviert und zu sechs Siebteln unter der Oberfläche verborgen. Ihr blondes Haar war aus dem Gesicht zurückgezerrt und im Nacken mit einem Elfenbeinkamm festgesteckt. Sie musterte Duffys Ausweis, als hätte er ihr einen abgelaufenen libyschen Pass hingestreckt. Duffy nahm sich vor, zu ihr so höflich zu sein, wie er nur konnte. Leicht würde es ihm nicht fallen.

«Sie arbeiten also schon länger für Mr. Hendrick?», begann sie.

«'ne Weile. Ab und zu.»

«Es hat Ihnen also gefallen?»

«Doch, doch.»

«Eine nette Frau hat Mr. Hendrick.»

Duffy wusste nicht, ob das eine Frage war oder eine Feststellung. Er wusste nicht mal, ob Hendrick überhaupt eine

Frau hatte. Er beschloss, es als Feststellung zu werten und nicht darauf einzugehen.

«Und er sagt, Sie hätten allerlei Gelegenheitsarbeiten für ihn gemacht.»

«M-hm.»

«In welcher Art?»

«Dies und das ... Sachen rumgetragen.» Duffy hatte eine vage Ahnung, dass das eine Empfehlung für die Arbeit hier sein könnte. Gleichzeitig war er stinksauer über dieses Kreuzverhör. Hendrick hatte ihm versichert, dass das Einstellungsgespräch reine Formsache sein würde. Vielleicht behielt ihn die Frau nur deshalb hier, damit die andern seinetwegen nicht misstrauisch würden.

«Rasenmähen?»

«Wie bitte?»

«Haben Sie beispielsweise für Mr. Hendrick den Rasen gemäht?»

«Manchmal.»

Warum, dachte Mrs. Boseley, sagte der Bursche eigentlich nie «Ja»? Aber Duffy sagte nun mal nie «Ja»; entweder nickte er oder dann machte er «M-hm» oder «Doch doch», oder er sagte «Also gut». Carol dachte, man könnte Duffy fragen, ob er einen heiraten wollte, und dann würde er halb wegschauen, nicken und «Also gut» sagen. Das war nur eine Vermutung. Einmal hatte sie ihn gefragt, und da hatte er halb weggeschaut, war still geworden und hatte «Nein» gesagt.

«Na ja, ich kann zwar nicht behaupten, dass wir Ihre Qualifikation für den Job in Erfahrung gebracht haben, aber wir brauchen nun mal dringend jemanden, und wenn Mr. Hendrick Sie empfiehlt, nehme ich an, die Sache ist damit erledigt.» Sie blickte auf und schaute Duffy ein paar Sekunden ausdruckslos an. Er dachte, nun müsse er wohl etwas sagen.

«Vielen Dank, Mrs. Boseley.»

«Hmmm. Eines muss ich Ihnen allerdings noch sagen. Die Umstände Ihrer Einstellung sind – wie soll ich sagen – eine Spur unüblich.»

«M-hm.» (Wenn die wüsste.)

«Normalerweise in einem solchen Fall würde man eher erwarten, dass die Männer, die hier arbeiten, jemanden vorschlagen: einen Freund, zum Beispiel. Die Zeiten sind hart, wie Sie wissen, und jeder hat Bekannte, die ohne Arbeit sind.»

«Verstehe.»

«Das freut mich. Dann werden Sie also nicht überrascht sein, wenn man Ihnen anfänglich etwas, wie soll ich sagen, etwas feindselig entgegentritt?»

«Das macht mir nichts.»

«Das hoffe ich.» Sie steckte den Kopf aus ihrem Glaskäfig hinaus und schrie jemandem zu, den Duffy nicht sehen konnte.

«Tan. Tan, sagen Sie Gleeson, er soll raufkommen, ja?»

Sie saßen schweigend da, bis die Tür aufging und ein muskulös-fleischiger Mann in einem dunkelblauen Overall hereinkam; er hatte dunkles Haar und lange Koteletten. Er blickte Duffy an, als sähe er ihn nicht, und wandte sich dann dem Schreibtisch zu.

«Mrs. Boseley?»

«Gleeson, das ist Duffy, der, wie gesagt, zu uns kommt. Sehen Sie zu, dass er sich hier wohl fühlt, führen Sie ihn herum, sagen Sie ihm, was er zu tun hat, ja?»

Gleeson nickte und ging hinaus. Duffy warf Mrs. Boseley einen Blick zu, der aber nur ihrem Scheitel begegnete, da sie sich über irgendwelche Rechnungen beugte. Er folgte Gleeson hinaus in die eigentliche Frachthalle. Sobald er ihn eingeholt hatte, marschierte Gleeson mit ihm zu einer Reihe von

Spinden und tippte auf den einzigen, dessen Schlüssel steckte.

«Deiner. Overall. Hinein mit dir.»

«So klein bin ich auch wieder nicht», sagte Duffy, aber Gleeson hatte dafür kein Lächeln übrig. Duffy öffnete den Spind und sah einen Overall. Außerdem sah er an der Innenseite der Tür aufgeklebt ein Seite-3-Girl und einen Miniaturtiger, der an einer Schnur hing.

«Von McKay», sagte Gleeson als Erklärung. Das war vermutlich auch der Grund, warum Duffys Overall allzu großzügig geschnitten war.

«Da passt ja noch einer rein», sagte er. Aber Gleeson war bereits weitergegangen.

«Kannst du Gabler fahren?», fragte er unvermittelt.

«Was?»

«Kannst du Gabler fahren?» Aha, einen Gabelstapler.

«Lerne ich bestimmt schnell.»

«Na, fürs erste kannst du ja mal einen Wagen nehmen oder die Sackkarre. McKay, der konnte Gabler fahren. Ganz toll. Der hätte dir sauber einen Apfel vom Kopf geholt, wie der da mit der Armbrust.»

«Tell.»

«Toll, sag ich ja.»

Gleeson führte ihn durch die Halle und zeigte ihm die verschiedenen Bereiche: verderbliches Gut, Trockengut, Kühlgut und so weiter. Manchmal stellte er ihn vor: Da war jemand namens Tan, der offenbar Chinese war; jemand namens Casey, groß, langhaarig und noch mürrischer als Gleeson; ein paar Fahrer und jemand, dessen Name Duffy wieder entfiel. Dann wies ihn Gleeson an, in einer Ecke der Halle zu warten, bis ihm jemand etwas zu tun gab. Wie wenn man in der Schule in die Dummenecke gestellt wird, fand Duffy. Gelegentlich gab ihm Gleeson im Laufe des Morgens einen Befehl: Er musste Sachen ein- und ausladen; ein paar Mal musste er eine schwere Kiste um nur wenige Meter versetzen, an eine Stelle, die gegenüber dem Ausgangspunkt weder vernünftiger noch zweckmäßiger erschien. Duffy stellte keine Fragen; er tat, wie ihm geheißen. Vielleicht war es irgendeine Art Initiation; vielleicht wollten sie ihn auch nur verarschen.

Als die Sirene zum Mittag heulte, hatte er gerade einen Transit beladen, zusammen mit Casey, der so etwas wie «Kantine» murmelte und von dannen schlurfte. Duffy folgte ihm und fand sich bald über einem Teller Fleischpastete und Bohnen wieder. Casey aß eine Doppelportion Fleischpastete und eine Doppelportion Bohnen. Duffy starrte Caseys Hände an. Auf dem ersten Glied jedes Fingers seiner Rechten war ein Buchstabe eintätowiert. H A T E, also Hass. Auf der Rechten, natürlich, der Faust, mit der er die Leute überredete. Duffy wusste schon, was er auf der anderen Hand lesen würde – L O V E stand da – allerdings mit einer kleinen Variation. Das «o» am Mittelfinger trug einen raffinierten Zusatz, ein Kreuz unten dran: ♀. Ein Spitzentätowierer, dachte Duffy; ob der wohl weiß, was das bedeutet. Casey wusste es. Als er am Ende seiner Fleischpastete und Bohnen das Besteck auf den Teller purzeln ließ, beugte er sich zu Duffy herüber und wackelte den Mittelfinger vor Duffys Nase auf und ab.

«Frauenfinger», sagte er, lachte, und schob quietschend seinen Stuhl zurück. Zwei Minuten später war er wieder da mit einer Doppelportion Sagopudding mit Vanillesauce. Duffy sah schweigend zu (er hielt es für taktvoll, sich bei dem da nicht zu geschwätzig zu geben), wie Casey das runterschlürfte. Als er es fertig vertilgt hatte, atmete er laut aus.

«Magst du Frauen?», sagte er.

«Ja», erwiderte Duffy, ohne zu zögern.

«Hab ich mich geirrt.» Aber Caseys Tonfall klang immer noch mehr nach Streitsucht als nach Entschuldigung,. «Hab gedacht, du bist andersrum.»

«Tut mir Leid, da kann ich nicht dienen», sagte Duffy. Er hatte das Gefühl, es wäre wenig hilfreich, an diesem Ort mit einem großen rosa Stern auf dem Rücken rumzulaufen.

Es war tröstlich, Carol zu sehen. Zum einen, weil für sie immer nur das Hier und Jetzt zählte. Durch ihre ganze Art bestand sie darauf, dass die Vergangenheit vorbei war und dass die Zukunft frühestens morgen da sein würde. Und dass man erst dann ein Anrecht auf die Zukunft besaß, wenn man die Gegenwart einigermaßen anständig hingekriegt hatte. Es war seltsam, dass gerade sie diese Wirkung auf Duffy ausübte, denn in mancher Hinsicht war sie für ihn die Verkörperung der Vergangenheit – der Zeit, als sie noch Kollegen bei der Polizei waren, als sie miteinander gingen, als sie noch erfolgreich miteinander schliefen, bevor Duffy gelinkt und so um seinen Job und seine Freundin gebracht wurde, an jenem üblen Abend, den er nach Kräften zu vergessen versuchte. Und Carol half ihm dabei, ließ nicht zu, dass er brütete, bestand darauf, dass er ans Heute dachte, machte sich mit ihm Gedanken über seine Arbeit. Manchmal blieb sie über Nacht, manchmal nicht; seit er allerdings weiter westlich nach Acton gezogen war, blieb sie etwas öfter als früher in Paddington.

Sie saßen in seiner Küche und aßen Käsetoast, und Carol versuchte, Duffy davon abzuhalten, dass er jede Minute aufsprang, um etwas wegzuräumen. Duffy war ein analer Typ, da bestand überhaupt kein Zweifel. Wäre dies möglich gewesen, so hätte er das Geschirr schon vor dem Essen gespült; Carol wusste, dass er sich insgeheim wünschte, sie würde den Käsetoast aus der Hand essen, damit er den Teller abwaschen könnte. Und danach würde er sich wahrscheinlich in ihrer Nähe herumdrücken mit einem feuchten Wischtuch in der Hand, um jeden Krümel aufzufangen, den sie womöglich fallen ließe. Und was den Kühlschrank anging – der war genauso schlimm wie der letzte, der, in dem alle Esswaren doppelt verpackt waren, als wollten sie fliehen und müssten in Zwangsjacken gesteckt werden; der Kühlschrank, den sie Sibirien getauft hatte. Der hier, in seiner neuen Wohnung, war keinen Deut besser: Man machte ihn auf und sah rundherum nichts als Plastik. Keine Esswaren, bloß Plastik: Tupperwareboxen, Plastikbeutel, manchmal Tupperwareboxen in Plastikbeuteln, manchmal auch Plastikbeutel in Tupperwareboxen.

«Duffy, was ist eigentlich der Unterschied», hatte sie einmal gefragt, «zwischen den Sachen, die in Plastikbeutel kommen und dann in Tupperwareboxen, und den Sachen, die in Tupperwareboxen kommen und dann in Plastikbeutel?»

«Ah», hatte er gesagt. «Ah. Das hat bestimmt seinen Grund. Ich bin überzeugt, das hat seinen Grund.» Er schaute an die Decke und versuchte sich zu erinnern.

«Duffy», schrie sie ihn nach drei Sekunden seiner Grübelei an, «glaubst du im Ernst, ich will das wissen? Glaubst du das wirklich?»

«Aber du hast doch gefragt», erwiderte er, verwirrt und leicht gekränkt.

«Kannst es vergessen. Ver-gessen. Ver-gessen. Okay?»

«Okay.» Er hatte es noch immer nicht begriffen.

An dem Abend erzählte er ihr von Hendrick (allerdings ohne zu erwähnen, wie er auf ihn gekommen war) und von seinen ersten zwei Tagen im Frachtschuppen.

«Hört sich an, als könnte es ein langer Job werden.»

Er grunzte. Seine Grunzer gaben ihr immer ein ungutes

Gefühl. Sie bedeuteten gewöhnlich, dass er gleich etwas sagen würde, was ihr missfallen könnte.

«Kannst du was für mich tun?»

«Vielleicht.»

«Leih mir abends dein Auto. Ich muss vielleicht jemanden beschatten, und meinen Lieferwagen kennen sie von der Arbeit.»

«Vielleicht.»

«Ich meine, tauschen. Du kannst meinen haben.»

Es trat ein kurzes Schweigen ein. Duffy hatte ein wenig gegen die Spielregeln verstoßen. Wie wollte er wissen, wie er den Wagen am Ende des Abends abliefern konnte? Oder wo er ihn abliefern konnte?

«Vielleicht, Duffy. Aber nur von Tag zu Tag. Du müsstest jedes Mal fragen.»

«Okay. Und kannst du mir den Rapport über den Unfall von diesem McKay beschaffen?»

«Das glaube ich eher nicht.»

«Du könntest es aber, nicht wahr?»

«Vielleicht kann ich jemanden dazu bringen, mir daraus vorzulesen. Aber das ist in den Spielregeln nicht vorgesehen.»

«Ich dachte nur», sagte Duffy leise, «dass jemand vielleicht so was bei mir versuchen will.» Gott, war das unfair. Sie ging und holte ihre Übernachtungstasche. Er wusste, was er getan hatte, und fühlte sich beschissen. Nicht, weil er sie benutzte, um an Informationen ranzukommen, sondern weil er ihr Angst gemacht hatte.

«Bleib doch bitte.»

«Nein, tut mir Leid. Hab morgen viel zu tun, und dann mein Schönheitsschlaf und all so 'n Zeug.» Sie verwuschelte ihm das Haar, wie um zu sagen: Schon gut, nur ist es im Augenblick nicht gut genug. «Und ich hoffe, sie sind morgen bei der Arbeit netter zu dir.»

«Ach, das hatte ich ja ganz vergessen – heute waren sie ganz nett zu mir. Ich meine, fast den ganzen Tag über waren sie's nicht, wie ich dir schon sagte, aber dann waren sie's.»

«Das musst du erklären.»

«Na ja, ich musste die meiste Arbeit machen, wie gestern schon, und keiner hat viel mit mir gesprochen, und sie ließen mich Dinge tun, die völlig unnötig waren, das wusste ich, und sie wussten, dass ich wusste, dass sie unnötig waren. Und dann, am Feierabend, rat mal, was passiert? Ich schau in meinen Spind, und was finde ich da? Fünfzig Pfund. In stark gebrauchten Scheinen.»

3

Am nächsten Morgen benutzten die Jumbos nicht die M 4. Es hatte sich herumgesprochen, und jetzt folgten alle der Nordumfahrung. Die Leute sagten, das sei nur der Wind, weshalb sie aus einer anderen Richtung landeten, aber Duffy wusste es besser. Gestern hatten sie offensichtlich so viele Dellen in die Landebahn geschlagen, dass sie gezwungen waren, heute eine andere zu nehmen. Und das sagten sie den Passagieren natürlich nicht. Das war noch so ein Grund, warum Duffy nie fliegen würde: Sie sagten einem nie die Wahrheit. Von seinen Kollegen hatte er schon genug gehört, um zu wissen, dass die erste Maxime jeder Fluggesellschaft war: «Macht den Kunden keine Angst, vielleicht überleben sie's ja und beehren uns mal wieder.» Darum hieß es: «Nur ein paar Turbulenzen», wenn die Hälfte der Passagiere sehen konnte, dass eines der Triebwerke in Flammen stand; und es hieß: «Tut uns Leid, der Captain hat seine Tempotaschentücher vergessen», wenn die Hydraulik zusammengebrochen war und das Flugzeug in Panik kehrtmachte und dabei seinen ganzen Treibstoff über der Themsemündung versprühte.

Beim Fahren ließ er sich den Hendrick-Job durch den Kopf gehen. Es sah nach einer Arbeit aus, die Geld bringen würde, doch sonst war noch nichts abzusehen: einer von den Jobs, bei denen du dein Bestes gibst, bis der Kunde findet, dass er genug Geld in deine Richtung geworfen habe und nun etwas anderes versuchen wolle oder etwas Besseres oder zur Polizei gehen oder sich mit seinen Verlusten fortan abfinden. Solche Jobs hatte er auch schon gehabt. Er würde eindeutig mehrere Tage brauchen, um herauszufinden, wie die Spedition genau operierte, wie die Sicherheitsvorkehrungen des Terminals funktionierten und wie sie sich umgehen ließen; und das war erst Grundlagenforschung. Er wusste nicht, was am ehesten diebstahlgefährdet war (denn laut Hendricks Schilderung änderte sich das von Mal zu Mal), und er wusste auch nicht, wer die besten Voraussetzungen hatte, um es zu klauen.

Was tat man also bei diesen zähflüssigen Fällen, den Nadel-im-Heuhaufen-Fällen, den Auf-dem-Hintern-sitzen-und-die-Augen-offen-halten-Fällen? Nun, man besann sich auf die Grundlagenforschung und die Beinarbeit. Welche Anhaltspunkte hatte er? Er hatte einen Autounfall. Er hatte einen – soviel er gehört hatte – übel zugerichteten Frachtarbeiter, den er kaum aufsuchen und befragen konnte, da er vielleicht zu den Bösewichtern gehörte. Er hatte eine Reihe von Diebstählen in ungefähr monatlichen Abständen. Er hatte einen Schuppen voll Leute, die von seiner Anwesenheit nicht sonderlich beglückt waren – wozu sie auch keinen Grund hatten, wenn er Mrs. Boseley glauben konnte, und abgesehen davon, dass er sie nicht mochte, hatte er keinen Anlass, ihr nicht zu glauben. Und er hatte fünfzig Pfund. Die hatte er mehr als alles andere.

Bares im Spind war natürlich ein alter Trick. Überall auf der Welt, wo Schiebereien liefen – selbst dort, wo das hübsche, beruhigende blaue Licht über der Tür brennt –, tauchte Bares im Spind auf. Und das mit gutem Grund: Es ordnete die Leute ein. Es stellte sie prompt vor eine Wahl, und ebenso prompt kompromittierte es sie. Wenn man es ablieferte, gab es zwei Probleme: Man konnte es dem Falschen abliefern, jemandem, der nicht wusste, was los war, jemandem, der als Folge davon einen Riesenstunk machte, was dazu führen konnte, dass einem nach Feierabend in irgendeiner Gasse der Kopf an einer Backsteinmauer poliert wurde. Oder dann lieferte man es dem Richtigen ab, dem, der es einem mehr oder weniger angeboten hatte, und damit sagte man ihm: «Schön zu wissen, dass du einer von den Bösen bist; ich bin zufälligerweise keiner, aber ich hoffe wirklich, dass wir uns trotzdem gut verstehen werden»; oder man war zwar durchaus etwas krumm, wollte aber nicht gerade bei diesem speziellen Arrangement mitmachen, bei dieser Pfadfindervereinigung von Betrügern, und schon wurde man als Supersaubermann angesehen, als das Pfarrersöhnchen mit der strahlend weißen Weste. Und *das* hatte zur Folge, dass anscheinend jede Dreckarbeit irgendwie an einem hängen blieb, und dass einem die Kanne mit dem Altöl zufälligerweise über den besten Anzug gekippt wurde, und dass einem die Nachtschicht ein bisschen öfter in den Schoß fiel als jedem andern, und manchmal wurde einem in der Kantine der Arm ein bisschen angestupst, wenn man sich gerade einen Löffel Bohnen in den Mund schieben wollte, bis man schließlich fand, scheiß drauf, sich aber nicht beschweren konnte, denn da würde man sich wie ein Schulmädchen anhören, und was hatten die einem denn schon groß getan?

So kam es oft – weil es schlicht einfacher war oder weil die Alte neue Gardinen wollte oder damit man sich einen Doppelten leisten konnte, während man beim Dartsspiel zusah –, dass man es einsteckte. Dafür hatte Duffy Verständnis. Er billigte es nicht, aber er hatte keine Mühe, es zu verstehen.

In diesem Fall hatte er keine Sekunde geschwankt. Kaum hatte er das grüne Bündel mit dem Gummiband darum gesehen, hatte er es sich in die Brusttasche seiner Jeansjacke gesteckt. Vielleicht sah ja gerade jemand zu, man konnte nie wissen. Und wenn, dann war es sicher gut, ihm ein Bild prompter und williger Korruption zu bieten.

Nur um ganz sicher zu gehen – soweit Duffy wusste, konnte ebenso gut an einem der Geldscheine etwas Winziges, aber Belastendes zu finden sein –, stopfte er sie in einen braunen Umschlag, schrieb Datum und Fundort darauf und gab ihn Carol in Verwahrung. Also, was diese Sache anging, galt es nun abzuwarten. Da konnte man nicht einfach bei Gleeson oder dem Chinesen, oder wen man sonst im Verdacht hatte, anmarschieren und sagen: «Vielen Dank für das Geld; was muss ich jetzt tun?» Zumindest nicht, wenn man nicht völlig blöd war. Man wartete einfach ab, und nach einer Weile, wer weiß wie lange, stand man vielleicht gerade in der Sonne und dachte an nichts Böses, und da sagte eine Stimme hinter einem: «Schön, dass du zu uns gehörst», und dann drehte man sich um und nickte und behielt seine Meinung für sich und dachte: ‹Dann war er's also doch.›

Aber das würde bestimmt nicht heute geschehen, dachte Duffy. Mach einfach deine Arbeit und sieh dich um, so lauteten die Spielregeln. Sie hatten ihn wieder in seine Dummenecke gewiesen und erwarteten, dass er da hockte, bis sie ihn brauchten. An dieser Ecke war nichts Besonderes, außer dass man ihn dort leicht im Auge behalten konnte, insbesondere

Mrs. Boseley in ihrer kleinen Glaskabine. Duffy schob seinen Karren, wenn es ihm befohlen wurde, und stellte fest, dass sein Tag aus der üblichen Mischung von kurzen, erschlagenden Arbeitsschüben und langweiligen Perioden der Untätigkeit bestand. Nur dass es immer auch was anderes zu tun gab. Mit beiläufigen Blicken und ein wenig gelangweiltem Umherbummeln gelang es ihm, sich einen Überblick über die Sicherheitseinrichtungen der Frachthalle zu verschaffen. Die Alarmanlage und dazu der versteckte Notalarm, der losging, wenn sich jemand an der Hauptanlage zu schaffen machte: nicht schlecht, ein System mittlerer Preislage, etwa fünf Jahre alt. Und irgendwo gab es wahrscheinlich einen Knopf, um die Leute vom Terminal zu alarmieren.

Einmal, als er bemerkt hatte, dass Mrs. Boseley nicht da war, bummelte er zu ihrem Horst hinüber. Er machte die Tür ein Stück auf und tat so, als schaute er hinein; na ja, sie hätte ja unter dem Schreibtisch stecken können oder so. Dann blieb er höflich vor der Tür stehen, obschon er durch das Glas alles sehen konnte, was ihn interessierte.

«Ja, was machen Sie denn hier?» Mrs. Boseley war plötzlich wieder aufgetaucht.

«Oh, Miss, äh, Mrs., ich wollte nur wissen, ob es Arbeit gibt. Ich hab schon seit einer ganzen Weile nichts mehr zu tun.»

«*Ich* teile Ihnen keine Arbeit zu. Mr. Gleeson teilt Ihnen die Arbeit zu.» Nur schon um mit der zu sprechen, brauchte man Samthandschuhe.

«Pardon, pardon. Ich wollte mich nur nützlich machen.» Und er verkroch sich feige wieder in seine Ecke. Aber er hatte das Türschloss in Augenschein genommen und rausgekriegt, wo ungefähr der Alarmknopf zu vermuten war.

Als es zur Mittagspause pfiff, trabte er hinter Casey zur

Kantine. Es wäre ein bisschen verfrüht gewesen, das als Freundschaft zu bezeichnen: Bloß dass Casey Duffy nicht den Schädel einschlug, wenn er ihm an den Rockzipfeln hing. Sie saßen einander gegenüber, während Casey doppelt soviel verdrückte wie Duffy. Warum wurde der nicht dick? Vielleicht kriegte er viel Bewegung; vielleicht hatte es aber auch gar nichts damit zu tun, wie viel man aß. Duffy hatte Angst, dick zu werden, deshalb aß er wenig und bewegte sich so viel, wie er verkraften konnte; manchmal rannte er sogar die Treppe hoch – na ja, wenn er es eilig hatte. Im Allgemeinen aber machte er sich nur Sorgen, und die Sorgen ums Dickwerden schienen ihn schlank zu erhalten. Bis jetzt jedenfalls.

Duffy musterte Caseys langes, blässliches Gesicht, den schmalen Schnauzer, der einem alten Charles-Bronson-Film nachempfunden war, die Rocker-Nostalgie-Mähne. Ob sich unter dieser Mähne überhaupt etwas regte, fragte er sich. Casey sprach ihn nie an – nicht, dass das Duffy störte –, aber als Zeichen seiner keimenden Toleranz ließ er sich herab, auf Fragen zu antworten, solange sie nicht gestellt wurden, während er aß. Nachdem er sein Besteck niedergelegt, die Baked-Beans-Soße von seinem Schnauzer getupft und laut ausgeatmet hatte, fragte ihn Duffy:

«Schlägst du viele Leute?» Er zeigte mit ehrerbietiger Geste auf Caseys Rechte, um die Unzulänglichkeit seiner Worte wettzumachen. Casey blickte auf seine Hand, und während er sie ansah, ballte sie sich zur Faust, scheinbar ohne Ermächtigung durch ihren Besitzer.

«Nur wenn ich muss», erwiderte er.

«Hast du noch mehr Tätowierungen?», fragte Duffy rasch, weil er Caseys Ungeduld angesichts der Länge dieser Unterhaltung spüren konnte.

Das konnte Casey ohne ein Wort beantworten. Er griff an

den Halsausschnitt seines Hemds und riss die obersten beiden Jeansdruckknöpfe auf. Eine gestrichelte Linie mit Buchstaben dazwischen lief um seinen Hals. Duffy las:

– – – H–I–E–R – – – – – – – S–C–H–N–E–I–D–E–N – – –

Caseys Adamsapfel bildete ein klobiges Satzzeichen in dieser komplexen Anweisung, deren Tragweite er Duffy ermessen ließ, während er loszog, um zwei Portionen Nachtisch zu holen. Duffy sah zu, wie er sie verputzte, und versuchte dabei den Gedanken ans eigene Dickwerden zu verdrängen. Er stellte sich vor, wie er in mittlerem Alter, mit schütterem Haar irgendwo erschien, um Sicherheitsberatung anzubieten, und ausgelacht wurde. «Wir wollen doch keinen *dicken* Sicherheitsmann», riefen sie ihm nach, «wer hat denn je von einem *dicken* Sicherheitsmann gehört?»

Am Ende des Nachtischs wusste Duffy, dass er wieder sprechen durfte. Er wählte den Tonfall eines Kollegen, der entschieden weniger mutig war als Casey, sich aber alle Mühe gab.

«Gibt es – gibt es hier viel Gewalttätigkeiten?»

Casey lächelte beinahe; das heißt, er schien ein Lächeln durch sein Gesicht zu sieben, und die geseihten Überreste sickerten am anderen Ende durch.

«Hatte mal 'n Kumpel», erwiderte Casey, «Riesenzinken. Riesenzinken.» Casey tippte gegen seinen eigenen Kolben, um Duffy weiterzuhelfen. «Ham ihn in einem von diesen großen Kühlschränken gefunden. Auf 'n Tulpen.»

Casey verfiel in Schweigen und schaute beinahe nachdenklich drein; dann, als Duffy ihm gerade sein Beileid aussprechen wollte, fuhr er laut fort, mit einem polternden Lachen:

«Dem hamwer keine Blumen schicken brauchen.» Und zur Bekräftigung versetzte er Duffy unter dem Tisch einen harten Tritt.

Auf dem Rückweg in den Schuppen machte Duffy an der Telefonzelle Halt und rief drei Schrotthändler in der Umgebung an. Zwei meldeten sich nicht; die waren wohl in der Mittagspause. Dem dritten beschrieb Duffy McKays Wagen und erklärte, sein hospitalisierter Freund habe etwas darin vergessen.

«So was haben wir hier nicht, Mann.»

«Sicher?»

«Sicher bin ich sicher. Hören Sie, ich merk's vielleicht nicht, wenn Sie 'n Tiger im Tank haben, aber wenn er über das ganze verdammte Auto verteilt ist, müsst ich das doch sehen, oder?»

«Sicher. Tut mir Leid, Mann.»

«Schon gut.»

Dem würde er später nachgehen müssen. Noch ein Nachmittag, dann wäre es Freitag. Vielleicht sollte er es an diesem Wochenende tun – einbrechen. So konnte er hier noch tagelang herumhängen, bis er kapierte, wie der Schuppen lief; bis er auch nur wüsste, was sie alles an Waren verschickten. Er bräuchte nichts weiter als ein paar ungestörte Stunden; er hatte ja nicht vor, irgendetwas kaputtzuschlagen.

Aber natürlich brauchte er gar nicht einzubrechen. Er konnte sich von Hendrick den Schlüssel geben lassen. Vorausgesetzt, dass Hendrick selbst in Ordnung war. Duffy vergaß nie, den Kunden selbst in Betracht zu ziehen. Aber wenn Hendrick an der Schieberei beteiligt war, wieso hatte er dann Duffy überhaupt engagiert? Vielleicht gab es ja auch zwei Schiebereien, die von Hendrick und die von jemand anderem? *Wir sind hier in Schieber-City, Duffy,* wiederholte Willetts Stimme in seinem Kopf. Ja, aber trotzdem würde Hendrick ihn doch nicht beiziehen, wenn er selbst an einer Schieberei beteiligt wäre, oder? Oder doch? Egal, spielte ja keine Rolle – wenn er Hendrick um den Schlüssel bat und Hendrick «Nein» sagte, würde er den Job hinschmeißen; wenn er darum bat und ihn kriegte und dann etwas geschah, das Duffy vermuten ließ, dass Hendrick mehr mit der Sache zu tun hatte, als er Duffy gesagt hatte, würde er den Job noch viel schneller hinschmeißen. Und dann würde er mit den fünfzig gebrauchten Einpfundnoten Carol ausführen.

Die Arbeit am Freitag war wie die am Donnerstag und die am Mittwoch und die am Dienstag. Als es zur Mittagspause pfiff, sprang er zur Telefonzelle. Hendricks Sekretärin erzählte er, er mache sich immer noch Sorgen wegen der Papayas. Er hoffte, der Job würde sich nicht über das Ende der Papayasaison hinausziehen, er käme sonst in Schwierigkeiten. Sie stellte ihn durch.

«Mr. Hendrick, es geht um diese Papayas.» (Es war immer nützlich, die Kunden an ihre eigenen kindischen Sicherheitstricks zu erinnern; das gefiel ihnen.) «Ich brauche vielleicht den Schlüssel.»

«Den Schlüssel zu den Papayas? Oh, die schneiden Sie einfach auf, mit einem Messer.»

«Sehr komisch, Mr. Hendrick.» (Sehr verschwenderisch, was meine Zehn-Pence-Münze angeht, Mr. Hendrick.) «Ich kann so, wie's läuft, nicht schnell genug etwas herausfinden. Ich denke, ich sollte mich am Wochenende mal hier umsehen. Können Sie mir einen Schlüssel geben?»

«Hm, ja, ich sehe nichts, was dagegenspricht. Aber Sie müssten schon vorbeikommen und ihn bei mir zu Hause abholen.»

«Kein Problem, Mr. Hendrick, setze ich alles auf die Rechnung.» (Es war auch ganz nützlich, den Kunden an die Spesen zu erinnern.)

Hendrick gab ihm eine Adresse in Fulham an und bat ihn, am Samstagmorgen vorbeizukommen. Dann rief Duffy die anderen beiden Schrotthändler an; der eine war immer noch in der Mittagspause von gestern, der andere, in Yiewsley, meinte, den Wagen gesehen zu haben, wusste aber nicht mehr, wo. Vielleicht würde Duffy gerne mal vorbeischauen? Ja, samstags hatten sie geöffnet: bis vier Uhr.

So weit, so gut. Duffy ging rasch in die Kantine, wo er zu seiner Überraschung feststellte, dass Casey ihm einen Platz freigehalten hatte. Nicht, dass diese Geste bedeutet hätte, dass er in irgendeiner anderen Weise auftauen würde. Das gewohnte Schweigen herrschte weiterhin bis zum Abschluss des ernsten Geschäfts der Nahrungsaufnahme. Außer dass Casey, nachdem er seinen Dessertlöffel schließlich in die Schüssel gedonnert hatte, tatsächlich Duffy ansprach, erst zum zweiten Mal in ihrer nunmehr sprießenden Beziehung.

«Wo haste dann den Ring her?»

«Was?»

«Wo haste dann den Ring her, wenne nich annersrum bist?»

Ah, das also hatte Casey die ganze Zeit auf der Seele gelegen: der Ohrstecker.

«Hat mir 'ne Frau geschenkt.»

Zur Antwort gab Casey seinen verzögerten Ausatmer von sich.

«Und ich denk, du wärst annersrum.»

Vielleicht habe ich einen Freund gewonnen, dachte Duffy. Freitagnachmittag war Zahltag. Punkt vier stellten sich alle sechs vor Mrs. Boseleys Büro auf und gingen einer nach dem andern hinein. Duffy, der Dienstjüngste, war der Letzte in der Schlange.

«Ich hoffe, meine Arbeit war zufrieden stellend, Mrs. Boseley», sagte er in einem Tonfall, der, wie er hoffte, nicht zu offensichtlich anbiedernd klang. Mrs. Boseley bedachte ihn mit einem ihrer besonders tief gekühlten Blicke und wandte sich dann wieder dem Abzählen seines Lohns zu. Als sie ihm das Geld überreichte, sagte sie:

«Dazu kann ich nichts sagen, ich habe Sie nicht beobachtet.»

Was nur zum Teil stimmte, denn in den letzten vier Tagen hatte Duffy gelegentlich aus seiner Dummenecke im Schuppen aufgeblickt und gesehen, dass ihr halbhoch toupierter Schopf in seine Richtung gewandt war. Sie gab Duffy jedenfalls das Gefühl, beobachtet zu werden, ob es nun zutraf oder nicht.

Er ging und setzte sich auf eine Packkiste in seiner Ecke. Er blickte zurück zu der Glaskabine. Wo mochte eine Frau wie Mrs. Boseley herkommen? Hatte sie zum Beispiel einen Vornamen? Hatte sie eine Vergangenheit? Hatte sie Eltern, oder war sie einfach eines Tages durch das Dach von Hendricks Schuppen gefallen, adrett und um die vierzig und bestrebt, seinen Laden zu leiten? Sie konnte doch nicht immer Geschäftsführerin gewesen sein; und bei Hendrick hatte sie sich bestimmt nicht hochgearbeitet. Was hatte sie vorher getan? Duffy dachte an ihr zurückgekratztes Haar, an ihre hübsche, aber für ihn unattraktive Figur, an ihr nichts sagend gutes Aussehen mit den hohen Backenknochen; dann zog er zehn, fünfzehn Jahre davon ab und steckte sie in eine Uniform (ohne hinzusehen, während sie sich umzog), und da war sie: eine Lufthostess. Oder, wie man sie damals noch nannte, eine Stewardess. Das war es, das passte. Sie war eine ehemalige Stewardess; die wurden irgendwann mal in Pension geschickt – in welchem Alter genau wusste er nicht; aber es war wie bei den Playboy-Bunnies. Ziemlich unfair, fand Duffy; heute bist du noch die kostenlosen Reisen und die Blicke der Geschäftsreisenden wert, und morgen heißt es, tut uns Leid, *Sie* will niemand mehr ansehen, nein, sonst ist alles in Ordnung, aber ist die Haut an Ihrem Kinn nicht vielleicht ein bisschen schlaff, jedenfalls haben wir hier einen hübschen kleinen Arbeitsplatz am Boden, wo Sie gar nicht mehr reisen müssen, außer aufs Klo und in die Kantine.

Was machten alte Stewardessen? Was machten alte Irgendwer? Alte Golfspieler sterben nie, sie treffen nur nicht mehr ins Loch. Wo hatte er das gelesen? Und wie stand es mit alten Sicherheitsexperten? Was würde mit Duffy geschehen, wenn er fett und alt wurde und aufhörte, schlau zu sein? Würde er Nachtwächter werden und in einem Kabäuschen sitzen und Kastanien über dem Feuer rösten und darauf warten, dass er angepisst wurde von ein paar Halbstarken, die ihn Opa nannten? Und würde er vielleicht eines Tages durch den Flur irgendeiner Fabrik schlurfen, nicht weil er argwöhnisch war, sondern weil seine Beine Bewegung brauchten, und irgendein überenthusiastisches Schlitzohr käme auf den Gedanken, ihn mit dem Kolben einer Schrotflinte auszuschalten? So was passierte laufend.

«Wagenschlüssel.»

Duffy schreckte auf. Gleeson stand neben ihm und kaute was, sodass seine langen Koteletten sanft auf und nieder wippten. Gleeson war einer von diesen pummeligen Leuten, die so aussehen, als hätten sie von Natur aus ein freundliches Wesen; in seinem Fall trog der Schein.

«Dein Wagen steht falsch, kann ich die Schlüssel haben?»

«Tut mir Leid, ich fahr ihn weg.»

Duffy hatte die Hand in der Tasche und wollte sich schon auf den Weg machen, als Gleeson ihn am Arm packte.

«Dein Wagen steht falsch.»

«Ja, ich hab's verstanden.»

Sie starrten einander ein paar Sekunden lang an. Duffy fragte sich, warum sie wohl den ganzen Tag gewartet hatten, bis sie ihn baten, den Wagen zu verschieben; und er konnte doch unmöglich …

«Dein Wagen steht falsch.»

Gott, war er blöd. Himmel, war er blöd. Wortlos kramte er die Schlüssel hervor und reichte sie rüber. Vielleicht hätte er es rascher geschnallt, wenn er nicht gerade über sein Alter nachgegrübelt hätte, aber trotzdem … Er schämte sich beinahe. Du kassierst die fünfzig, wartest auf den Kontakt, und wenn es endlich soweit ist, merkst du's nicht mal. Vielleicht setzt du jetzt schon Fett an, Duffy. Nach ein paar Minuten kam Gleeson zurück. Duffy rechnete halb damit, dass Gleeson etwas sagen würde, auch wenn er nicht genau wusste, was; vielleicht so etwas wie «Wir treffen uns hinter dem dritten Tiefkühlcontainer rechts». Doch stattdessen warf Gleeson Duffy nur aus vier Meter Entfernung die Schlüssel zu und wandte sich ab. Als er sie auffing, blickte Duffy durch die Halle zu Mrs. Boseleys Büro. Hatte da etwas blond aufgeblitzt, als sich ein Kopf abwandte?

Immerhin, es tat sich etwas. Lieber irgendwas als gar nichts, selbst wenn man es nicht versteht. Duffy konnte es kaum erwarten, dass es halb sechs wurde und er feststellen konnte, warum sie seinen Wagen hatten verschieben wollen.

Als es dann aber zum Feierabend pfiff, lungerte er noch ein wenig herum. Er zog sich gemächlich um und beeilte sich auch nicht auf dem Weg zum Tor der Frachthalle. Falls sich jemand ihm unauffällig anschließen wollte, konnte der das von ihm aus gerne tun. Aber keiner tat es. Draußen auf dem kleinen Vorplatz stand sein Lieferwagen an exakt der gleichen

Stelle, wo er ihn morgens geparkt hatte. Das überraschte ihn nicht im Geringsten. Er ging langsam hinüber zum Wagen und wartete darauf, vielleicht von Casey, der gerade in seinen Capri stieg, angesprochen zu werden. Aber nichts geschah. Also kletterte Duffy in den Lieferwagen. Nichts auf dem Sitz. Er klappte das Handschuhfach auf, auch hier nichts. Nichts auf dem Armaturenbrett. Er blickte über die Schulter ins Wagenheck, aber auch da sah alles aus wie gewohnt. Vielleicht haben sie im Motor etwas angesägt, dachte Duffy; doch er verwarf den Gedanken als paranoid. Dann, als er aus seinem Parkfeld zurücksetzte, schob er die Hand in die Seitentasche an der Fahrertür. Ein Plastikbeutel. Aha. Er hob ein Päckchen auf seinen Schoß und sah nicht hin, bis er im zweiten Gang war. Dann ließ er seinen Blick sinken. Taschenrechner. Sechs Taschenrechner; immer noch in der Originalverpackung; immer noch in ihrer Klarsichtfolie.

Wie großzügig, dachte Duffy. Fünfzig Einpfundnoten am Mittwoch, sechs Taschenrechner am Freitag. Dieser Gedanke entzückte ihn nicht mehr als eine halbe Sekunde, dann legte er den dritten Gang ein und nahm Gas weg, bis der Motor abstarb. Er rollte an den Straßenrand, vierhundert Meter von Hendricks Schuppen und auf halbem Weg zum Tor. Dann legte er, nur für den Fall, dass ihn jemand beobachtete, den ersten Gang ein und drehte den Zündschlüssel. Die Maschine zündete, der Lieferwagen machte einen Ruck vorwärts und starb wieder ab. Duffy wiederholte das noch zweimal, dann stieg er mit einer Nicht-schon-wieder-Miene aus und klappte die Motorhaube auf.

Er fummelte ein bisschen an den Zündkerzen herum und versuchte herauszukriegen, weshalb er nicht überzeugt war. Er wusste nicht, wie diese Sachen abliefen, aber er war sicher, dass sie so nicht abliefen. Man kriegte die fünfzig Pfund, und dann kam der Kontakt; oder man kriegte die Taschenrechner, und dann kam der Kontakt; man kriegte nicht beides – und dann nichts. So konnte es nicht funktionieren; man musste etwas tun, um etwas zu verdienen. Außerdem waren die Taschenrechner immer noch in der Originalverpackung; auf der Klarsichtfolie klebten noch Etiketten; jeder Polizeischüler wäre in der Lage, ihre Herkunft festzustellen.

Duffy knallte die Motorhaube zu und stieg wieder auf den Fahrersitz. Er holte ein Staubtuch und ein paar Rallyehandschuhe aus dem Handschuhfach. Er zog die Handschuhe an und rieb mit dem Staubtuch kräftig die ganze Klarsichtverpackung ab; es wäre schön gewesen, Gleesons Fingerabdrücke draufzulassen, aber das ging nicht. Dann wickelte er das Päckchen in das Staubtuch, zog die Handschuhe aus, ließ den Motor an, schaute längere Zeit in den Rückspiegel und fuhr dann rasch los. Er bog scharf links ab, wieder links, rechts und bremste scharf vor den Toiletten, als wüsste er nicht, ob er es noch länger einhalten könnte. Er rannte den Weg zur Herrentoilette hoch, stürzte in ein Klo, stieg auf die Schüssel und verstaute die Taschenrechner hinter dem Spülkasten. ‹Eines Tages›, dachte er, ‹werden die öffentlichen Klos auf tief stehende Spülkästen umstellen, wie wir sie zu Hause haben, und was machen wir dann?›

Er grinste zufrieden, während er gemächlich zum Tor zurückfuhr. Es machte ihm überhaupt nichts aus, von einem Sicherheitsbeamten willkürlich rausgepickt und in eine besondere Spur gewinkt zu werden, wo ein Polizist wartete. Natürlich verstand er das, reine Routinekontrolle. Klar, wo hier doch immer so viel wegkam. Nur zu, suchen Sie. Handschuhfach, unter den Sitzen, vergessen Sie die Seitentasche an der Fahrertür nicht. Kurze Leibesvisitation, hier lang, bitte, kein Problem, macht mir vielleicht sogar Spaß, sagte er sich.

Der Polizist tatschte ihn überall ab, und als er sich an der Innenseite der Schenkel hocharbeitete, sagte sich Duffy: ‹Werd nicht zu unverschämt.› Der Polizist war sehr freundlich, als sie wieder hinaus zum Lieferwagen gingen, wo der Sicherheitsbeamte gerade seine Arbeit beendet hatte; auch er war freundlich zu Duffy. Duffy erwiderte die Freundlichkeit. Er hatte durchaus Verständnis, nein, machte ihm gar nichts aus, jederzeit, nur zu, bis zum nächsten Mal.

Als Duffy davonfuhr, erinnerte er sich an Willett und sagte sich: Willkürliche Nase oder wissenschaftliche Nase? Oder ein bisschen Nachhilfe?

Hendrick öffnete Duffy die Tür mit besorgter Miene. Er führte ihn schweigend durch den Flur in die Küche, wo er ein kleines Töchterpaar aufscheuchte, die er anwies, draußen spielen zu gehen. Als die Hintertür zuknallte, machte sich Hendrick furchtbare Gedanken, ob er Duffy den Schlüssel zum Frachtschuppen tatsächlich geben sollte. Duffy kannte diese Situation gut: Erst engagierte man jemanden, der einem im Sicherheitsbereich helfen sollte, und erzählte ihm seine ganzen Sorgen, und dann fing man an zu wünschen, man hätte es nicht getan. Das war ein wohl bekanntes psychologisches Verhaltensmuster. Und wie man damit umging, war ebenso wohl bekannt. Man zeigte sich nicht in seiner Ehre angegriffen und wurde pikiert und rieb seine beruflichen Qualifikationen dem Kunden unter die Nase; man wurde nur einen Augenblick still, um ihm zu zeigen, dass man nicht so gekränkt war, wie er erwartet hatte, und dann rührte man an seine Krämerseele.

«Ganz wie Sie wünschen, Mr. Hendrick, ich meine, das liegt natürlich ganz bei Ihnen. Ich kann ja nicht beschwören, dass ich etwas Nützliches finde, wenn Sie mir den Schlüssel leihen. Es ist nur so, bei dieser Art von Auftrag würde es viel Zeit und Geld sparen, wenn ich in den Schuppen reinkann, solange niemand da ist. Aber das liegt natürlich ganz bei Ihnen.»

Es war schon fast kriminell, wie gut das immer funktionierte. Hendrick gab auf, entschuldigte sich, willigte ein, kramte den Schlüssel hervor und händigte ihn aus.

«Zwei Punkte wären da noch, Mr. Duffy.» Auch dieser Spruch war altbekannt; er entsprang dem Drang, sich wieder als Auftraggeber zu behaupten, als Bedingungssteller, als Zahlmeister. «Erstens will ich ganz genau wissen, wann Sie rübergehen und wie lange Sie dort bleiben wollen. Und zweitens will ich den Schlüssel postwendend zurückhaben, sobald Sie damit fertig sind.»

«Kein Problem.» Duffy gab sich respektvoll, wie es das Schema verlangte. «Heute habe ich noch viel zu tun, also gehe ich wohl am besten am Sonntagnachmittag hin – am mittleren Nachmittag; sagen wir, um drei? Ich werde nur etwa ein oder zwei Stunden da sein. Genauer kann ich's nicht sagen, das werden Sie sicher verstehen –» Appell an den Verbündeten, den Mitverschwörer; Hendrick nickte, wie es sich gehörte – «und dann werde ich Ihnen den Schlüssel so gegen sechs zurückbringen können, würde ich sagen. Wenn Sie nicht da sind, schiebe ich ihn durch den Briefschlitz.»

Hendrick fing nun an, ihm unnötig detailliert zu erklären, wie er verhindern konnte, dass die Alarmanlage losging, wenn er durch die Seitentür eintrat. Duffy hörte mit halbem Ohr hin, für den Fall, dass ihm doch etwas neu war, und mimte völlige Konzentration, indem er durch das Küchenfenster in den hinteren Garten schaute. Draußen vor der Hintertür war eine hübsche Mosaikpflasterterrasse, dahinter ein Geranienbeet und dann ein Kinderspielplatz. Da gab es einen Sandkasten und ein Planschbecken und eine Rutschbahn. Die zwei Mädchen, die Duffy auf etwa sieben oder acht schätzte, spielten lärmend auf der Rutschbahn. Das eine stand gerade oben auf der Rutsche. Duffy verzog das Gesicht: Für einen Erwachsenen wäre das kein tiefer Sturz, aber für ein Kind? Auf den Beton? Das bereitete Duffy Sorgen. Er wandte seinen Blick zu der Backsteinmauer am Ende des Gartens, die nur etwa elf Meter von seinem Standort entfernt war, und stellte fest, dass noch eine andere Sorge in seinem Kopf herumspukte, die er nicht identifizieren konnte, die irgendwie mit den letzten Tagen zu tun hatte, die er aber nicht festnageln konnte. Unterdessen war Hendrick am Ende seiner Gebrauchsanweisungen für die Alarmanlage angelangt, und Duffy nickte, als hätte er, wenn auch mit einiger Mühe, das Ganze einigermaßen kapiert. Den Kunden gefiel das. Sie glaubten dann, ein sicheres System zu besitzen.

Als erstes fuhr Duffy auf der Rückfahrt nach Westen bei einem Schlüsseldienst vorbei und ließ sich ein Duplikat machen. Er wollte nicht von Hendricks wankelmütiger Einschätzung seiner Zuverlässigkeit abhängig sein, falls er einen weiteren Besuch abstatten wollte; und außerdem war es eine ziemliche Ecke nach Fulham hinüber.

Was den Zeitpunkt seines Besuchs im Frachtschuppen anging, so hatte er Hendrick belogen. Für den Fall, dass Hendrick ihm gegenüber nicht völlig ehrlich war, hatte er beschlossen, sofort hinzufahren. Er erreichte den Schuppen um halb zwölf und öffnete die Seitentür mit dem Schlüssel, den er eben hatte anfertigen lassen (am besten gleich ausprobieren, falls er ihn zum Nachfeilen zurückbringen musste). Der Alarm ging mit zwanzig Sekunden Verzögerung los, damit Hendrick jeweils genügend Zeit hatte, eine kurze Treppe hinaufzuwatscheln und ihn auszuknipsen.

Duffy begann bei den großen Doppeltoren an der Südseite des Schuppens. Der Fußboden war mit farbigen Linien markiert wie eine Sporthalle, und die Waren lagerten in verschieden großen Quadraten und Rechtecken auf ihren rostfarbenen Regalen. Manche Bereiche waren für Stammkunden reserviert, deren Namen auf Schildern standen: Fraser Matthews, Bamco, Holdsworth & French und so weiter. So kamen regelmäßige Sendungen immer an den genau gleichen Platz im Schuppen, Woche für Woche, Monat für Monat, was Hendricks Leuten die Arbeit erleichterte – oder auch den Kunden selbst, wenn sie etwas abholten.

Duffy sah sich die Frachtsendungen eingehender an, als es ihm tagsüber möglich gewesen war, erfuhr aber nicht viel Neues. Die Etiketten an den Sendungen waren für Befugte aufschlussreich und für jeden anderen – wie Duffy – bewusst nicht. Frachtführer, Gewicht, Anzahl der Pakete, Luftfrachtbriefnummer, Bestimmungsort (was sich auf den Flughafen bezog, nicht etwa auf den Importeur oder den Empfänger). Nun, das war ganz in Ordnung, wenn auch ganz nutzlos. Name, Dienstgrad, Nummer: besonders die Nummer. Einige der Kisten verkündeten ihren Inhalt. Hier Taschenrechner (das war ein Fehler – Duffy konnte erkennen, dass man sich an einem der Kartons zu schaffen gemacht hatte), da amerikanische Wochenzeitschriften, weiter hinten gekühlter Fisch. Packkisten, Teekisten, Wellpappkartons, in Sackleinen eingeschlagene Ballen. Hendrick hatte Recht – was zum Teufel wollte Duffy hier finden, indem er einfach herumspazierte? Hielt er sich etwa für Alice im Wunderland mit ihren Iß-mich-Keksen und Trink-mich-Tränken: Meinte er, er würde auf eine große Packkiste mit der Aufschrift «Klau mich» stoßen und müsste nur noch hineinklettern und warten, bis sie jemand abholte, um dann mit einem baumelnden Paar Handschellen am Gürtel herauszuspringen und «Keine Bewegung» zu brüllen? Hatte er es sich etwa so vorgestellt?

Egal, wenn dieser Teil enttäuschend war, konnte er ja zum nächsten übergehen. Er ging an seiner Dummenecke vorbei und schlenderte zu den Spinden hinüber. Sechs Personen arbeiteten hier, und Spinde gab es zehn. Mit einem Taschenmesser öffnete er diejenigen, die von seinen Kollegen benutzt wurden: Jeder enthielt einen Overall, neben anderem männlichem Zubehör, das entweder nützlich war oder nicht nach Hause gebracht werden konnte: Zigaretten, Kaugummi, Schnaps, da und dort ein Pornoheft, speckige Pullover. Caseys Spind enthielt eine Flasche Mundwasser, was Duffy etwas überrumpelte; vielleicht war da noch ein verborgener Casey, von dem er nichts wusste, einer, der sich Kölnischwasser ins Haar kämmte und seine Achselhöhlen rasierte?

Dann öffnete Duffy die vier Spinde, die er nie jemanden hatte benutzen sehen. Zwei waren leer; einer enthielt eine zwei Jahre alte Ausgabe der «Sun», der andere eine ungeöffnete Dose Hundefutter. Duffy machte alle sorgfältig wieder zu und ging weiter. Dann überkam ihn eine Ahnung. Er ging zurück und öffnete seinen eigenen Spind und schaute hinein. Hmmm. Er nickte bedächtig. Genau, wie er ihn gestern zurückgelassen hatte. Soviel zum Thema Ahnungen.

Das Schloss an Mrs. Boseleys Tür hielt ihn etwa anderthalb Minuten auf. Wieder musste er schnell zum Aus-Schalter der Alarmanlage treten. Nachdem er zuerst die genaue Position des Alarmknopfs unter dem Schreibtisch ausgemacht hatte, setzte er sich in ihren Sessel und überblickte den Schuppen aus Mrs. Boseleys Perspektive. Ja, kein Zweifel, von hier oben sah man viel mehr, auch wenn man sich nur knapp anderthalb Meter über dem Niveau des übrigen Schuppens befand. Da drüben war die Ecke dieses Scheißers Duffy; dort hatten wir den kleinen Arsch hingestellt; dort ließen wir ihn Karren umherschieben und Scheiße fressen. Nehmen Sie doch ein paar Taschenrechner, Mr. Duffy. Vergessen Sie nicht, sie am Tor zu verzollen, Mr. Duffy. Ein paar Wochen Knast gefällig, Mr. Duffy?

Er riss sich zusammen. Er konnte Mrs. Boseley zwar nicht leiden, aber deswegen hatte er noch keinen Grund anzunehmen, dass sie etwas mit den Taschenrechnern zu tun gehabt hatte. Dass ihm das mehr als recht gewesen wäre, bedeutete nur, dass er doppelt vorsichtig sein musste mit diesbezüglichen Schlussfolgerungen. Hör mal auf, sie zu hassen, Duffy. Nimm dir lieber ihren Schreibtisch vor.

Er holte ein Notizbuch heraus und fing an, sich langsam durch den Schreibtisch vorzuarbeiten. Er ging durch Archivschachteln voller Rechnungen und notierte die Namen und Telefonnummern der Firmen, die Stammkunden zu sein schienen. Das Geschäft lief offenbar gut, soweit Duffy dies beurteilen konnte, obschon er zugeben musste, dass er eine frisierte Buchhaltung auch dann nicht erkannt hätte, wenn sie von Brillantine getrieft hätte.

Dann blätterte er die neuere Korrespondenz durch und sah, warum Hendrick beschlossen hatte, ihn anzuheuern. Ein Pelzgroßhändler hatte beschlossen, sich nach einem anderen Spediteur umzusehen – nicht, dass er keine Versicherung gehabt hätte, aber wenn es einmal vorkam, dann konnte es eben wieder vorkommen, nicht wahr, Mr. Hendrick, und es ist nun mal sehr lästig (das ist natürlich nicht persönlich gemeint) –, und ein Generalimporteur hatte geschrieben, wie ernstlich besorgt er über den Verlust einer Sendung italienischer Sonnenbrillen war.

In der obersten linken Schublade fand er Mrs. Boseleys Schminksalon: diverse Puder, Lotions, Cremes, Lippenstifte,

Kämme, Spiegel; wenn er gründlich genug suchte, würde er wahrscheinlich die Kragenstäbchen finden, die sie sich immer in den Mund schob, bevor sie mit ihm sprach. Stattdessen nahm er sich die nächste Schublade vor, wo er ihr Adressbuch entdeckte. Das hielt ihn eine Weile auf, allerdings ohne großen Erfolg: keine Namen, die ihn aus Mrs. Boseleys Sessel aufspringen ließen; mehrere Nummern von Stammkunden, was weiter nicht verwunderlich war. Er suchte die Adressen und Telefonnummern aller Mitarbeiter von Hendrick Freight heraus und notierte sie. Er sah noch einmal unter «B» nach, aber Mrs. Boseley kannte offenbar niemand anderen ihres Namens. Er blätterte zurück zum Vorsatzblatt und schrieb die Adresse und Telefonnummer von Mrs. E. Boseley ab. Dieses «E» war das Einzige, was er bisher über sie herausgefunden hatte. E wie Eisschrank.

Er machte mit den anderen Schubladen weiter und fand nur den üblichen Büroschlick – einen Hefter, der den Geist aufgegeben hatte, ein paar verschlissene Gummibänder, die unbenutzte Packung Hafties. In der drittobersten Schublade rechts jedoch fand er etwas, das eindeutig diesem Büro eigentümlich war: ein gerahmtes Foto, das, Bildseite nach unten, in der Lade lag. Duffy drehte es ganz langsam um, wie ein Zauberer, der seine erwartbar überraschende Karte aufdeckt. Dabei ließ er seine Zunge trommelwirbelartig gegen seinen Gaumen vibrieren und intonierte dann «Ta-taaaaaa-TAM», als das Gesicht sich nach oben wandte.

Es war niemand, den er kannte. Die Aufnahme zeigte einen rundgesichtigen Mann in den Vierzigern; schütteres Haar, Goldrandbrille mit kleinen runden Gläsern, ein gönnerhaftes Lächeln auf den Lippen; er trug einen Nadelstreifenanzug mit einem recht kunstvollen Sträußchen im Knopfloch. Ein Hochzeitsfoto vielleicht? Mr. Boseley? Gab es einen

Mr. Boseley? Es war ein Foto jüngeren Datums; hatte die Bürochefin in den letzten fünf Jahren geheiratet? Er wusste es nicht. Die wahrscheinlichste Lösung war natürlich die einfachste: dass es wirklich Mr. Boseley war, und die Tatsache, dass dies Duffy nicht passte – dass ihm ein Gorilla von Liebhaber mit einer komplett ausgestatteten Folterkammer lieber gewesen wäre –, warnte ihn davor, dieser Phantasievorstellung zu trauen. Ein kleiner Punkt wollte ihm allerdings nicht aus dem Kopf. Es war ja begreiflich, dass man ein solches Foto nicht auf seinen Schreibtisch stellte – die Leute würden nur darüber grinsen, und Mrs. Boseley sah nicht nach jemandem aus, der für solches Grinsen viel übrig hätte, aber wenn man es in eine Schublade legte, damit man hineingreifen und es sich ansehen konnte, wenn man trübsinnig war oder in Bedrängnis oder scharf oder fluchbeladen, würde man es da nicht mit dem Foto nach oben hinlegen?

Duffy stellte beim Gehen wieder die Alarmanlage ein und fuhr zum Schrottplatz. Er hatte angerufen wegen des Autos seines Freundes, dieser Cortina-Spezialausführung. Mit mir hamse nich gesprochen, Chef. Cortina, wie? So als Tiger bemalt? Na, *das* müsste ich doch noch wissen, nich? Ich fürchte, da hamse Pech, Chef. Na schön, wenn Sie drauf bestehen. In den Schuppen, Blick in die Bücher. Ja, *einen* Cortina hatten wir, aber der ist jetzt etwa so groß (Handbewegungen wie ein größenwahnsinniger Angler). Erstaunlich, wie klein so ein Ding in der Presse wird, nicht? Sind Sie sicher, dass er hierhergeschleppt wurde?

Egal, es war sowieso nur reine Spekulation gewesen. Und ab sieben Uhr spielte das auch keine Rolle mehr. Carol rief an.

«Tut mir Leid, ich hab dich gestern zu erreichen versucht, aber da warst du anscheinend nicht zu Hause.»

«...?»

«Es geht um den Wagen.»

«Gut.»

«Ich hab mir den Rapport vorlesen lassen. Soweit man feststellen konnte, muss es irgendeine Kollision gegeben haben, bevor der Wagen über die Leitplanke flog. Am hinteren Kotflügel auf der Fahrerseite waren Lackspuren, und weiter vorn war eine große Delle, als hätte ihn da was gerammt.»

«Geplatzte Reifen?»

«Die Reifen seien alle in Ordnung gewesen.»

«Lenkung?»

«Der Wagen sei prima in Schuss gewesen. Abgesehen von den Unfallfolgen, natürlich.»

«Und nichts über das andere Fahrzeug?»

«Nicht das Geringste. Niemand hat angehalten. Niemand etwas gesehen.»

«Das ist mir eine große Hilfe, Schatz. Vielen Dank.» Carol lächelte ins Telefon. Diese beiden Worte bekam man von Duffy nicht eben oft zu hören. Sie hing zärtlichen Gedanken nach.

Die Gedanken, denen Duffy nachhing, waren anderer Art. Er dachte: Wofür ist man bereit zu töten – oder so gut wie? Tötet man für einen Karton italienischer Sonnenbrillen? Tötet man für ein paar Kisten Räucherlachs?

4

«Pünktlich auf die Minute, Mr. Hendrick.» Es war immer von Vorteil, den Kunden gegenüber seine eigenen Vorzüge herauszustreichen.

«Ach ja, vielen Dank, Mr. Duffy.» Hendrick stand vor seiner Haustür und streckte die Hand nach dem Schlüssel aus. Er schien nicht sonderlich erfreut, Duffy zu sehen.

«Ich wollte fragen, ob ich Sie gleich noch mal kurz sprechen könnte.»

«Hmmm? Na schön, dann eben.» Er führte Duffy durch den Flur in die Küche und scheuchte die Kinder einmal mehr verdrossen in den Garten. Diesmal schienen sie widerwilliger als das letzte Mal. Vielleicht wurden sie öfter in den Garten gescheucht, als ihnen lieb war. Und gab es da überhaupt eine Mrs. Hendrick?

«Ich hätte wahrscheinlich schon eher fragen sollen, Mr. Hendrick, aber hätten Sie was dagegen, Ihre Angestellten mit mir durchzugehen? Mir ein paar Hintergrundinformationen zu geben?»

«Nein, fragen Sie.»

«Mr. Gleeson.»

«Sie haben doch nicht etwa Mr. Gleeson im Verdacht?» Hendrick sah Duffy an, als hätte er Gleeson bereits in Handschellen an sich gekettet, seine Taschen von Goldbarren ausgebeult, und mit Aufschlägen, aus denen Diamanten hervorquollen.

«Ich habe noch gar niemanden im Verdacht, Mr. Hendrick, jedenfalls niemanden im Besonderen. Aber wenn man nicht erst mal jeden für verdächtig hält, dann verdächtigt man niemanden, und dann wird man auch nie etwas erkennen.» Das stimmte alles natürlich nicht, aber es war die Formel, die den Kunden zu behagen schien; sie gab ihnen das Gefühl, dass es in Ordnung war zu erzählen, was ihre Lieblingsangestellten für Dreck am Stecken hatten. Und Duffy hatte absichtlich mit jemandem angefangen, dem Hendrick vermutlich vertraute, damit diese Diskussion nicht nochmal von vorn losging, wenn er zu Mrs. Boseley kam. «Es gibt bestimmte bewährte Ermittlungsmethoden, die Ihnen vielleicht lästig vorkommen werden, aber ich fürchte, wenn Sie professionelle

Arbeit haben wollen, kommen wir nicht drum herum.» Auch dieser Spruch gefiel ihnen: Er appellierte an eine gemeinsame professionelle Einstellung wie auch an den kleinen Jungen in ihnen.

«Selbstverständlich, selbstverständlich. Nun, Gleeson ist ein Prachtkerl. Arbeitet seit vier Jahren bei mir. Fleißig, hat noch keinen Tag gefehlt, kommt gut mit den andern aus.»

«Tan – ein Chinese, wie?»

«Nein, Malaysier, glaube ich. Nun, er ist sehr orientalisch, nicht wahr? Gelb, und sagt nicht viel.»

«Vielleicht kommt das, weil er unsere Sprache nicht gut beherrscht.»

«O doch. Hier geboren und aufgewachsen. Netter Kerl, fleißig. Sehr kräftig. Macht diese Sache mit den Händen, was die alle dort machen …»

«Origami?» ‹Vorsicht, Duffy›, dachte er bei sich, ‹werd nicht zu klugscheißerisch›; aber Hendrick verzog keine Miene.

«Nein, diese Handkantenschläge, mit denen sie Ziegel und so zerschmettern.»

«Ah ja, ich weiß, was Sie meinen.» Schönen Dank auch für die Warnung.

«Casey?»

«Netter Kerl –» jetzt *reicht's* aber, Mr. Hendrick – «fleißig. Manchmal ein bisschen schwer von Begriff. Guter Fahrer.»

Duffy fragte nach den anderen beiden – Botsford und McAndrew – und dann, etwas mulmig:

«Und, Sie wissen schon, reine Routinesache – Mrs. Boseley?»

Hendrick warf ihm einen scharfen Blick zu, und Duffy machte seine Haben-wir-doch-besprochen-Geste.

«Ach so, na schön. Prachtfrau, sehr tüchtig, hat noch keinen Tag gefehlt, kommt sehr gut mit den Angestellten aus.»

Und führt abends zweifellos ein Rudel Wölflinge an, unter dem Namen Akela oder so. Hendrick war nutzlos. Offenbar hatte er lauter Musterangestellte – sauber, fleißig, ehrlich, gesund und so weiter. Nur dass einer von ihnen eben seine Ware klaute, das war alles. Duffy wechselte den Tonfall, als wäre die professionelle Seite des Gesprächs abgeschlossen und nun säßen sie bei einem Bier und redeten von Mann zu Mann.

«Ganz meine Meinung, Mr. Hendrick, sie ist eine tolle Frau. Bei ihr wusste ich von Anfang an, woran ich war. Sie ist schon bei Ihnen, seit Sie die Firma aufgemacht haben?»

«O ja, Mrs. Boseley ist schon seit fünf Jahren bei uns.»

«Was hat sie vorher gemacht? Reine Neugier. Ich hab mich bloß gefragt, was eine solche Frau früher gemacht haben könnte.»

«Ich glaube, sie war Chefstewardess bei einer der großen Fluglinien.» Hendrick sprach mit dem Tonfall eines Mannes, der mehr wusste, als er sagte.

«Und warum ist sie nicht dort geblieben? Inzwischen könnte sie doch bestimmt British Airways leiten, meinen Sie nicht?»

«Nun, *ich* würde ihr das schon zutrauen, aber sie war wohl der Ansicht, dass sie dort nicht tun könnte, was sie gerne wollte, und dass sie deshalb besser aussteigen sollte. Sie wissen ja, man lässt sie dort nicht über ein gewisses Alter hinaus Stewardessen sein. Eine alberne Einrichtung.»

«Ganz meine Meinung. Ich nehme an ...» Duffys Stimme nahm noch mehr Kneipenvertraulichkeit an. «... es gibt einen Mr. Boseley?»

Hendrick lachte, ein seltenes Ereignis, und sein Leichenanzug schlackerte ob dieses unerwarteten Tumults in seinem Innern hilflos herum. Eine schmierig blonde Strähne fiel ihm ins Gesicht.

«Jetzt verstehe ich, worauf Sie hinauswollen, Mr. Duffy. Ich fürchte, da kann ich nur sagen, Ihre Chancen stehen schlecht.»

Duffy überredete seine Stimme dazu, in das Lachen einzustimmen. «Oh, ich hab das nicht wegen mir gefragt. Ich dachte nur, nicht wahr, ist doch schade, dass eine solche Prachtfrau ihren eigenen Unterhalt verdienen muss.»

Hendrick blickte immer noch spitzbübisch drein, glaubte ihm offensichtlich immer noch nicht. «Nun, soweit ich weiß, gibt es einen, aber ich glaube, er ist invalide. Man soll ja seine Nase nicht in fremde Angelegenheiten stecken, aber es heißt, er liege in einer eisernen Lunge. Arme Mrs. Boseley.»

Armer *Mr.* Boseley, fand Duffy; liegt der nicht nur in einer eisernen Lunge, sondern hat dazu noch Mrs. B. als einzigen Sonnenschein. Er ließ seinen Tonfall wieder ins Professionelle gleiten.

«Was ist mit McKay? Wie war er?»

«Oh, ein sehr fleißiger Mann, guter Fahrer, seit Jahren bei uns.» Half Mrs. Boseley zweifellos, ihr Rudel Wölflinge zu bändigen. Kennt sich aus mit Zeltpflöcken. Fuhr in seinem Tigerwagen alte Damen über die Straße. Arbeitete bei der Wohlfahrt mit.

«Mit anderen Worten, Mr. Hendrick, Ihre Angestellten sind alle schon seit einiger Zeit bei Ihnen – wenigstens ein paar Jahre?»

«Ja.»

«Und die Diebstähle haben erst vor sechs Monaten angefangen?»

«Ja.»

«Hmmm. Ach, noch etwas. Vorbestraft ist ja wohl keiner Ihrer Angestellten?»

Hendrick strich die schmierig blonde Strähne wieder an ihren angestammten Platz.

«Oh, mittlerweile sind die doch bestimmt vollständig resozialisiert.» M-hm.

«Reden Sie schon, Mr. Hendrick.» Duffy wurde allmählich stinksauer, versuchte aber, bloß vorwurfsvoll zu klingen.

«Na ja, Tan hat tatsächlich einmal jemanden niedergestochen; aber da war er noch sehr jung, er wusste nicht, was er tat. Ich bin sicher, dass er bis aufs Blut provoziert worden ist. Darum hat er sich das mit den Händen beigebracht.» (Damit er ihnen die Knochen brechen kann und sie nicht mehr abzustechen braucht.) «Und Casey hat schon ein paar Leute verprügelt.»

«Wie viele Verurteilungen?»

«Vier eigentlich. Es war aber immer so eine Situation, wo er gar keine Wahl hatte, so wie er's erzählt. Ich meine, ich glaube nicht, dass er jemanden verprügeln würde, bloß weil es ihm Spaß macht.»

«Finden Sie nicht, dass ich das vorher schon hätte erfahren sollen?» Diese Scheißkunden.

«Ach, wissen Sie, ich hab das nicht für wichtig gehalten. Ich meine, keiner meiner Angestellten ist wegen Diebstahls vorbestraft. Und keiner von ihnen hat je eine Schlägerei angefangen – jedenfalls nicht in meiner Firma. Ich hatte befürchtet, Sie wären voreingenommen, wenn ich Ihnen das vorher schon gesagt hätte.»

«Ich kann nur sagen, Mr. Hendrick, Sie sind ein äußerst fairer Mensch.» Und ein verdammter Idiot.

Er dachte, dass er Hendrick glauben konnte. Er hielt ihn für einen ziemlichen Schlappschwanz und ziemlich naiv; aber er dachte, dass er ihm glauben konnte. Komischerweise war

Duffy ja auch fast seiner Meinung. Die Öffentlichkeit meinte immer, einmal ein Verbrecher, immer ein Verbrecher; sie meinte auch, dass jemand, der ein bestimmtes Verbrechen begangen hatte, damit sozusagen in einem riesigen Supermarkt war, wo er jedes Verbrechen, auf das er Lust hatte, aus dem Regal holen konnte. Duffy wusste, dass es nicht so lief. Manche Verbrechen passten zu anderen Verbrechen, andere nicht. Wirtschaftskriminelle etwa hielten sich gewöhnlich an Wirtschaftsverbrechen (war auch nur natürlich, die waren ja so lukrativ). Und Brandstifter, das waren ganz komische Vögel. Die standen nur auf Brandstiftung, jahraus, jahrein; nichts als Brandstiftung. Wenn ein Haus ausbrennt, hilft es nicht, die Totschläger und Bankräuber zusammenzutreiben; da muss man einen Spinner mit einer Streichholzschachtel suchen, einen, der als Kind gern der vorbeifahrenden Feuerwehr zugeschaut hat, einen, der vermutlich ganz schüchtern ist und mustergültig gesetzestreu – außer, dass er gerne Leute in ihren Häusern verbrennen lässt.

Und Diebstahl und Körperverletzung? Na ja, da bestand ein viel engerer Zusammenhang. Aber kein zwangsläufiger Zusammenhang. Manchmal schlug man Leute zusammen, um ihr Geld zu stehlen; manchmal stahl man etwas und musste Leute zusammenschlagen, um davonzukommen. Aber verdammt viele Leute hatten ganz einfach Spaß daran, andere Leute zusammenzuschlagen, einfach so. Sie hatten Spaß daran. Es befriedigte sie. Und es hielt die Person, die sie zusammenschlugen, davon ab, sie weiter zu ärgern. Das konnte Duffy verstehen. Wenn einer ein hier aufgewachsener Malaysier war, sich gar nicht mal als Malaysier fühlte, sondern immer nur verdammt danach aussah, dann hatte der nach ein paar Jahren Schulzeit die Nase voll von all den Kindern, die Schlitzaugen zogen, wenn sie ihn sahen, und im Singsang sprachen und im Kung-Fu-Stil nach ihm traten und dabei ganz zufällig auch einmal trafen, und ihm vor allem stets unter die Nase rieben, dass es mehr von ihrer Sorte gab als von seiner, und so würde es auch bleiben, und das ist aber ein hübscher Kugelschreiber, Schlitzäuglein, den steck ich doch glatt ein. Wer hätte nach einer Weile davon nicht auch Lust, solche Typen ein bisschen mit dem Messer zu kitzeln? Und wenn dem so war und wenn man das tat, dann führte das doch nicht zwangsläufig dazu, dass man zehn Jahre später Lust bekam, italienische Sonnenbrillen zu klauen, oder?

Hmmm. Duffy konnte Hendricks Standpunkt nachempfinden, aber gleichzeitig hielt er ihn für etwas sentimental und schlappschwänzig. Man konnte ebenso gut argumentieren, dass die Kinder, nachdem Tan in der Schule jemanden niedergestochen hatte, ihn vermutlich anders behandelt hatten. Lass die Finger von diesem verrückten Schlitzer mit den Schlitzaugen: das Augen-Verziehen und die Kung-Fu-Tritte hatten wohl nachgelassen. Kinder haben Respekt vor Gewalt und Wahnsinn – nicht vor schlappschwänzigem, introvertiertem Wahnsinn natürlich, sondern vor verrücktem, aggressivem Mörderwahnsinn. Zweifellos hatte es Tan nach der Messerstecherei in der Schule leichter gehabt. Und zweifellos hätte er daraus schließen können, dass Verbrechen sich komischerweise eben doch lohnt. Das wäre doch ebenso logisch, nicht wahr? Und die logische Folge davon wäre die Ansicht: Es lohnt sich noch viel mehr, wenn du dabei nicht erwischt wirst. Duffy wusste aus Erfahrung, wie man ein Vorstrafenregister zu lesen hatte. Er machte es wie alle Polizisten: Er las jeden Freispruch als Verurteilung, verdoppelte die Zahl der Verurteilungen, betrachtete die Schuldbekenntnisse als das, was sie vermutlich waren – bloße Tricks, um einer schwereren Anklage zu entgehen –, und füllte die Abstände zwischen den registrierten Verurteilungen mit allerlei anderen, unentdeckten Straftaten aus.

Duffy ließ seiner Phantasie freien Lauf, weil es akut an Fakten mangelte. Er konnte nur mit den wenigen, die er hatte, herumspielen. Eine kleine Unterhaltung an McKays Krankenbett wäre ihm nicht unlieb gewesen, aber das war viel zu riskant; zu viele mögliche Verbindungen. Stattdessen rief er Carol an und bat sie, ein halbes Dutzend Namen durch den Computer zu jagen. Er wollte die Vorstrafenregister mit dem vergleichen, was ihm Hendrick gegeben hatte. Dann fiel ihm noch ein zusätzlicher Name ein – Hendrick. Man konnte nie wissen.

Carol wollte es nicht tun. Dass Duffy sie einfach so als Teil der Dienstleistungen benutzte, die er seinen Kunden anbot, missfiel ihr. Es war auch strikt gegen die Polizeivorschrift. Sie konnte auf der Stelle gefeuert werden. Duffy spielte die Wichtigkeit dieser Kontrolle hoch, bis Carol schließlich einwilligte. So riskant war es im Grunde ja auch nicht; und er brauchte es doch für seine Arbeit; und eigentlich war er ja in der gleichen Branche wie sie.

Er bat sie außerdem, ihm für diesen Abend ihren Wagen zu leihen, aber das lehnte sie ab. Morgen konnte er ihn haben, aber nicht heute Abend. Duffy war einverstanden, legte auf und stellte sich vor, wie sie mit John Travolta in der Roller-Disco tanzte und ihm mittendrin von Robert Redford ausgespannt wurde, der sie zu einem opernwürdigen Diner bei Kerzenlicht entführte (warum trug sie in seiner Phantasie immer noch ihre Uniform?) und sie dann später in seinem Apartment vor Freude und Verzückung weinen und jauchzen ließ. Währenddessen dachte Carol: Na ja, dies eine Mal hätte ich Tantchen ja vertrösten können, aber bei Männern muss man gewisse Prinzipien wahren; besonders bei Duffy.

Montags im Betrieb erwartete ihn eine kitzlige Aufgabe. Gleeson. Duffy hoffte, er würde es nicht verbocken. Es ging in erster Linie darum, den richtigen Ton zu treffen. Wichtig war aber auch, nicht zu früh darauf zu sprechen zu kommen, damit sie ein bisschen schwitzten und sich fragten, was wohl passiert war; aber er durfte es auch nicht so lange aufschieben, dass sie dachten, dass überhaupt nichts passiert sei. Duffy verbrachte einen Teil des Tages mit der Überlegung, ob Malaysier im englischen Klima Sonnenbrillen brauchten; und dann, um die Mitte des Nachmittags herum, fand er, dass er es jetzt tun sollte, bevor er sich zu viele Gedanken darüber machte. Er ortete Gleeson, der mit einem Klemmbrett in der Hand einige Kisten überprüfte, und schlenderte zu ihm hinüber.

«Kannst du mir kurz mit meinem Wagen helfen?»

Gleeson blickte nicht auf und kontrollierte weiter seine Liste.

«Er steht falsch.»

Gleeson ignorierte ihn.

«Er steht falsch.»

Gleeson ignorierte ihn immer noch. Er schürzte seine Lippen über dem Klemmbrett, und seine langen Koteletten schoben sich nach vorne.

«Er steht falsch.»

«Verpiss dich, Duffy», sagte Gleeson in ruhigem, scheinbar freundlichem Ton.

Wenn man ihn nicht dazu bringen konnte, nach draußen zu kommen, musste man es ihm eben hier sagen. Oder aber man versuchte etwas anderes, damit er einem nicht mehr sagte, man solle sich verpissen. Mit schon fast gedämpfter Stimme sagte Duffy:

«Ich nehme an, du hast Handschuhe getragen, Gleeson; ich jedenfalls hatte welche an.»

Dann schlenderte er gemächlich davon, hinaus durch das Doppeltor und zum Parkplatz. Eine Minute später standen sie Seite an Seite über den Motor von Duffys Lieferwagen gebeugt. Gleesons bloße Anwesenheit sagte für Duffy etwas Zusätzliches aus: dass er keine Handschuhe getragen hatte.

«Also, was war mit Freitag?»

«Was war mit Freitag?»

«Das Zeug in meinem Wagen.»

«Was für Zeug?»

«Die Taschenrechner.»

«Was für Taschenrechner?» Herrgott, das war ja wie eine Englischstunde für Ausländer: Wiederholt alles, was ich sage, aber macht eine Frage daraus.

«Am Freitag haben in meinem Wagen Taschenrechner gelegen.»

«Hast du Taschenrechner geklaut, Kumpel? Pass nur auf, dass ich das nicht melde.»

«Du hast mir am Freitag sechs Taschenrechner in den Wagen gelegt.»

«Ach, wie käme ich denn dazu? Hast du etwa Geburtstag oder so 'n Scheiß?»

«Und ganz zufällig bin ausgerechnet ich am Tor von der Kontrolle angehalten worden.»

«Immer auf Draht, die Sicherheitsleute hier. Da sind die eisern.»

«Du hast dir am Freitag meine Wagenschlüssel ausgeborgt.»

«Hab ich das, Kumpel? Dann wollt ich wohl deinen Wagen ein Stück wegfahren oder so was.»

«Du hast meinen Wagen nicht weggefahren.»

«Warum sollte ich mir dann deine Schlüssel ausborgen? Denk doch mal logisch, Kumpel.»

Duffy wurde von dem Gefühl beschlichen, die Diskussion nicht ganz im Griff zu haben. «Und warum bist du nach draußen gekommen, sobald ich was von Handschuhen gesagt hab?»

«Ach, *das* hast du gesagt? Ich hörte dich irgendwas murmeln. Dachte, du brauchst Hilfe mit deinem Wagen. Darum bin ich rausgekommen. Jetzt erzählst du mir, dass du Taschenrechner geklaut hast. Ich glaube, irgendwie bist du von diesem Job vielleicht ein bisschen überfordert, Duffy.» Gleeson lächelte ihm freundlich zu; er verstand es, freundlich zu wirken, solange er es nicht ehrlich meinte. Jetzt half nur noch ein radikaler Kurswechsel.

«Okay, fangen wir nochmals von vorn an. Sagen wir, das Auto sei repariert. Sagen wir, du hast es am Freitag weggefahren. Sagen wir, ich habe nicht irgendwo ein Päckchen, auf dem jemand seine Fingerabdrücke hinterlassen hat oder auch nicht.» (Nicht, dass das irgendetwas bewiesen hätte, soviel war Duffy klar.) «Sagen wir, ich bin am Freitag nicht von der Torwache gefilzt worden, oder wenn, so war es rein zufällig. Okay?»

«Irgendwie bist du von diesem Job ein bisschen überfordert.» Verbissen machte Duffy weiter.

«Fangen wir also hier nochmal von vorn an. Ich brauche diesen Job, Gleeson. Er gefällt mir zwar nicht mehr als andere Jobs, aber ich brauche ihn. Es ist keine gute Zeit, um keinen Job zu haben. Also: Es macht mir nichts aus, dass du mir Scheißarbeiten gibst, mich Kisten rumschieben lässt, obwohl du so verdammt gut wie ich weißt, dass man sie nicht rumzuschieben braucht. Es macht mir nichts aus, dass du mich im Schuppen in eine Scheißecke stellst, in der ich mir die Beine in den Bauch stehe. Bei euren Kartenspielen will ich nicht mitmachen, weil ich nämlich gar keine Karten spiele.

Es ist mir sogar egal, warum du nicht willst, dass ich hier arbeite; das ist deine Sache. Ich sag dir nur eins: Ich arbeite hier, und ich werde verdammt nochmal weiter hier arbeiten, da kannst du dich auf den Kopf stellen und mit dem Arsch Mücken fangen. Und wenn du mich zu ficken versuchst, dann fick ich dich, verfickt nochmal, darauf kannst du Gift nehmen!»

Duffy hoffte, dass die Art und Weise, wie er von Pathos auf Aggression und schließlich auf manische Starrköpfigkeit geschaltet hatte, Wirkung zeitigen würde. Das Dumme war nur, dass er gar nichts auf Lager hatte, womit er wirklich drohen konnte. «Sonst lass ich dir die Luft aus den Reifen …» «Sonst trete ich dir auf die Schnürsenkel …» – so hörte sich das für ihn an. Er hoffte nur, dass es sich für Gleeson etwas überzeugender anhörte; er hoffte, dass das Vorhandensein und der gegenwärtige Aufbewahrungsort der Taschenrechner ihm wenigstens ein kleines Druckmittel in die Hand gaben. Sonst konnte er nur die Zähne zusammenbeißen, den Kopf einziehen und nach Leuten Ausschau halten, die es ihm besorgen wollten.

Wenigstens machte Gleeson eine ernste Miene, als sie zum Schuppen zurückgingen. Seine buschigen Augenbrauen drängten sich nachdenklich zusammen. Als sie durch das Doppeltor traten, wandte er sich vertraulich Duffy zu und sagte:

«Ach, übrigens, Duffy, an deiner Stelle würde ich keine von diesen Taschenrechnern mehr klauen. Ich meine, du kannst ja nicht mehr als einen aufs Mal benutzen, stimmt's?»

Während Duffy sich wieder seiner Arbeit widmete, überlegte er, dass diese Unterhaltung, so notwendig sie gewesen war, auch die unerwünschte Nebenwirkung haben würde, die Dinge erst mal einzufrieren. Für Gleeson (vorausgesetzt, es war nur Gleeson, oder «sie», sofern es «sie» gab) war es nun klar, dass Duffy aufpasste, ob ihn jemand verscheißern wollte, ob ihm jemand eine tote Katze in den Auspuff stopfte oder was auch immer. Er würde sie beobachten (vorausgesetzt, es gab «sie»), und sie würden ihn beobachten. Vielleicht würden sie versuchen, ihn zu verscheißern; vermutlich würden sie ihn nur in seiner Dummenecke versauern lassen; was sie bestimmt nicht tun würden, war, bei den fünfzig Pfund in seinem Spind anzuknüpfen (immer vorausgesetzt, dass das Geld überhaupt damit zu tun gehabt hatte; andererseits war es vielleicht nur eine Art vorbereitender Köder gewesen, damit er die Taschenrechner annehmen würde). Wie dem auch sein mochte, Duffy war klar, dass er alle Mühe haben würde, von dieser Position aus noch irgendetwas zu erreichen. Er konnte nur hoffen, dass sein Herumgerenne nach Feierabend etwas bringen würde.

So brachen für Duffy zwei äußerst langweilige Wochen an. Jeden zweiten Tag rief er den dritten Schrotthändler an, aber da meldete sich nie jemand. Er borgte sich Carols rostenden Mini aus, so oft es ihm erlaubt war, und beschattete jeden Abend eine von vier Personen: Gleeson, Tan, Casey oder Mrs. Boseley. Das heißt, er fuhr mit seinem Lieferwagen zu Carol, holte den Mini ab, fuhr zu einer der Adressen, die er in sein Notizbuch geschrieben hatte; und saß dann da und wartete, dass etwas geschah. Es war keine besonders gute Methode, um ihre Gewohnheiten kennen zu lernen; es war sogar kaum nützlicher, als wenn er zu Hause geblieben wäre und sich einen runtergeholt hätte; aber wenn sein Hintern stündlich tauber wurde, hatte er wenigstens das Gefühl, etwas für sein Geld zu tun.

Der Haken bei seinem Zeitplan war natürlich, dass die Leute, bis er seinen Wachposten vor ihrem Haus bezogen hatte, oft schon für den Abend weggegangen waren. Casey zum Beispiel schien nach Feierabend nur ein paar Minuten zu Hause Halt zu machen – ein kurzes Gurgeln mit Mundwasser entsprach für ihn wahrscheinlich einem Ausgehanzug. Zwei Abende verbrachte Duffy ergebnislos vor Caseys Penne in Heston, bis er begriff, dass Casey bereits ausgegangen war und vermutlich auf irgendeinem Kinoparkplatz seinen speziell tätowierten Frauenfinger trainierte. Am dritten Abend ging Duffy ein Risiko ein und folgte ihm mit dem Lieferwagen direkt von der Arbeit nach Hause. Natürlich beschloss Casey genau an diesem Abend, zu Hause zu bleiben. Am nächsten Tag fragte er Duffy über seine Doppelportion Fleischpastete und Bohnen hinweg:

«Haste gestern Nacht den Fight gesehn?»

Duffy bedauerte; Casey versicherte ihm, dass es 'n einmalig toller Fight gewesen sei.

Bei Gleeson musste er vor einem großen Zweifamilienhaus in Uxbridge sitzen; es gab eine Mrs. Gleeson und, dem Lärm nach, ein Baby Gleeson. Das war vielleicht der Grund, weshalb sie nicht oft ausgingen. Zumindest nicht an den Abenden, die Duffy gewählt hatte. Das Einzige, was ihn etwas stutzig machte, waren die zwei Autos, die sich auf der kleinen Betonparkfläche drängten: der Viva, in dem Gleeson zur Arbeit fuhr, und ein großer Granada mit brandneuer Zulassung. Vielleicht verfügte Mrs. Gleeson über ein eigenes Einkommen.

Tan war ein bisschen interessanter. Er wohnte bei seiner Familie am Rande von Southall. An den meisten Abenden ging er mit seiner Freundin aus – zu Duffys Glück allerdings nicht, ohne zuvor mit seinen Eltern ein gutes malaysisches Mahl eingenommen zu haben. Duffy stellte sich dieses Mahl vor, während er sich eine Schweinefleischpastete reindrückte und so schnell wie möglich von Carols Wohnung zurück nach Southall fuhr. Wenn er sich beeilte, kam er gerade rechtzeitig, um Tan folgen zu können, wenn er seine Freundin ins Kino ausführte oder ins Pub oder, einmal, zu einem Spaziergang im Park.

Mrs. Boseley wohnte in der Rayners Lane, was für Duffy ein bisschen bequemer war – die Western Avenue hinunter und dann querbeet. Abends schien sie gerne ihren Vorgarten zu gießen, was für Duffy hieß, dass er ein Stück weiter weg parken musste. Was ihr auch Spaß zu machen schien, war ein freundlicher Plausch mit ihren Nachbarn. Nicht sehr ergiebig für seinen Bericht an Hendrick.

Diese Ermittlungsmethode kostete eine Menge Sprit. Sie kostete Duffy auch eine Menge Geduld. Nach neun Nächten hintereinander hielt er es nicht mehr aus. Er nahm sich den Abend frei und ging in den «Gemini Club» Dort ging er auf Fischfang, wenn ihm der «Alligator» etwas abgestanden vorkam, wenn er die immer gleichen Gesichter, die am Wermut nippten, über hatte, wenn er Lust hatte auf etwas weniger Erwartbares, auf ein bisschen mehr Jagdgeplänkel. Es ging zwar nicht grob zu im «Gemini», aber der Konkurrenzkampf war schärfer. Man musste sich ranhalten dort, ein bisschen mehr springen lassen; aber das Angebot war auch viel abwechslungsreicher. Duffy wurde ein sehr netter Schwede unter der Nase weggegabelt (es war zwar ein Klub, bei dem man Mitglied sein musste, aber Ausländer wurden gegen Vorlage ihres Passes ebenfalls zugelassen); schließlich kam er nach Hause mit einem schüchternen Verlagsvolontär, der recht heftig flirtete, sich von Duffy zu viele Drinks spendieren ließ, ihm im Lieferwagen eröffnete, dass er so was noch nie gemacht habe (Duffy glaubte ihm kein Wort, versicherte ihm aber, dass es nicht wehtun würde), und dann bockig wurde, als er seine

Uhr in der Tupperwarebox deponieren sollte. Er ging in der Wohnung herum, nackt und betrunken, die Uhr immer noch am Handgelenk, und rief: «Ich will doch unsere Zeit stoppen, ich will unsere Zeit stoppen.» Als Duffy schließlich Anzeichen von Ungeduld erkennen ließ, zog der Typ ein langes Gesicht, latschte folgsam ins Badezimmer, legte seine Uhr in die Box und kotzte prompt hinterher. Während Duffy die Kotze von der Uhr spülte und dem Schnarchen vom Sofa zuhörte, schwor er sich einmal mehr, dem «Alligator» treu zu bleiben.

Am übernächsten Abend tat sich etwas. Mrs. Boseley ging aus. Um 20.30 Uhr trat sie aus der Haustür und versetzte Duffy einen Schock. Sie hatte keine Gießkanne in der Hand; sie sah sich nicht nach einem schwatzfreudigen Nachbarn um; sie ging stracks zu ihrem Wagen und fuhr los. Und obendrein trug sie ihr Haar offen.

Sie war eine forsche Fahrerin, doch er vermochte ihr ohne große Schwierigkeiten ins Westend zu folgen. Sie kannte sich hier offensichtlich aus; Duffy kannte sich aber noch besser aus. Nach drei Jahren als Detective-Sergeant in Soho kannte er noch jede Gasse, jede Einbahnstraße und die meisten Straftaten aus dem Repertoire. Mrs. Boseley parkte in der Great Marlborough Street; er fuhr an ihr vorbei, hielt dreißig Meter weiter vorn an und beobachtete im Seitenspiegel, wie sie ausstieg und ihren Wagen abschloss. Er folgte ihr die Poland Street entlang, dann die Broadwick Street hinunter, einmal links und einmal rechts, und dann verschwand sie in einem Klub. Ein paar Minuten lang blieb er gut zwanzig Meter vom Eingang entfernt stehen, dann überquerte er die Straße und schlenderte gemächlich den gegenüberliegenden Gehsteig entlang.

«Dude's» hieß der Klub, und schon von der anderen Straßenseite sah er nicht nach der Sorte Lokal aus, in der Mrs.

Boseley verkehrte – jedenfalls nicht die Mrs. Boseley, die er kennen gelernt hatte. Über dem Eingang war eine rotbraune Markise, auf der in drei Fuß hoher lateinischer Schrägschrift «Dude's» stand. An den Fenstern waren Samtvorhänge, mit Spitzenbändern zur Seite gerafft; aber obwohl die Vorhänge zurückgezogen waren, konnte man nicht hineinsehen, da es an der Innenseite auch Läden gab, und die waren geschlossen. Um sich eine Vorstellung davon zu machen, wie es im Innern aussah, musste man die großen Schaukästen zu beiden Seiten des Eingangs studieren, in denen große, von hinten beleuchtete Farbdias hingen.

Duffy ging über die Straße und warf einen raschen Blick darauf. Ein Bild zeigte eine halbrunde Bar mit vielen Hockern, keiner davon besetzt; dann gab es ein Bild von einem mutmaßlichen Speisesaal mit diversen Séparées hinter hüfthohen Pendeltüren mit Lamellen. Es gab auch zwei Bilder von sehr hübschen Mädchen, die eine dunkel, die andere blond, beide mit nackten Schultern. Über dem Schaukasten zur Linken las Duffy: «DUDE'S – WO SICH DER GENTLEMAN ENTSPANNT»; über dem Kasten zur Rechten las er: «DUDE'S – WO SIE IN BESTER GESELLSCHAFT SIND».

Er ging weiter und bezog gut dreißig Meter vom Eingang entfernt Stellung. Nach einer knappen Stunde kam Mrs. Boseley heraus und machte sich, ohne nach rechts oder links zu schauen, auf den Weg zu ihrem Wagen. Duffy folgte ihr so lange, bis er sicher annehmen durfte, dass sie nach Hause fuhr; dann bog er ab, brachte den Mini zurück zu Carols Wohnung und tauschte ihn gegen seinen Wagen. Er schob die Schlüssel durch den Briefschlitz; darauf hatte Carol bestanden. Beim Wegfahren warf Duffy einen unheilvollen Blick auf die geparkten Autos in der Nähe. Gehörte das dort nicht Paul Newman?

Bei der Arbeit am nächsten Tag ertappte er sich gelegentlich dabei, wie er durch die Halle zu Mrs. Boseleys gläsernem Horst hinüberschielte. Schau, schau, dachte er. Der normale, seriöse Job, das kleine Haus in der Rayners Lane, die Gießkanne, der Ehemann in der eisernen Lunge – und dann plötzlich die Haare aufmachen und ab in den Schmuddelklub. Was hatte das zu bedeuten; was hatte das bloß zu bedeuten? Ging sie ab und zu auf Abstaube, um die Behandlungskosten ihres Mannes decken zu helfen? Aber wenn dem so war, lohnte es sich denn, wegen einer einzigen Stunde die weite Fahrt in die Stadt zu machen? Da müsste man schon etwas unglaublich Abartiges machen, damit sich das lohnte, dachte Duffy. Und als sie herauskam, wirkte sie keineswegs so, als hätte sie gerade etwas unglaublich Abartiges getan.

Vielleicht gab es ja eine völlig harmlose Erklärung. Nach Duffys Erfahrung gab es die zwar nie; aber versuchen konnte man's ja. Vielleicht arbeitete ihr Bruder da; oder so etwas wie eine uneheliche Tochter. Würde man seine uneheliche Tochter bei der Arbeit besuchen? Und warum hatte sie ihr Haar aufgemacht? Sie sah besser aus mit offenem Haar, das musste Duffy zugeben, weniger frostig. Beinahe wie jemand, der nicht fies war.

Dieses Rätsel hielt Duffy den ganzen Tag über bei Laune. Und obendrein wusste er, dass er heute Abend nicht Tan zu der malaysischen Disco in Hayes folgen würde, nein danke. Nach Feierabend rief er Carol an, ob er vorbeikommen könne; nein, er brauche ihren Wagen nicht. Was er brauchte, war der braune Umschlag, den er bei ihr hinterlegt hatte. Es war nicht anzunehmen, dass ein «Gentleman» sich für einen Pappenstiel «entspannte». Ebenso wenig war anzunehmen, dass er dies in einem grünen Wildlederblouson mit großem Plastikreißverschluss und Rollkragenpullover und Jeans tat. Ein

Teil von Duffy dachte: ‹Scheiß drauf, ich zahle schließlich, warum soll ich mich nicht kleiden, wie ich will?› Der vernünftigere Teil dachte: ‹Du solltest nicht mehr auffallen als nötig.› Er kramte im hintersten Winkel seines Kleiderschranks und förderte einen echten Polizistenanzug zutage, ein zartes Schlammbraun mit schmalen Hosenbeinen und Aufschlägen, die nicht breiter waren als die Dreiecke auf einem Backgammon-Brett. Er zog ihn an und hatte sofort ein unbehagliches Gefühl um die Taille; er löste die zwei elastischen Knopflaschen an der Seite des Hosenbunds, aber das schien nicht viel auszumachen. ‹Das ist bloß die Reife, die mich ausfüllt›, sagte er sich; aber die andere Stimme flüsterte: ‹Du wirst fett, Duffy, du wirst *fett.*›

Er fand einen Schlips, so dünn wie eine Stangenbohne, und schlang ihn um den Hals. Als er ihn stramm zog, fühlte er sich wie ein Selbstmörder; Herrgott, selbst der *Hals* war fett. Dann betrachtete er sich im Spiegel. Er sah lächerlich aus. Er sah aus wie das Mitglied einer Rockgruppe aus den Sixties, die sich Gerry and the Pacemakers zum Vorbild genommen hatte und nie auf einen grünen Zweig gekommen war; er zwirbelte ein paar imaginäre Trommelstöcke. Auf jeden Fall sah er nicht aus wie ein «Gentleman», der sich «entspannen» wollte. Ob er den Stecker aus dem Ohr nehmen sollte? Ob er die Desert Boots ausziehen sollte? Ach, scheiß drauf – er hatte schon genug Konzessionen gemacht. Wenn die erst die Farbe seiner äußerst gebrauchten Einpfundnoten sahen, dann wüssten sie, mit wem sie's zu tun hatten.

Als Carol ihn sah, brach sie in Gelächter aus.

«Wo gehst du hin, Duffy – zu einem Rock-Revival?»

«Ist es so schlimm? Ich hatte mich für recht smart gehalten.»

«Duffy, du siehst abscheulich aus.» Und sie küsste ihn auf

die Lippen, aus schierem Vergnügen darüber, wie entsetzlich er aussah. Der Hosenbund schnürte ihm den Leib ein, sodass er einen Drang zum Pinkeln verspürte. Als er zurückkam, sagte Carol:

«Ach ja, ich hab diese Namen für dich überprüft. Tut mir Leid, dass es so lange gedauert hat, aber ich wollte nichts riskieren.»

«Klar. Danke, Schatz. Was hast du rausgekriegt?»

Sie reichte ihm ein Blatt Papier. Er überflog es. Genau wie Hendrick gesagt hatte. Und Hendrick selbst war sauber. Trotzdem musste er sich gebührend dankbar zeigen.

«Das ist sehr nützlich, Schatz. Genau, was ich brauche.»

«Wie läuft es?» Sie hatte nicht mehr nachgefragt, was «es» war, weil sie es eigentlich gar nicht wissen wollte. Aber sie machte sich ganz allgemein Sorgen um Duffys Karriere.

«Nicht sehr gut. Eine zähe Angelegenheit. Immerhin bringt es was ein.»

«Das ist die Hauptsache.» Sie holte den braunen Umschlag. Er nahm das Geld heraus und stopfte es in die Tasche. Als er hinausging – Carol unterdrückte ein Kichern beim Anblick seines kurzen, schlitzlosen Jacketts, wie aus einem Gangsterfilm –, kam er sich allmählich wie ein wohl situierter Herr vor. So konnte er als «Gentleman» durchgehen, im Dunkeln, mit dem Licht im Rücken.

Er parkte in der Great Marlborough Street, und in seinem Magen begann sich ein flatterndes Händepaar zu rühren. Er machte sich auf den Weg zu «Dude's», das neu aufgegangen war, nachdem er dieses Revier verlassen hatte. Wie würde es sein? Würde es schick sein? Würde es schmierig sein? Egal wie, jedenfalls besser, als in einem rostenden Mini in der Rayners Lane zu sitzen.

Auf der gläsernen Doppeltür stand «Dude's». Auf der spezialangefertigten Fußmatte stand «Dude's». Auf der inneren gläsernen Doppeltür stand «Dude's». Sie verstanden es, einem klarzumachen, wo man sich befand. Drinnen kam es Duffy erst mal sehr düster vor. Zu seiner Linken gab es eine Garderobennische, in der ein Mädchen stand. Vielleicht wäre er auch so stehen geblieben, aber jetzt musste er einfach. Ihre Brüste waren völlig nackt und obendrein sehr schön, fand er.

«Ihren Hut, Sir», sagte sie.

«Ich habe keinen Hut.»

«Nein; Ihren Hut, Sir.»

Er trat näher. War er begriffsstutzig? War es unfein, ihre Brüste anzuschauen?

«Tut mir Leid», sagte er, «ich bin zum ersten Mal hier.»

«Das macht gar nichts, Sir», erwiderte sie mit einem Zahnpastalächeln. «Aber Sie werden natürlich eines der Mädchen mit nach unten nehmen.»

«Oh, ja, natürlich.»

«Zwanzig Pfund, bitte.»

«Oh, ja, natürlich.»

Bedächtig zählte er zwei Fünftel seines Bündels ab und fragte sich, wofür er da zahlte. Fragte sich vor allem, für wen er da zahlte? Wo war unten? Und wo waren die Mädchen?

Er hätte sich keine Sorgen zu machen brauchen. Als er sich von der Garderobiere abwandte, sah er sie. Zu seiner Rechten war die lange, halbrunde Bar, die draußen abgebildet war, allerdings wirkte sie kleiner und weniger feudal als auf dem Foto. Um die Bar waren etwa fünfzehn Mädchen verstreut, von denen gut fünf sich um einen dicken Mann am anderen Ende bemühten. Wie Duffy bemerkte, waren verschiedenste Mädchentypen vertreten, darunter auch eine Pro-forma-Schwarze und eine Pro-forma-Chinesin (vielleicht auch Pro-forma-Malaysierin), aber eines hatten sie alle gemeinsam: Ihre Brüste waren nackt. Das heißt bis auf eine, die ein Trikot trug. Als Duffy zur Bar trat, zog dieses Mädchen automatisch das Oberteil ihres Trikots herunter, damit er ihre Brüste sehen konnte, die durch die Bewegung ins Pendeln gerieten.

Die acht oder zehn Mädchen an seinem Ende der Bar machten ihm Platz und wiesen ihm den Weg zu einem freien Barhocker, indem sie beiseite traten. Der enorm große Barkeeper legte ihm nahe, einen Drink zu bestellen, und Duffy konnte ihm nur beipflichten. Er bestellte einen Whisky.

«Vier Pfund, Sir.» Mit dieser Stimme war nicht gut streiten; wenn schon, war man eher geneigt zu sagen: ‹Ist das alles, können Sie nicht noch was drauflegen, da, nehmen Sie doch sieben Pfund.› Es war ein enorm kleiner Whisky. Jetzt hatte Duffy schon fast die Hälfte seiner Barschaft durchgebracht.

«Tut mir Leid, aber ich fürchte, ich kann es mir nicht leisten, euch allen eine Runde auszugeben», sagte er bedauernd zu den Mädchen, die ihn umgaben. Noch nie in seinem Leben hatte er so viele verschiedenartige und verschiedenbrüstige Mädchen auf einmal gesehen. Es war ein komisches Gefühl. Es war weniger ein Gefühl von Verruchtheit; eher ein Gefühl, als wäre er im Zoo.

«Das macht nichts», sagte das Mädchen zu seiner Rechten. «Wir trinken eh auf Kosten des Hauses.» Die meisten tranken Orangensaft. Er nippte an seinem Whisky. Er spürte, wie die Unterhaltung allmählich erstarb.

«Na, was macht ihr denn so?», sagte er nervös, als sei er auf einer Party. Es war vermutlich die unnötigste Frage, die er in seinem ganzen Leben gestellt hatte. Die Mädchen kicherten.

«Was machst denn du so?», konterte die eine zu seiner Linken, ein dunkles Mädchen mit einem nordenglischen Akzent und Brüsten, die etwa in der Mitte zwischen den angebotenen Extremen lagen.

«Ich bin … Ich bin …» Eine oder zwei fingen bereits an zu kichern. Wahrscheinlich logen die Männer immer, das gehörte zu den Spielregeln, und die Mädchen wussten immer Bescheid. Schließlich sagte er: «Ich bin ein … Couturier.»

Sie wieherten los, und eines der Mädchen aus dem Umfeld des Dicken löste sich und kam zu Duffys Gruppe herüber. Wieder geriet die Unterhaltung ins Stocken. Er war schon fast am Ende seines Whiskys angelangt.

«Also», sagte das Mädchen zu seiner Linken. «Genug gesehen? Wen nimmst du mit nach unten? Die Spannung steigt ins Unerträgliche.»

«Oh.» Duffy griff nach seinem Whisky und kippte den letzten Teelöffelvoll runter. Er schreckte davor zurück, sie alle voreinander zu begutachten, obgleich er seine zwanzig Pfund bezahlt hatte. Er zog den Kopf ein und sagte: «Oh, äh, dann wohl dich.»

Sie standen auf, worauf das Mädchen im Trikot die Träger hochzog und ihre Titten wieder verstaute. Da würden sie bleiben bis zum nächsten Kunden. Er folgte dem Mädchen, das er ausgewählt hatte, durch den Raum zur Treppe. Er bemerkte, dass sie schwarze Samthosen trug, die in halber Wadenhöhe aufhörten, wie bei einem Gondoliere, und dazu goldfarbene, hochhackige Sandalen.

Als sie die Treppe hinuntergingen, schien es noch dunkler zu werden. Es roch stark nach Räucherstäbchen. Sie erreichten den anderen Raum, der draußen abgebildet war, den mit den Séparées und den Pendeltüren mit Lamellen. Nach einigem Umherspähen ortete das Mädchen ein leeres Séparée, und da machten sie es sich bequem. Sie drückte auf einen Klingelknopf und sagte:

«Wie heißt du, Süßer?»

«Nick und du?»

«Delia. Schrecklicher Name, nicht? Kannst was anderes zu mir sagen, wenn du willst. Das tun die meisten.»

«Nein, schon gut, das … ist schon okay.» Er würde wohl kaum in die Lage kommen, ihren Namen zu benutzen; ihre Begegnung war nicht von der Art, dass er quer durch ein Gedränge nach ihr würde rufen müssen. Ein Kellner kam mit zwei Gläsern und einer Pikkoloflasche Sekt; sie stand in einem Kübel voller Schmelzwasser.

«Zehn», flüsterte ihm das Mädchen zu, und er zählte noch etwas mehr von Gleesons Geld ab.

Das Mädchen schenkte zwei Gläser voll und stieß mit ihm an. Er trank von seinem Glas; sie stellte ihres auf den Tisch.

«Wo haste denn die Kleider her?»

«Gefallen sie dir?»

«Ja, finde ich echt stark. So original Fifties, nicht?»

«M-hm.»

«Wo haste sie her?»

«Oh, ich kenne da so einen kleinen Laden. Die machen Fifties-Nostalgie-Mode.»

Das Mädchen lächelte ihn an, fast ein normales Lächeln, fand er.

«Warum riechen sie dann nach Mottenkugeln?»

«Das ist nur mein Rasierwasser. Auch das ist wieder schwer im Kommen. Hast du noch nie davon gehört. Kölnisch Mottenwasser – Eau de Motte?»

«Du machst Witze.»

«Nein, ehrlich.»

«Du bist komisch.»

«M-hm.»

«Du kannst meine Titten anfassen, wenn du willst.»

«Oh.»

«Hast schließlich dafür bezahlt. Darum hängen sie ja raus. Die sind nicht bloß zum Anschauen.»

«Natürlich nicht.» Es war allenfalls eine Spur erregender als die Aufforderung, einen Beutel Puderzucker anzufassen, fand er; Delia verstand es wirklich, ihrer Einladung jegliche Erotik auszutreiben. Er streckte die Hand aus und legte sie um ihre rechte Brust. Sie schien geradezu erleichtert, als würde jetzt endlich der Ziemlichkeit Genüge getan.

Er blickte auf den Tisch. Neben dem Sekt standen da noch drei Dinge: eine brennende Kerze; ein Strauß exotisch aussehender Blumen; ein qualmendes Räucherstäbchen.

«Die sind echt», sagte sie. Vermutlich sprach sie jetzt nicht mehr von ihren Titten.

«Tatsächlich?»

«Ja – riech mal.»

Das hatte er auch vor. Er überlegte sich den logistischen Ablauf dieses Unterfangens und erkannte, dass er sich nicht bis zu den Blumen vorbeugen konnte, ohne zuvor seine Hand von Delias Brust zu nehmen; er hatte ohnehin schon sein Sektglas in der linken Hand gehalten und sich jedes Mal beim Trinken mit den Armen verheddert. Er löste seine Hand von ihrer Brust und beugte sich vor zu den Blumen. Dabei bemerkte er aus dem Augenwinkel eine schnelle Bewegung. Er schnüffelte; sie rochen irgendwie üppig, obschon es bei dem überlagernden Räucherstäbchengeruch schwer zu sagen war.

Er richtete sich wieder auf und legte seine Hand zurück auf ihre Brust: wieder die rechte, die ihm näher lag; es hätte allzu vertraulich gewirkt oder als sei er unzufrieden, wenn er nach der entfernteren gegriffen hätte.

«Was ist das für eine Sorte?»

«Keine Ahnung. Sie sind frisch. Jeden Tag frisch. Mr. Dalby lässt sie jeden Tag einfliegen. Aus dem Ausland. Frische Blumen für meine geilen Pflänzchen, sagt er.»

«Warum hast du deinen Sekt weggekippt, als ich an den Blumen gerochen habe?»

«Ach, um ihn loszuwerden und eine neue Flasche zu bestellen. Außerdem schmeckt er mir auch gar nicht mehr. Seit ich hier arbeite, ist er mir richtig verleidet. Soll ich dir einen runterholen?»

«Äh, im Augenblick noch nicht, danke.»

«Kostet einen Zehner, wenn du Bedenken hast wegen dem Preis. Oh, rasch, bestell noch eine Flasche, da kommt Mr. Dalby.» Sie drückte auf die Klingel an der Wand, und Duffy nahm die Hand von ihrer Brust, um nach seinem Geld zu greifen. Aus einem Büro über einer kurzen Treppe am anderen Ende des Raums war ein Mann getreten, der jetzt langsam zwischen den Séparées entlangging. Er war diskret, spähte nur aus den Augenwinkeln, aber sein bloßer lautloser Auftritt ließ die Mädchen an ihre Klingeln springen und mehr Sekt bestellen.

«Diesmal trink ich deinen auch mit, wenn's dir nichts ausmacht.»

«Also gut, aber nicht rumtrödeln, du musst ihn so schnell trinken, wie wenn wir beide trinken würden.»

«Also gut.»

Mr. Dalby war jetzt fast bei ihrem Séparée angelangt. Er ging ein wenig wie ein alter Mann, aber vielleicht war das auch nur, weil er die Gäste nicht erschrecken wollte. Tatsächlich war er um die vierzig, mit einem runden, rosigen Gesicht und einem Nadelstreifenanzug. Duffy schaute weg, und es war nicht das schlechte Gewissen des Freiers, das ihn dazu bewog. Mr. Dalby war der Mann in der Schublade.

5

«Ist das der Chef?»

«Ja, das ist Mr. Dalby.»

Die zweite Pikkoloflasche Sekt kam, womit Duffy noch bloße sechs Pfund von Gleesons Geld blieben.

«Bei den Hunden gewesen?»

«Was?»

«Hunderennen – hast du da all diese Pfundnoten her?»

«Nein», sagte er, «Harrod's bezahlt mich immer so.» Sie kicherte. Er mochte sie ganz gern. Nein, das war übertrieben. Er hatte nichts gegen sie. Er legte seine Hand, feucht von der Sektflasche, wieder auf ihre Brust. Ob man auch reiben durfte, dachte er unvermittelt, oder würde das extra kosten? Nicht, dass er besonders scharf darauf gewesen wäre.

«Wie ist er so, euer Mr. Dalby?»

«Der ist ganz okay. Er hält sich an die Spielregeln. Wenn dir die Spielregeln nicht passen, brauchst du ja nicht hier zu arbeiten, also geht das in Ordnung.»

«Müsst ihr ins Bett mit ihm?»

«Ja, natürlich. Aber nicht allzu häufig. Und er zahlt immer. Du kannst nein sagen, wenn du keine Lust hast, das gehört auch zu den Spielregeln. Macht natürlich keine.»

«M-hm.»

«Und außerdem macht's ihm gar nicht so viel Spaß, das macht es für uns einfacher.»

«Es macht ihm keinen Spaß?»

«Nein, eigentlich nicht. Er macht es zwar oft, aber es

scheint ihm keinen Spaß zu machen. Er gehört zu den Typen, die sich immer gleich zwei Gummis überstreifen, aus Angst, sich was zu holen, verstehste, was ich meine?»

«Mmm.»

«Und dann heißt's rein, raus, abwischen und schwupps ins Bad.»

«Im Ernst?»

«Ehrlich. Er hat da oben ein kleines Apartment – Büro, Schlafzimmer, Bad. Er lässt immer zuerst das Bad ein, das gehört bei ihm einfach dazu, damit er hinterher gleich reinspringen kann.»

«Und was macht er sonst so?» Ob Mrs. Boseley von alledem wusste, fragte er sich.

«Ja, also manchmal schnüffelt er so 'n Zeug, bevor er's mir macht.»

«Was für Zeug?»

«Na ja, da gibt's zwei Sorten. Das eine Zeug ist in kleinen Kapseln, die er im Nachttisch hat, und gleich nachdem er die Socken ausgezogen hat, bricht er so 'ne Kapsel entzwei und schnüffelt dran. Und manchmal holt er so Pulver raus und schnüffelt dann das. Aber es scheint ihm deswegen auch nicht mehr Spaß zu machen.»

«Und was machst du?»

«Ich liege einfach da und warte, dass er endlich anfängt. Ich meine, bei dem besteht das Ganze praktisch nur aus Vorbereitungen und aus dem Baden. Nicht, dass ich mich beklage – mir wär's recht, wenn alle meine Gentlemen so wären.»

Duffy war sehr mit sich zufrieden. Langsam tat sich ihm so etwas wie der Schimmer einer Ahnung auf. Nach all den Nächten in Carols engem Mini war das nun sein Lohn. Er fühlte sich prima. Und wenn er jetzt noch etwas von seinem eigenen Geld zu dem Rest von Gleesons Pfunden tat …

«Was hast du gesagt, wie viel du kostest?»

Delia lächelte ihn etwas verwirrt an.

«Zehn, Süßer», und schon landete ihre Hand kommerziell kosend auf seinem Oberschenkel. Sechs von Gleesons Einsern, ein Fünfer aus der eigenen Tasche, einen von Gleeson als Wechselgeld ... er legte es auf den Tisch. Beim Anblick der blauen Fünfpfundnote kicherte sie.

«He, hast du die Spendierhosen angezogen?» Männer waren schon komisch. Du wusstest nie, worauf die abfahren würden. Da saß er, so ganz nett zum Plaudern, aber nicht gerade der Fummler des Monats, und kaum erzähltest du ihm, wie du mit Mr. Dalby ficktest, da war seine Brieftasche plötzlich dicker geworden, als er selbst wusste.

Abgesehen von allem anderen war Duffy froh, den Hosenbund lösen zu können; der hätte ihn fast umgebracht. Er zog den Reißverschluss auf und überließ es ihr, seinen Schwanz herauszukramen. Rasch und sorgfältig melkte sie ihn auf den Teppich.

‹Kein Wunder, dass die so viele Räucherstäbchen brauchen›, dachte Duffy, ‹bei all dem Zeug, das die Teppiche hier abkriegen: erst Sekt, dann Eierkognak. Vielleicht haben sie hier unten, wo man's im Dunkeln eh nicht sieht, Teppichfliesen und wechseln sie einmal die Woche aus.› Die Kerze brannte herunter. Die unbenennbaren Blumen sahen immer noch gleich frisch aus, obschon er sie nicht riechen konnte. Duffy fragte sich, nur so, wer wohl der Spediteur dieser Räucherstäbchen sein mochte.

Das Triumphgefühl des Vorabends war schon wieder ziemlich verflogen, als Duffy den Anruf von Hendrick bekam.

«Hab mich gefragt, wie Sie so vorankommen.»

«Ach, prima, Mr. Hendrick, prima. Hier ein bisschen, da

ein bisschen, und vor allem eine Menge Observation.» (Dieses Wort gefiel ihnen, auch wenn die meisten es nicht richtig schreiben konnten.) «Eine Menge Herumsitzen in Autos, Sie wissen ja, wie das ist.»

«Jaja. Aber haben Sie irgendetwas herausgefunden?»

«Nun, ich hab eine ganze Menge mehr Anhaltspunkte als am Anfang.»

«Es ist ziemlich teuer, Sie zu beschäftigen, Mr. Duffy.»

«M-hm.»

«Und meinen Dieb haben Sie noch nicht gefasst.»

«Nein.»

«Und seit Sie dort angefangen haben, ist es zu keinen Diebstählen mehr gekommen.»

«Aber Mr. Hendrick, *das* wäre Ihnen doch auch nicht recht, oder?»

«Nein, natürlich nicht.»

«Also schreckt sie vielleicht meine Anwesenheit vom Stehlen ab.» Schon als er ihn sagte, spürte Duffy, dass der Satz nicht sehr schlau gewesen war.

«Ja, aber wenn Sie sie abschrecken, dann stehlen sie auch nichts und dann schnappen Sie sie nie, stimmt's?»

«Nein.» So früh am Morgen, und Hendrick schien förmlich vor Logik zu sprühen. Das war ungerecht. Duffy saß immer noch bei seiner ersten Tasse Kaffee.

«Verstehen Sie, ich kann es mir nicht leisten, Sie zu bezahlen, nur damit Sie dafür sorgen, dass sie *nichts* mehr stehlen.»

«Natürlich nicht.»

«Ich meine, das käme mich noch teurer, als wenn ich sie einmal im Monat sich selbst bedienen ließe.»

Duffy grunzte.

«Sie sind jetzt schon fast einen Monat da, nicht wahr?»

«Ja, da müssten sie doch demnächst wieder zuschlagen.»

«Ich weiß gar nicht mehr, ob ich hoffen soll, dass sie's tun oder dass sie's nicht tun.» Ah, Hendricks Logik fing endlich an zu erlahmen.

«Sagen wir's mal so, Mr. Hendrick, die Entscheidung liegt selbstverständlich ganz und gar bei Ihnen, Sie müssen wissen, was das Beste ist; und das werde ich auch anerkennen. Ich möchte allerdings noch um ein bisschen Zeit bitten. Ich kann Ihren Standpunkt verstehen – bis jetzt haben Sie für Ihr Geld noch nichts bekommen. Andererseits haben Sie für Ihr Geld auch nichts verloren. Und ich nehme doch an, dass meine Arbeit im Frachtschuppen zufrieden stellend ist?»

«Ja doch, durchaus zufrieden stellend. Ich meine sogar, Mr. Duffy, falls Sie erwägen sollten, Ihren derzeitigen Beruf aufzugeben …»

«Das ist sehr nett von Ihnen. Also –» man musste stets das Wort ergreifen, bevor der Kunde selbst dazu kam – «lassen wir's für den Augenblick, wie's ist, einverstanden?»

«Ich denke, das wird wohl das Beste sein.»

Beim Auflegen dachte Duffy: Na ja, das gibt mir ein bisschen mehr Zeit; aber nicht viel. Und wenn alle Stricke reißen, kann ich ihm immer noch sagen, dass ich vorbestraft bin; dann würde er mich vermutlich gleich zum Vorgesetzten von Mrs. Boseley befördern.

Schon komisch, sinnierte er auf der Fahrt zur Arbeit. Alles hatte immer auch seine komischen Seiten, und die hielten einen bei Laune. Der willige Typ aus dem «Gemini» hatte am Ende bloß in die Uhrenbox gereihert; und an seiner Stelle hatte dann das Mädchen im «Dude's» Duffy die Creme abgesahnt. *Darauf* wärst du nie gekommen, sagte sich Duffy mit Entschiedenheit; *darauf* wärst du nie gekommen, wenn du im Voraus die Wahl zwischen diesen beiden Möglichkeiten gehabt hättest.

Aber anderes war weniger komisch und weder klar noch verständlich. Während er zur Arbeit fuhr, wurde er wieder von den Jumbos verfolgt. Duffy las sich die Nachrichten vor. «Alle 352 Passagiere ...» «Alle 113 Passagiere ...» «Alle 2 345 918 Passagiere ...» So fingen sie immer an, die Nachrichten über Flugzeugabstürze. Nie einfach «254 Passagiere ...» Und sobald Duffy dieses erste «Alle» im Radio hörte, wusste er, wie der Satz weitergehen würde: «... kamen ums Leben, als eine DC-10 der Air Kakerlak direkt gegen einen Berg am Honky-Tonky-See prallte. Die Wrackteile wurden über ein großes Gebiet verstreut. Soweit bisher bekannt wurde, war die Maschine auf Kurs und meldete keinerlei technische Probleme ...» Vermutlich hatten sie einfach ein Tonband bereit und ergänzten jeweils die kleinen Details, die diesen Absturz von anderen unterschieden. Und immer begannen sie mit diesem «Alle».

Während die Air-Kakerlak-Jumbos sich fein säuberlich zum Absturz einreihten, dachte Duffy über das gestrige Triumphgefühl und die heutige Ernüchterung nach. Das Triumphgefühl kam daher, dass er sich von einer Hypothese hatte hinreißen lassen; die Ernüchterung von einer Betrachtung der Fakten, soweit sie ihm bekannt waren. Und die waren immer noch unbrauchbar mager.

Nochmals von vorn. Hendrick sind gewisse Güter gestohlen worden; das glauben wir doch, nicht wahr? Ja, mangels gegenteiliger Beweise. McKay ist abgeschossen worden. *Nein* – McKay ist abgeschmiert, das ist alles, was du weißt: Er hat etwas gerammt, oder etwas hat ihn gerammt, und da ist er von der Straße abgekommen und liegt in ziemlich beschissenem Zustand im Krankenhaus. Könnte ein Unfall gewesen sein, könnte vorsätzlich gewesen sein; bloß weil das andere Fahrzeug nicht angehalten hat, ist das noch lange keine Auftragsarbeit; die Leute halten oft nicht an, wenn sie meinen, so davonzukommen.

Und dann gab es die fünfzig Pfund in seinem Spind und die sechs Taschenrechner. Um ihn für etwas zu bestechen, um ihn für etwas zu bezahlen, um ihm etwas in die Schuhe zu schieben? Das konnte er nicht sagen, und sein Gespräch mit Gleeson unter der Motorhaube des Lieferwagens hatte vermutlich den Weg zu weiteren Erkenntnissen verbaut.

Und dann waren von den Leuten, die für Hendrick arbeiteten, zwei vorbestraft. Na und – die Sonne ging immer noch im Osten auf.

Und dann war nichts mehr geklaut worden, seit er angefangen hatte. Das konnte bedeuten, dass man ihm auf die Schliche gekommen war; oder dass McKay der Dieb gewesen war; oder dass seit seiner Ankunft nichts besonders Verlockendes reingekommen war.

Und dann hatte er sich alleine ausführlich in der Halle umgesehen, die Buchhaltung durchgestöbert, ein paar Packkisten einen Tritt gegeben, herumgeschnüffelt und nichts gefunden. Er hatte auch vor ein paar Häusern gesessen und auch da nichts gefunden. Außer …

Außer Hypothesen, denen vermutlich nichts zugrunde lag als die Tatsache, dass er Mrs. Boseley ebenso rückhaltlos verabscheute wie sie ihn. Und ein Vorurteil von der Sorte ließ die guten alten Hypothesen stets in alle Himmelsrichtungen losschwirren.

Mrs. Boseley hatte ein Foto von Mr. Dalby in ihrer Schreibtischschublade; und zwar mit dem Bild nach unten. Mrs. Boseley ging mit offenem Haar ins «Dude's» und blieb eine Stunde da. Mr. Dalby – das hatte er in seinem Notizbuch nachgeprüft – zählte zu den Stammkunden bei Hendrick Freight. Mr. Dalby schnüffelte ab und zu eine Kapsel Amylnitrat, bevor er eine Nummer abzog; vielleicht hatte er Startschwierigkeiten. Na wenn schon. Und was konnte ein kluges Bürschchen aus diesen Tatsachen folgern? Dass Mrs. Boseley mit Mr. Dalby ein Verhältnis hatte, was durchaus verständlich war: Welche Frau, die in der Rayners Lane wohnte, mit einem invaliden Ehemann, und davor eine saftige Karriere als Stewardess verlebt hatte, hätte nicht mal Lust, ihr Haar zu lösen und in der Stadt einen draufzumachen? *Dafür* würde sich die lange Anfahrt lohnen, oder? So schien es wenigstens immer. Duffy selbst hatte schon längere Fahrten auf sich genommen. Und das würde auch erklären, warum das Foto umgedreht dalag – der Anflug von Schuld, der Anstand der Ehebrecherin. Und was den einstündigen Aufenthalt anging, nun, das Mädchen hatte Duffy ja über die Kürze von Mr. Dalbys Ausschweifungen informiert. Außerdem hatte er sein Geschäft zu führen, besonders zu der Uhrzeit, als Mrs. Boseley vorbeigekommen war: musste immer wieder raus und dafür sorgen, dass die Mädels fleißig auf die Klingel drückten. Mrs. Boseley tat Duffy fast Leid.

So betrachtet, musste die Hypothese – und damit auch Duffys Annahme, dass es bei Hendrick Freight zweierlei Sorten von Geschäften gab, nicht nur eine – zusammenfallen. Das Einzige, was ihn da weiterbohren ließ, war seine Abneigung gegen Mrs. Boseleys Charakter und Mr. Dalbys Preise. Fünfzig Pfund – nein, vierundfünfzig Pfund für bloße Handarbeit, ein bisschen Sekt und einen Whisky, der nur seiner braunen Farbe wegen überhaupt zu sehen war: wenn man an dieser Bar einen Wodka bestellte, könnten sie einem ein leeres Glas hinstellen, und es wäre gar kein Unterschied mehr feststellbar.

Was ihm also in seiner Hochstimmung – weil er getrunken hatte und das Geld eines andern ausgab und seiner Kleider wegen nicht ausgelacht wurde und das Gefühl einer Glückssträhne hatte – wie ein Durchbruch vorgekommen war, schien Duffy inzwischen nicht mehr als ein weiterer Einblick in das Leben beschissener Leute. Weiter nichts. Wenn er also seinen Job behalten wollte – und solange er den hatte, stand er wenigstens nicht auf der Straße –, musste er entweder mehr herauskriegen oder dafür sorgen, dass etwas passierte.

Oder vielleicht beides. In der Mittagspause rief er Willett an und lud sich bei ihm nach Feierabend zu einer Frage-und-Antwort-Stunde ein; immer noch bloße Grundlagenforschung, aber diesmal vielleicht etwas gezielter. Und am Nachmittag machte er sich einige Gedanken über das Telefongespräch, das er am Morgen mit seinem irritierend logischen Auftraggeber geführt hatte. Hendrick sagte, dass es zu keinem Diebstahl gekommen war, seit er Duffy eingestellt hatte, und es klang fast wie eine Beschwerde. Also, wenn der Kunde unbedingt einen Diebstahl wollte, wieso sollte Duffy dem im Wege stehen?

«Diese Woche schon Stopfgänse gefangen?», fragte Duffy, als sie im Basar der Kolonialstadt Kaffee tranken. Willett schenkte ihm ein faltiges Lächeln.

«Nein – es waren allerdings ein paar drunter, denen ich nicht ungern auf den Grund gegangen wäre.» Er setzte sein altes Hafenzollwächtergrinsen auf. «Das Beste, was passiert ist, hab ich von einem Kumpel in Gatwick. Kleiner Paki-Schmuggel.»

«Gibt's das immer noch?»

«Klar – weiß der Himmel warum, aber sie wollen immer noch hierher kommen. Dabei kostet sie das fünf Mille für jeden, das ist der derzeitige Preis. Manche machen's auf Stotterkredit – also zu Anfang eine Anzahlung und dann jede Woche ein paar Mäuse, während zwanzig Jahren oder so. Zwanzig Jahre, und dem Typ, der das Geld kriegt, kann jederzeit einfallen, den Preis zu erhöhen oder sie einfach auffliegen zu lassen, wenn er keine Lust mehr hat. Sie müssen wirklich ganz dringend hierher kommen wollen.»

«Na klar, wir leben doch im Tory-Paradies, nicht wahr?»

«Das will ich mal überhört haben, Duffy. Manche von ihnen schaffen es natürlich gar nie bis hier. Sie kommen bis Rotterdam, rücken ihre gesamten Ersparnisse heraus, und dann lässt sich das kleine Boot in der Nacht einfach nicht blicken; der anständige Kerl, der ihnen seine Hilfe versprochen und gesagt hat, wie schlimm die Einwanderungsgesetze seien, hat 'ne Fliege gemacht. In Rotterdam gibt's einen Haufen völlig abgebrannter Pakis.» Er nickte weise, als wollte er Duffy davon abraten, loszuziehen und es ihnen gleichzutun.

«Also, dieser Kumpel von mir in Gatwick, der muss diesen Trumm von Container kontrollieren. Ein einziges Durcheinander. Man kann ja auch nur einen Teil von einem Container mieten, man braucht nicht alles auf einmal zu nehmen, und der da war unter einer ganzen Menge von Firmen aufgeteilt, und da waren alle möglichen Kisten und Pakete und so 'n Zeugs, und es regnete ganz schweinisch, und da dachte mein Kumpel echt, weißt du, solche Nächte erlebt jeder mal, also er dachte sich: ‹Was hab ich hier eigentlich verloren?› Und so haut er einfach mit der Faust auf so 'n großen Schrank und sagt: ‹Alles okay da drin?›, und da antwortet ihm eine Paki-Stimme: ‹Ja, alles bestens, vielen Dank.›»

Duffy platzte laut heraus, doch gleich versuchte er sich schuldbewusst zusammenzureißen, als eine winzige asiatische Putzfrau vorbeischwebte. Es war natürlich furchtbar und Mitleid erregend und so weiter; aber es war auch verdammt komisch.

«So ist das nun mal, verstehst du», fuhr Willett fort.

«Die Typen, mit denen wir zu tun haben, sind uns entweder total über, oder dann sind sie so strohdumm, dass sie dir schon wieder Leid tun. Und selbst die, die sonst clever sind, stellen sich oft strohdumm an, wenn sie etwas schmuggeln wollen; das packen die einfach nicht. Nimm zum Beispiel all die Iraner, die wir letztes Jahr geschnappt haben. In ihrem Heimatland alles verdammt schlaue Burschen, sehr erfolgreich, dickes Bankkonto, und dann kommt der olle Ayatollah Soundso daher. Böse Aussichten, höchste Zeit abzuhauen. Einziges Problem ist die Devisenkontrolle: Ihr könnt abhauen, sagt der Alte, aber für jeden nur zwei Schokoriegel, das ist alles. Also denken sie sich, aha, na dann nehmen wir's eben nicht als Geld raus, nehmen wir's doch als Heroin raus, darauf steht der Ayatollah sowieso nicht, also wird er nichts dagegen haben, wenn wir welches mitnehmen.

Sie packen einen Koffer, schmeißen das Heroin rein, nehmen die nächste Maschine und traben hier an. Und was sehen wir? Einen wohlhabenden iranischen Geschäftsmann im leichten Sommeranzug, direkt aus Teheran gelandet, mit einem kleinen Koffer, schwitzt wie ein Schwein. Er hat gerade kapiert, dass, wenn wir ihn schnappen und mit der nächsten Maschine zurückschicken, es nicht einfach ‹Oh, du schlimmer, schlimmer Lausbub› heißen wird, sondern rasch ein paar Verse aus dem Koran und dann peng, peng. Die Burschen mit den Goldstreifen an den Ärmeln werfen also einen Blick auf den Knaben, sehen sich an und sagen: ‹Nach dir, Claud; nein, nach dir, Cecil.›»

Duffy nickte und kam dann zur Sache.

«Wenn ich du wäre … Nein, wenn ich *ich* wäre und nach etwas Bestimmtem suchte, wo würde ich dann suchen?»

«Das ist ein bisschen vage.»

«Wenn ich dächte, dass etwas ankommt, aber nicht wüsste, was es ist.»

«Das ist immer noch zu vage, Duffy. Ich meine, da müsstest du deine Nase gebrauchen, nicht wahr? Und die Nase will gelernt sein, also nützt dir die auch nicht viel. Aber wenn du wissen willst, wie's ist, kannst du dich ja mal da hinstellen und schauen, wie die Leute beim Vorbeigehen auf dich reagieren.»

«Bei Fracht ist das aber ein bisschen schwierig.»

«Ah, jetzt rückt er damit raus. Na ja, Fracht ist immer ein Scheiß. Ganz selten bekommt man mal einen Tipp, oder dann verlässt man sich auf sein Glück, und damit ist es gewöhnlich nicht gut bestellt. Und die grauen Zellen funktionieren auch da. Manchmal entdeckst du bei einem Rundgang durch den Schuppen was Verdächtiges.»

«Zum Beispiel?»

«Na ja, sagen wir, du siehst was, das in Sackleinen eingeschlagen ist, also kannst du mal sanft dagegen treten, mit der Zehenspitze dranstoßen, um zu sehen, wie es sich darunter anfühlt. Normalerweise würdest du Pappe erwarten. Wenn du also Metall darunter spürst, fängst du an, dir Gedanken zu machen: Warum wird etwas in Sackleinen eingeschlagen, wenn es schon in einer Blechkiste verpackt ist? Also könnte das ein guter Grund sein, da mal reinzulinsen.

Oder du findest einen Hinweis in den Frachtpapieren. Warum importiert jemand viertausend Stofftiere aus Ghana, wo du doch zufällig weißt, dass es in Ghana gar keine Stofftierindustrie gibt? Du suchst nach Dingen, bei denen irgendetwas nicht stimmt. Warum importiert jemand eine Sendung, wenn die Frachtkosten den angegebenen Warenwert übersteigen? So in der Art.»

«Viel Papierkram.»

«Na ja, immerhin haben wir LACES. Den Computer.»

«Aber ein Computer kann dir doch nicht sagen, wo du suchen musst.»

«Du würdest staunen. Ich meine, oft tut er genau das. Er sortiert für uns die Sendungen nach Kanälen – wie die grünen und roten Korridore für Passagiere. Für Fracht heißt das: Kanal eins: genaue Kontrolle der Frachtpapiere; Kanal zwei: genaue Kontrolle der Frachtpapiere und Überprüfung der Fracht; Kanal drei: Abfertigung binnen einer Stunde.»

«Wonach entscheidet er?»

«Also, jede Airline gibt uns für jeden Flug eine Frachtgutliste, in der aufgeführt ist, was sie alles geladen haben, und die füttern wir in LACES. Gleichzeitig lesen wir die Liste mal durch – zu der Zeit ist die Fracht gewöhnlich noch in der Luft, manchmal ist sie noch nicht mal abgeflogen –, und wenn wir etwas entdecken, das wir uns ganz gern anschauen würden, tippen wir die 97 ein. Das ist eine Hemmfunktion: Sie weist den Computer an, die Fracht durch den Kanal zwei zu schleusen, was dann automatisch geschieht.

Aber er tut auch eine Menge von sich aus. Eine ganze Menge ist da fest programmiert: verdächtige Importeure, zum Beispiel, oder Fracht aus zweifelhaften Gegenden, den so genannten ‹Badlands›. Alle neuen Importeure werden die ersten paar Male auch automatisch herausgepickt, desgleichen einmalige Sendungen, die durchkommen. Plus das, was ich dir vorhin schon sagte: Wenn der angegebene Warenwert niedriger ist als die Frachtkosten, sagt uns der Computer Bescheid, und wir sehen uns die Sache an. Oft heißt das, dass ganz harmlose Dinge überprüft werden, wie Schnapsmuster, die von einer ausländischen Tochterfirma zur Analyse ins Stammhaus geschickt werden. Trotzdem ist es eine nützliche Kontrolle.»

«Wie steht's mit Stichproben?»

«Oh, auch die nimmt uns der Computer ab. Etwa ein Prozent wird ganz willkürlich ausgewählt und durch Kanal zwei geschleust. Wir bekommen einen Ausdruck, ein E 1, das uns den Grund angibt, weshalb das Zeug herausgepickt worden ist. Dann schauen wir's uns an.»

«Hm.» Das mochte Leuten wie Willett die Arbeit erleichtern, aber für Duffy schien es keine große Hilfe zu sein. «Dann würde also niemand mit ein bisschen Grips etwas bei einer einmaligen Sendung zu schmuggeln versuchen? Die wüssten, dass ihr euch so was genauer anseht.»

«Vielleicht schon, wenn sie wüssten, wie wir arbeiten. Aber schließlich ...»

«...?»

«Na ja, es läuft doch alles auf Bluff und Doppelbluff hinaus, nicht wahr? Ich meine, klar, routinemäßig sehen wir uns die einmaligen Sendungen an. Aber wir schauen uns auch die regelmäßigen Sendungen an, gerade weil sie regelmäßig kommen. Da musst du immer auf Draht sein. Eben weil die entweder total clever oder dann strohdumm sind. Oder wie sie das Zeug verstecken. Am Anfang verstecken sie das Zeug möglichst unauffällig, dann eine Weile lang möglichst auffällig, dann wieder möglichst unauffällig.»

«Wonach würdest du suchen, wenn du an meiner Stelle wärst?»

«Also, da habe ich keine Ahnung. Du drückst dich immer noch vager als vage aus. Aber wenn du weißt, wonach du suchst, können dir das Ursprungsland und der Bestimmungsort der Fracht weiterhelfen. Und es ist immer eine gute Idee, nach etwas Ausschau zu halten, dessen Import eigentlich unnötig ist. Ich meine, Luftfracht ist ziemlich teuer. Also musst du dich fragen: Warum importieren sie diese Südfrüchte aus

Ghana, wo sie sie doch billiger aus Italien oder sonst wo haben könnten? Und so stöberst du ein bisschen herum, und vielleicht stößt du auf etwas. Wie bei diesem großen Rauschgiftfang, den sie im Londoner Hafen gemacht haben. Da kamen zwei Volkswagen auf einem Schiff aus Malaysia; völlig normal, Papiere okay, kein Problem. Nur dachte einer der Zollbeamten, wieso importieren sie diese zwei ziemlich alten Käfer, wenn die Frachtkosten höher sind als der Kaufpreis für zwei gleichwertige Autos hier drüben? Also haben sie sie auseinander genommen und entdeckt, dass sie voll mit Chinese Number Three waren.»

Duffy spürte, dass sich die Unterhaltung in eine ganz bestimmte Richtung entwickelte; die hatte er auch anvisiert, aber er fand, dass er zuvor noch ein paar andere Dinge klären müsste. Er stand auf und holte für beide frischen Kaffee.

«Gehen wir's mal von einer anderen Seite an. Wofür sind die bereit zu töten? Wofür lohnt es sich für die, jemanden zu töten?»

«Oh – ganz unterschiedlich. Kommt drauf an, wie fies die sind. Kommt drauf an, was du ihnen angetan hast. Kommt drauf an, wie einfach es zu machen ist. So was ist mir noch nicht untergekommen, aber mit so was hab ich ja auch nichts zu tun.»

«Gold?»

«Nein. Läuft kaum noch was heutzutage. Das meiste in Sachen Geld läuft über Papierkram ab. Du weißt schon, Frachtbriefe abändern, sodass die Ware scheinbar aus einem anderen Ursprungsland kommt; dann zahlt man weniger Einfuhrzoll oder so. In der Art. Gold ist heutzutage straff kontrolliert. Anders in den fünfziger Jahren – da gab es einen Goldrausch. Da sahst du Piloten und Stewardessen mit Spezialhemden, jeder war verrückt und geldgierig; nur ein einziger

Coup, sagten sie, dann kann ich mich zur Ruhe setzen. Nur ein einziger Coup. Und manchmal versuchten sie, eine doppelte Ladung zu schmuggeln, und kippten glatt um vor Nervosität. Oder vor Hitze. Ich erinnere mich an einen Burschen, der kippte am Calcutta Airport auf dem Asphalt um. Hemdtaschen voller Gold. Kriegte sieben Jahre Knast in Kalkutta. Zwei hat er überstanden, doch dann ist er gestorben. Armes Schwein.»

«Pornos?»

«Nein. So fies ist das Geschäft nicht, soviel ich höre. Nicht dass ich viel davon zu sehen bekäme – die großen Ladungen kommen auf dem Landweg rein. Das Zeug ist so schwer. Hier kriegen wir nicht viel, außer Sachen für den Privatgebrauch: ein halbes Dutzend Peitschen-Pornos in der Unterhose, in der Art.»

«Wenn also – und soviel ich weiß, ist es nicht mehr als ein ‹Wenn› – jemand, sagen wir mal, für jemanden einen Unfall einfädeln sollte, und es wäre nicht eine persönliche Angelegenheit, was könnte es dann sein … Drogen?» Nach all den Windungen seines Satzes sprach Duffy das letzte Wort sehr scharf aus.

«In diesem Satz gibt's mehr ‹Wenn› als bei meinen Versuchen, meine Alte ins Bett zu kriegen, Duffy.»

«Na, dann nehmen wir eben ein paar ‹Wenn› als gegeben an.»

«Okay, was willst du wissen?»

«Wo würde ich da suchen?»

«Frag andersherum. Du bist nicht du, du bist sie. Wo würdest *du* es verstecken?»

«Keine Ahnung, drum frag ich ja dich.»

«Na, dann denk mal darüber nach.» Willett wirkte plötzlich ganz streng, als sei Duffy einer seiner unbeholfenen Adjutanten, der soeben die French Connection durchgewinkt hatte. «Du sagst mir, wie du's durchschummeln würdest, und ich verbessere deine Vorschläge.» Er bot ihm ein Spielchen an, begriff Duffy. Er trank einen Schluck Kaffee und stellte sich vor – mit äußersten Schwierigkeiten –, wie er in einem Flugzeug auf Heathrow anflog. *Alle* 256 Passagiere … mehr fiel ihm dazu nicht ein.

«Ich … ich würde mir Spezialtaschen einnähen lassen.»

«Geh nach Pakistan», sagte Willett wegwerfend. «Die verkaufen dir Spezialschuhe von der Stange, komplett mit Geheimabteilen im Absatz und in der Sohle. Kannst sie mit Stoff drin oder ohne kaufen. Natürlich würden wir dich sofort schnappen. Vor ein paar Tagen hatten wir gerade wieder welche: ein Paki und sein kleiner Sohn, die wie auf Eiern gingen, beide trugen die Dinger. Wankten unbeholfen daher, aber schauten nie auf ihre Füße. Kein Problem.»

«Ich würde mich elegant kleiden und neben einem Hippie durch den Zoll gehen.»

«Nicht schlecht, wenn du einen auf deinem Flug findest. Die sind nicht mehr so verbreitet wie früher. Ich sag dir einen besseren Trick. Du heuerst zwei Kuriere an, einen eleganten und einen etwas vergammelten; das heißt, im Grunde spielt es keine Rolle, wie sie aussehen, aber du brauchst zwei. Dem einen gibst du eine kleine Ladung, den ganzen Rest gibst du dem andern. Dann verpfeifst du den ersten Typen beim Zoll. Die kommen nicht drauf, dass *zwei* Kuriere im selben Flugzeug sitzen.»

Duffy war beeindruckt. Das wollte Willett auch schwer hoffen.

«Ich bring's im Auto rein.»

«Was, im Kofferraum? Dass ich nicht lache. Doch nicht, solange man gepresstes Cannabisharz wie Fiberglas formen kann. Du kannst dir einen ganzen neuen Kotflügel machen lassen. Wie in *Goldfinger* – nur viel plausibler.»

«Ich … ich würde von einem unverdächtigen Flughafen anreisen.»

«Den gibt es nicht. Alle Flughäfen sind verdächtig. Du könntest aber zwei Pässe haben – den einen für den Hin- und Rückflug nach Paris, wie ein Wochenendler, und den andern, um von dort weiterzufliegen und den Stoff abzuholen. Das ist ziemlich clever.»

«Ich würde zwei gleiche Koffer mit genau denselben Kleidern drin aufgeben und im einen den Stoff. Und wenn ich dann angehalten würde, könnte ich zum Gepäckkarussell zurückgehen und den anderen Koffer holen.» Duffy war recht stolz auf diesen Einfall, aber Willett gluckste bloß.

«Mit dem Trick hat schon Moses die Leute beim Marsch durchs Rote Meer amüsiert. Was ist mit den Gepäckscheinen? Außerdem darfst du heutzutage auf manchen Flügen eh nur ein Gepäckstück pro Kopf mitnehmen. Und selbst wenn, würdest du natürlich nicht die gleichen Kleider in die beiden Koffer tun. Der Koffer, den du auf dem Karussell zurücklässt, enthält *deine* Kleider; der andere, den du durch den Zoll genommen hast, sollte von schmutzigen Höschen und Tampax und dergleichen nur so überquellen, wenn wir ihn öffnen, sodass er ganz *offensichtlich* nicht dir gehört. Na, wie findest du das?»

Willetts Augen funkelten ihn herausfordernd an. Duffy fand, dass die Spielregeln bei diesem Wettstreit etwas unfair waren. Schließlich hatte er nie auch nur in einem Flugzeug gesessen und wollte auch jetzt gar nicht erst damit anfangen. Ziemlich mürrisch sagte er:

«Ich geb's auf.»

«Die nicht.»

Zweifellos versuchte Willett, ihm etwas beizubringen. Zweifellos tat er dies mit gutem Grund. Duffy beschloss, dies gelten zu lassen.

«Also, wo muss ich suchen?»

«Ich wünschte, darauf gäbe es eine einfache Antwort. Du musst überall suchen. Es gibt kein Versteck, das nicht in Frage käme – mit gewissen Einschränkungen. Wenn es Cannabis ist, dann braucht es Platz, das kommt dir zugute. Aber wenn es harte Drogen sind ... Heroin im Wert von einer halben Million Pfund kannst du zwischen dem Rücklicht eines Autos und dem Kofferraum verstecken. Da musst du suchen, und das ist die Sache ihnen wert.»

«Die schwierigsten Verstecke.»

«Und die einfachsten Verstecke. Und die schwierig-einfachen Verstecke. Was kommt dir bei Opiumstäbchen in den Sinn? Zigaretten, genau. Also würdest du dort nicht danach suchen. Vor ein paar Monaten fanden wir Opiumstäbchen versteckt in Zigaretten in einem versiegelten, zollfreien Karton Marlboro, der allem Anschein nach bei einer Zwischenlandung am Frankfurter Flughafen gekauft worden war.»

«Hat sich was verändert, seit ich das letzte Mal nach dem Zeug gefahndet habe? Die Herkunft vielleicht? Produziert das Goldene Dreieck immer noch so viel wie früher?»

«Es ist ein Viereck, Duffy. Teile von Rotchina gehören auch dazu. Nein, der Stoff ist der gleiche geblieben – nur gibt's inzwischen mehr davon. Iran hat den Laden so ziemlich dichtgemacht – das muss man wohl dem ollen Ayadingsbums zugute halten. Dafür haben die Pakis gerade entdeckt, wie sie ihren Stoff viel besser raffinieren können. Deren Stoff war früher mies, wie du dich sicher erinnerst; die beste Qualität war nur gerade dreißigprozentig. Jetzt haben sie den Durchbruch geschafft: Plötzlich bringen sie's auf neunzig Prozent. Die einen gewinnen, die andern verlieren, nur langen die Gewinner immer kräftiger zu.»

Duffys Stimmung war düster. Vor fünf, sechs, sieben Jahren war er als ehrgeiziger junger Polizist die Gerrard Street rauf und runter patrouilliert, hatte im Chinesenviertel von Soho die Runden gemacht. Damals hatte er sich verschrumpelte alte Chinesen ausgemalt, die in Hinterzimmern verträumt an ihren Opiumpfeifen nuckelten, gestört nur von dem jungen Eiferer Duffy, der mit dem Gummiknüppel in der Hand hereinplatzte und treffsicher witzelte: «Doch nicht schon wieder Rothman's Number Two, Sir?» Es war ihm alles so pittoresk erschienen; wenigstens zu Anfang. Damals schlenderte er noch die Gerrard Street hinunter und dachte: ‹Durch diese düsteren Straßen muss ein Mann gehen.› Was Sache war, hatte er erst Jahre später begriffen.

«Tote Babys», sagte Willett scharf. Duffy blickte auf und sah nicht den ihm vertrauten alten geschwätzigen Witzbold vor sich, sondern einen ernsten Zollbeamten.

«Tote Babys», wiederholte er. «Ich kann mir vorstellen, was du jetzt denkst, Duffy, und mir ist es auch schon oft so gegangen. Ich werd's nie finden, denkst du. Was soll's – wenn ihnen wirklich so viel dran liegt, sollen sie's doch haben. Manchmal ertappe ich mich selbst dabei, doch dann kann ich mich immer wieder rausreißen, indem ich an tote Babys denke.» Er kippte einen Schluck Kaffee runter. «Du erinnerst dich sicher noch, dass eine ganze Menge Heroin über die Grenze von Thailand nach Malaysia kommt? Nun, vor ein paar Jahren haben sich die Schmuggler einen neuen Kniff einfallen lassen. Sie kaufen Babys. Manchmal klauen sie sie, aber meistens kaufen sie sie einfach; sie sagen, irgendeine reiche kinderlose Frau in Singapur wolle ein Kind adoptieren. Warum sollte da eine arme Bäuerin nicht eines von ihren verkaufen; sie hat genug davon und noch ein paar dazu. Also verkauft die Bäuerin eines davon; scheint eine echte Chance zu sein, etwa so, als könnte sie das Kind auf die Uni schicken. Aber natürlich gelangt es nie bis zu dieser erfundenen kinderlosen Frau in Singapur. Die Schmuggler bringen es um, nehmen die inneren Organe raus und stopfen es mit Beuteln voll Heroin aus. Dann geben sie es einer ‹Mutter›, die das schlafende Kind in den Armen wiegt und über die Grenze trägt. Ein Kinderspiel.»

Duffy wurde übel, aber Willett war noch nicht fertig. «Es muss freilich so natürlich wie möglich aussehen. Darum verwenden sie nur Babys unter zwei Jahren – sonst könnten ihre Schlafgewohnheiten auffallen. Und das andere ist – vergiss das nie, ich denk immer dran –, sie müssen stets binnen zwölf Stunden nach ihrer Ermordung über die Grenze geschafft werden. Sonst ist inzwischen die Gesichtsfarbe verblasst, und dann sind sie nicht mehr zu gebrauchen.»

Duffy konnte auf die Einzelheiten verzichten – er konnte gut und gerne darauf verzichten; aber er wusste, dass es gut war, sie zu kennen, so übel ihm dabei auch werden mochte. Willett wusste verdammt gut, wo er ihn packen konnte. Und so sagte Duffy weiter nichts als:

«Danke.»

Das Einzige, was Duffy am nächsten Tag bei der Arbeit vom Grübeln abhielt, war die Planung seines Tauschmanövers. Unter den Kunden, die regelmäßig ihre eigene Ware abholen kamen, traf er seine Wahl: zwei Hi-Fi-Ganoven von der hochstaplerischen Ramschersorte. Die – mit ihrer schulterklopfenden, armbandklimpernden jovialen «Mensch, was da nicht alles von diesen Lastwagen runterfällt»-Tour – würden sich bestimmt keine größeren Gedanken machen über eine Lieferung, die ihnen irrtümlich in den Schoß fiel; Duffy dachte, dass sie Ehrlichkeit vermutlich für was Ähnliches hielten wie Männertreu: irgend so ein Kraut halt.

Ihre Hi-Fi-Geräte wurden im Schuppen in einem der Lagerfächer für Stammkunden gestapelt, ganz in der Nähe von Duffys Ecke; bisher war er stets derjenige gewesen, der ihren Lieferwagen zu beladen hatte. Im Laufe des Tages gelang es Duffy, der scheinbar nur tat, wie ihm befohlen, einen kleinen Karton japanischer Feuerzeuge quer durch den Frachtschuppen zu schummeln, bis er im Fach neben den Hi-Fi-Geräten lag.

Man hörte sie jeweils schon von weitem quer durch die Hendrick-Freight-Lagerhalle: Beim Heranfahren hatten sie die Schiebetüren ihres Transit immer ganz offen und Capital Radio voll aufgedreht. In einer Woche eintönigen Aus- und Einladens stellte ihr Kommen so etwas wie ein Ereignis dar. Wenn der Protzigere der beiden fuhr, suchte er immer nach kleinen Öllachen auf dem Boden der Halle und versuchte, den Lieferwagen durch eine Vollbremsung zum Schleudern zu bringen.

Gegen Ende des Nachmittags brausten sie röhrend und quietschend heran, parkten den Wagen rückwärts vor ihrem Lagerfach, stellten den Motor ab, ließen das Radio aber laufen. Nach einem «Hallo, Kumpel» zu Duffy trampelten sie hinauf zu Mrs. Boseley, um mit ihr, soweit das möglich war, zu flirten und Lieferscheine zu quittieren. Duffy lud sechs Kartons Tapedecks ein, sechs Kartons Plattenspieler, sechs Kartons Tuner, sechs Kartons Verstärker und einen kleineren Karton japanischer Feuerzeuge, von dem er rasch die Frachtpapiere abriss: er wollte denen ja nicht etwa einen Gewissenskonflikt zumuten, so unwahrscheinlich der auch sein mochte. Er schob die Feuerzeuge zwischen die Plattenspieler und die

Seitenwand des Lieferwagens, damit sie nicht zu sehen wären, wenn Gleeson seine Liste abhakte.

Die Hi-Fi-Ganoven kamen aus Mrs. Boseleys Büro getrampelt, Gleeson mit seinem Klemmbrett kontrollierte den Lieferwagen, der Fahrer rief: «Haste den Räucherlachs auch nicht vergessen, Kumpel?» zu Duffy, der zurückbrüllte: «Liegt unter dem Sitz», und dann röhrten sie davon. Was sie von der Stelle halten würden, wo die Feuerzeuge versteckt waren, wusste Duffy nicht; höchstwahrscheinlich übernahmen sie das Ausladen nicht selbst; vermutlich besorgte das ein alter Mann mit zwei welken Armen für sie.

Die Feuerzeuge sollten am nächsten Tag abgeholt werden, und sie lagen in Caseys Bereich des Schuppens; Duffy brauchte sich deswegen also keine Gedanken zu machen. Das würde sich von selbst erledigen.

Nachdem das Tauschmanöver erfolgreich abgeschlossen war und für den Rest des Tages nicht viel zu tun blieb, fing Duffy wieder zu grübeln an. Er ertappte sich dabei, wie er zu Mrs. Boseleys blondem Haar im Glasbüro hinüberblickte und dabei gewalttätige, unprofessionelle Gedanken wälzte, für die es im Augenblick keinerlei Rechtfertigung gab. Und das alles nur, weil Mr. Dalby gelegentlich etwas Koks schnupfte, bevor er seine Hostessen bumste, und weil ihm Willett diverse unangenehme Wahrheiten eröffnet hatte.

Duffys moralische Anschauungen waren immer von Pragmatismus geprägt gewesen. Drei Jahre bei der Polizei hatten das noch verstärkt, und das würde sich jetzt auch nicht mehr ändern. Er hegte keine idealistischen Vorstellungen, was das Gesetz oder dessen Anwendung betraf. Er hatte nichts gegen ein gewisses Entgegenkommen, ein bisschen Augenzudrücken, ein bisschen Du-böser-Junge-mach-'ne-Fliege und Schwamm drüber. Er war nicht der Meinung, dass der Zweck die Mittel heilige – bloß war es manchmal, nur vereinzelt, eben doch der Fall. Er hielt auch nicht alle Vergehen für gleichwertig; über manche konnte er sich gar nicht ereifern. Aber irgendwo im Hintergrund gab es ein paar Absolutheiten. Mord gehörte natürlich dazu, da waren sich alle einig. Bestechliche Bullen gehörten dazu; aber schließlich hatte Duffy auf diesem Gebiet seine persönlichen Erfahrungen gemacht, weshalb es wenig erstaunlich war, dass er darüber eine ganz entschiedene Meinung hatte.

Vergewaltigung gehörte dazu; Duffy fand es widerlich, wie manche Bullen es als wenig mehr denn eine milde Abreibung mit etwas Lustgewinn ansahen. Und Heroin gehörte auch dazu.

Vor sieben Jahren hatte Duffy dabei an liebe alte Chinesen gedacht, die in ihren Mohnträumen vor sich hin pafften; aber heute dachte er nicht mehr daran. Und Willett hätte ihn gar nicht mit seinen toten Babys zu traktieren brauchen, denn Duffy war bereits mehr oder weniger am selben Punkt angelangt, seit der Sache mit Lesley. Er hatte gelacht bei der Vorstellung jener Pakis, die über ihre erhöhten Schuhe stolperten, aber das wollte nicht heißen, dass er ihnen nicht gerne die Füße an den Knöcheln abgehackt hätte, wenn er dazu in der Lage gewesen wäre. Er kannte all die blumigen Ausdrücke der Chinesen, die für das Heroinrauchen verwendet wurden – den Drachen jagen, die Mundharmonika spielen, die Flabkanone abfeuern –, aber sie vermochten Duffy nicht zu bezaubern; nicht seit der Sache mit Lesley.

Sie war ein hübsches, langgesichtiges, ernst aussehendes Mädchen mit dunklem Haar und großen Augen gewesen und hatte im gleichen Mietshaus wie er gewohnt, kurz nachdem er bei der Polizei geflogen war. Er hatte ein vages Auge auf sie geworfen, unternahm aber weiter nichts, denn er war noch zu kaputt vom Schock der Trennung von Carol, sodass er zu nichts Besserem imstande war, als wie blöd in den «Caramel Club» zu dackeln, zu viel zu trinken und irgendeinen Scheißer aufzureißen und zu tun, was der wollte. Sie hatte ein vages Auge auf ihn geworfen, unternahm aber weiter nichts, denn sie war ein Junkie.

Er erinnerte sich, wie väterlich, wie verantwortungsbewusst er sich vorgekommen war, als sie ihm das gestanden hatte. Er hatte sich ein romantisches Bild von ihnen beiden ausgemalt, wie sie beide, von der Welt gebeutelt, sich gegenseitig die Wunden leckten. Dann klaute sie seine Kamera. Sie kam zurück und sagte ihm, wie Leid es ihr täte, es sei halt eine Frage der Prioritäten gewesen, und als sie ihre Not und seine Kamera gegeneinander abgewogen hätte, sei der Fall dann eben klar gewesen. Das akzeptierte er sofort, es ging auch nicht darum, ihr zu «verzeihen» oder so was; vorher war ihm noch nicht klar gewesen, dass Junkies einen schwachen Charakter hatten. Nun wusste er Bescheid; nun wäre er gewappnet.

Für eine Süchtige hatte sie ihr Leben ziemlich gut im Griff. Das heißt, sie machte sich bereits einen Tag, bevor ihr Vorrat aufgebraucht war, Gedanken darüber, was sie zu tun hätte, um ihre Sucht befriedigen zu können. Manchmal klaute sie; manchmal arbeitete sie in einem Massagesalon; manchmal konnte sie auch Modell sitzen. Duffy mochte sie weiterhin so gern wie zu Beginn ihrer Bekanntschaft. Dann klaute sie sein Tonbandgerät; und diesmal tat es ihr eine ganze Ecke weniger Leid. Warum hatte er es auch so in seiner Wohnung rumliegen lassen? Er wusste doch, dass sie nur seinen Zweitschlüssel zu klauen brauchte, um an das Ding ranzukommen.

Manchmal verschwand sie zu einer Entziehungskur, die ihre Familie in die Wege geleitet hatte, aber sie kam immer zurück. Ihre Beine wurden dünner, und ihre Augen wurden größer; selbst die Sommersprossen auf ihrem Gesicht schienen größer zu werden und sich zu Flecken auszuweiten. Ihre Wohnung vergammelte zusehends, und ihr Teppich fing an zu stinken. Der Teppich stank, weil sie die Spritze mit den Blutrückständen jeweils aus dem Arm zog und reinigte, indem sie Wasser aufzog und damit kichernd nach den Webmustern spritzte.

Duffy zog weg, weil er wusste, dass die Heilungschancen für Heroinsüchtige eins zu zehn standen und dass Lesley zu den anderen neun gehören würde. Er zog weg, weil er Angst davor hatte, alles zu tun, um sie zu beschützen und ihr zu helfen – und trotzdem zu scheitern. Es war keine Entscheidung, auf die er besonders stolz war, aber die Ichbezogenheit und Schwäche von Süchtigen ist ansteckend: Wie kann *ich mich* beschützen, denkt man nach einer Weile. Er zog weg, weil er Lesley gern hatte und nicht eines Tages erfahren wollte, dass sie tot war. Sie war zweiundzwanzig.

Am einen Ende der Kette waren tote Babys in Thailand; am andern waren die Lesleys, die sich zu Tode fixten. Sie hatte ihm einmal gesagt, ihre größte Angst sei nicht der Tod, sondern dass sie bald keine Stelle mehr zum Fixen haben würde. Die Venen in ihren Armen waren hin; die Venen in ihren Beinen waren hin; im Augenblick fixte sie in die Handgelenke und Hände, was schmerzhafter war, als sie je für möglich gehalten hätte. Bald, sagte sie, würde sie in die Weiche fixen.

Duffy beschloss, noch ein bisschen länger bei Hendrick Freight auszuharren; nur für den Fall.

6

Tags darauf gab es am Nachmittag plötzlich einigen Aufruhr im Betrieb. Duffy in seiner Dummenecke blickte auf, als Mrs. Boseley aus ihrem Büro geschossen kam, mit der rechten Hand die Tür aufstoßend und mit der Linken immer noch den Telefonhörer umklammernd.

«Gleeson!», schrie sie. «GLEESON!»

Sie ging zurück ins Büro und schloss die Tür. Duffy konnte sehen, dass ihr Telefongespräch während der nächsten paar Minuten ziemlich lebhaft verlief. Dann legte sie auf. Gleeson kam, und sie steckten gut zehn Minuten lang die Köpfe zusammen. Dann griff Mrs. Boseley erneut zum Telefon. Gleeson kam aus dem Büro und ging zielbewusst zu Caseys Bereich des Schuppens hinüber. Duffy schloss daraus, dass die Sache in die Gänge kam. Er schlenderte hinüber. Als er ankam, riss Casey gerade die obersten zwei Druckknöpfe an seinem Hemd auf. Er zeigte auf das HIER SCHNEIDEN und machte eine schlitzende Handbewegung.

«Pfadfinderehrenwort», sagte er und bedachte Gleeson mit einem Wölflingsgruß.

«Such weiter, Scheiße nochmal», sagte Gleeson.

Duffy hüstelte.

«Entschuldigen Sie, Mr. Gleeson. Ist was?»

«Verpiss dich, Duffy.»

«Kann ich irgendwie behilflich sein?»

«Verpiss dich, Duffy.»

Er machte kehrt und schlenderte davon.

«Nein, Augenblick. Hilf Casey suchen. Zwei Halbdeppen sind wahrscheinlich immer noch besser als einer.»

«Charmant», murmelte Duffy, als Gleeson abmarschierte, um bei Mrs. Boseley neue Anweisungen zu holen.

«Was suchen wir denn?»

«Karton Zünder.»

«Aha. Verloren gegangen, wie?»

Caseys einzige Erwiderung war ein Fußtritt gegen eine Teekiste. Duffy interpretierte das als «Ja». Tritt gegen Teekiste heißt «Ja»; Faustschlag gegen Karton heißt «Nein»; Kopfstoß gegen Tiefkühlbehälter heißt «Keine Ahnung». Daraus bestand vermutlich der hiesige Wortschatz.

«Für wen waren die bestimmt?»

«Mucks.» Das war vermutlich Caseys Abkürzung für Muxton & Walker.

«Wer hat sie aufgeladen?»

Casey grunzte etwas Unbestimmtes, aber die Antwort kannte Duffy ja bereits.

«Wer hat sie freigegeben?»

«Gleeson.»

«Wer hat sie gefahren?»

«Gleeson.»

Immer besser, dachte Duffy. Mit diesem Bonus hatte Duffy nicht gerechnet. Wenn Kunden die Sendungen nicht selbst abholten, wurden sie normalerweise von einem der beiden Hendrick-Fahrer geliefert. An jenem Tag war einer von ihnen krank gewesen, und der andere hatte deshalb eine größere Tour zu fahren, sodass Gleeson an diesem Morgen offenbar beschlossen hatte, die Lieferung an Muxton selbst zu besorgen.

Duffy tat immer noch so, als helfe er Casey bei der Suche nach dem verschollenen Karton Zünder, als ein flaschengrüner Jaguar X J6 in den Schuppen fuhr und am ungünstigsten Ort parkte. Hendrick stieg aus, mit stinksaurer Miene. Nach zehn Minuten im Horst kam er zusammen mit Mrs. Boseley und Gleeson hinüber zu dem Bereich, wo Duffy, Casey und mittlerweile auch Tan so taten, als würden sie suchen. Inzwischen taten sie wirklich nur noch so, denn sie hatten Caseys ganzen Bereich zweimal durchgekämmt, und es war völlig klar, dass die Zünder durchgebrannt waren – offenbar heiße Ware.

«Tag, Mr. Hendrick», sagte Duffy, als die drei daherkamen. Immerhin hatte er ja angeblich für ihn schon Gelegenheitsarbeiten verrichtet. «Tut mir Leid, dass was schief gelaufen ist.»

«Verpiss dich, Duffy», sagte Gleeson, bevor sein Chef den Mund aufmachen konnte, «verpiss du dich einfach in deine Ecke.»

Duffy versuchte, phlegmatisch dreinzublicken, als wäre Gleeson schon immer so mit ihm umgegangen (was ja auch stimmte), in der Hoffnung, dass Hendrick seinem Vorarbeiter eine kleine Lektion in Sachen Personalführung verpassen würde. Es war eine schwache Hoffnung; aber in solchen Fällen lautete Duffys Maxime: «Alles tun, um die Kacke etwas anzuheizen.»

Als er wieder in seiner Ecke stand, dachte er darüber nach, was er für eine Kopie der Rechnungen über die ans «Dude's» gelieferten Waren gegeben hätte. Im Laufe des Tages hatte er sich überall gut umgesehen und viele Aufkleber an Kisten gelesen und war in der Kühlhalle herumgelungert, für den Fall, dass er jene Blumen ausmachen konnte, deren Duft dazu bestimmt war, von Räucherstäbchen überwältigt zu werden; aber alles umsonst.

Um halb sechs stand er vor seinem Spind und zog sich um, als Tan zu ihm trat.

«Mrs. Boseley will dich sehen, nicht weggehen», sagte er.

Aha. Eine königliche Audienz. Er zog sich fertig um und sprang dann die Treppe zu ihrem Büro hoch.

«Oh, nehmen Sie bitte Platz, Duffy. Ich bin gleich soweit.»

Sie beugte sich über irgendwelchen Papierkram und schien eine Kolonne von Zahlen zu addieren. Sie tat es einmal; sie tat es zweimal; dann seufzte sie und holte aus ihrer obersten Schublade einen Taschenrechner hervor. Duffy bemerkte, dass es dieselbe Marke war wie die sechs, die er hinter dem Spülkasten im Herrenklo versteckt hatte, zog aber keine voreiligen Schlüsse daraus. Genauer gesagt, er zog sie sofort und verwarf sie dann wieder. Was immer Mrs. Boseley für Dinger drehen mochte, nur um ein bisschen Hilfe beim Rechnen ging es dabei bestimmt nicht.

Er sah sich im Büro um. Es wirkte kaum anders als das Büro eines Mannes, außer dass es hier keinen Kalender mit nackten Mädchen gab. Warum machten die eigentlich keine geilen Kalender mit Männern drauf? Nach Mrs. Boseleys Büro zu schließen, machten die stattdessen National-Trust-Kalender mit Landschaften und Häusern drauf.

He, mach schon, jetzt sitze ich schon seit zehn Minuten hier, inzwischen könnte ich längst auf der M 4 mit den Jumbos Katz und Maus spielen. Er blickte in die Halle hinaus. Die Doppeltore waren für die Nacht geschlossen. Alle schienen nach Hause gegangen zu sein. Bis auf ihn und Mrs. Boseley. Was verbarg sich wohl hinter dem E? Elizabeth? Elspeth? Eva? Ja, wahrscheinlich Eva – hatte ihren Namen geändert, nach ihrem großen Vorbild Eva Braun. Hatte sich die Haare gefärbt, um so arisch wie möglich auszusehen. Wozu hatte sie ihn herbestellt?, fragte er sich. Sie konnte doch unmöglich … ach nein, das wäre doch zu albern, nicht wahr? Das wäre doch zu abgedroschen. Gut aussehende Geschäftsleiterin verliebt sich in muskulösen jungen Handlanger. Ihre anfängliche Frostigkeit war nur eine armselige, traurige Maske, die verbergen sollte, was für Gefühle in ihr lauerten … Insgeheim verlangte sie nach …

Na, na, Duffy, jetzt reicht's aber. Und wenn's so wär, weißt du, was du dann wärst? Erst mal verdammt verlegen. Du wüsstest gar nicht, was anfangen. Der Sorte von Dame hast du doch noch nie gefallen, stimmt's? Taucht doch in deiner Trophäensammlung nicht eben regelmäßig auf, stimmt's?

Und so kam es denn überraschend, als Mrs. Boseley endlich ihren Taschenrechner hinlegte, aufblickte und lächelte. Sie sah besser aus, wenn sie lächelte, das war nicht zu bestreiten. Das einzige Haar in der Suppe war, dass sie nicht Duffy anlächelte; sie lächelte an seiner Schulter vorbei.

«Alles hinter Schloss und Riegel», sagte Gleeson. Dieser Ausdruck ließ Duffy zusammenfahren: Er versetzte ihn zurück in seine Anfänge bei der Polizei, als er noch der Meinung war, dass ihn solche Sprüche etwas eindrucksvoller machten. «Mach 'ne Fliege», knurrte er einem sichtlich flugunfähigen Penner zu, der es sich mit den Überresten einer Flasche süßen Sherrys gemütlich gemacht hatte. «Du kommst hinter Schloss und Riegel», schrie er einem besonders groben Schlägertypen zu und betete dann nur, dass der nicht erwiderte: «Und du willst mich dahin bringen?»

Duffy hoffte, dass er keine Reaktion auf Gleeson hatte erkennen lassen; hoffte, dass er nur weiterhin Mrs. Boseley voller süßer Erwartung anglotzte, als sei sie im Begriff, ihn mit einer Gehaltserhöhung zu belohnen. Als er aber hörte, wie Gleeson die Tür mit dem Schlüssel absperrte, glaubte er, wie jeder andere Normalbürger das Recht zu haben, sich im Stuhl umzudrehen und einen langen, fragenden Blick auf Gleeson zu werfen. Dieser steckte den Schlüssel ein und baute sich hinter Duffys Stuhl auf. Das gefiel Duffy ganz und gar nicht. Es erinnerte ihn an eine Sorte von Bullen, die das gerne mit den Leuten machten, die sie verhörten; und es erinnerte ihn auch an das, was bei diesen Gelegenheiten geschehen konnte.

«Hat es irgendwelche Klagen gegeben, Mrs. Boseley?», fragte er, wie jeder andere normale Angestellte, der nach Feierabend dableiben muss, eingesperrt wird und hinter seinem Stuhl einen kräftigen Mann mit Koteletten stehen hat. Sie würdigte ihn keiner Antwort. Nicht aufgeben, sagte er sich, immer den Dialog aufrechterhalten – das hieß es doch immer, wenn es zu diesen Belagerungssituationen kam. «Wir bemühen uns, den Dialog mit den Geiselnehmern aufrechtzuerhalten.» Duffy beschloss, den Dialog aufrechtzuerhalten. Die Rollenverteilung war ihm allerdings nicht klar.

«Ich hoffe, es gibt keine, Mrs. Boseley. Klagen, meine ich. Die Arbeit hier macht mir wirklich Freude, wissen Sie. Erst neulich wollte ich mal reinschauen und es Ihnen sagen, aber da hab ich in Ihr Büro geschaut, und Sie waren ... Sie waren gerade am Telefon.»

Endlich schien Mrs. Boseley seine Anwesenheit zur Kenntnis zu nehmen, wenn auch nicht, soweit er das beurteilen konnte, seine Worte. Sie sah aus, als wollte sie etwas sagen. Duffy wartete pflichtbewusst ab. Sie wollte ihn doch nicht etwa feuern, oder?

«Sie sind ein vielseitig begabter Mann, Mr. Duffy.»

Also *das* hatte er nun wirklich nicht von ihr erwartet. Wäre Gleeson nur nicht da gewesen, dann hätte Duffy denken können, dass sie ihn tatsächlich anmachen wollte.

«Ja, Ma'am?» Warum wusste er nie, wie er sie anreden sollte?

«Ihre hauptsächliche Begabung liegt meines Erachtens im Mähen von Beton.»

«...?»

«Sie mähen Beton, Mr. Duffy.» Sie hatte den Tonfall von jemandem, der ein widerspenstiges Kind an die Multiplikationstabelle erinnert. Neun mal sechs, Sie wissen doch, dass Sie wissen, was neun mal sechs gibt, Mr. Duffy.

«Wie meinen?»

«Sie mähen Beton. Hin und her. Und all die Betonschnippel fliegen in die Betonkiste vorne am Mäher. Wrrrrummmm, wrrrrummm», machte Mrs. Boseley plötzlich, das Geräusch eines Rasenmähers nachahmend. «Oder vielleicht – vielleicht verwenden Sie ja einen elektrischen: Dann haben Sie natürlich vorne keine Betonkiste, stimmt's? Dann haben Sie doch nur so 'n Rotording, nicht wahr, und all die kleinen Betonschnippel fliegen auf der Seite raus, und Sie lassen sie einfach liegen, damit sie als Dünger wirken. Verwenden Sie etwa den?»

Duffy war völlig verwirrt. Sie war am Durchdrehen. All die Touren mit der Gießkanne an der Rayners Lane hatten sie offenbar zerrüttet. Er krümmte sich auf seinem Stuhl nach hinten und blickte Gleeson fragend an, aber der schien nur Mrs. Boseley anzuhimmeln, mit der Verzückung eines Jüngers, der hofft, dass ihm der Prophet beibringen wird, wie auch er die Wasser teilen könne, und das mit links. Als Gleeson mitbekam, dass Duffy sich bewegt hatte, griff er mit fleischiger Hand herunter und drehte Duffys Kopf zurück in Richtung Mrs. Boseley.

«Ich fürchte, wir funken nicht auf derselben Wellenlänge, Mrs. Boseley», stammelte er.

«Da bin ich anderer Meinung, Duffy. Sie mähen Beton. Zumindest darf ich das annehmen. Lassen Sie mich eine direkte Frage stellen: Mähen Sie Beton, Mr. Duffy?»

«NEIN», erwiderte er laut. Er hatte die Schnauze voll. Sie blickte enttäuscht drein. Zumindest tat sie so, als würde sie enttäuscht dreinblicken, was überhaupt nicht auf dasselbe hinauslief.

«Oje, und ich hatte mich so darauf verlassen, dass Sie Beton mähen. Sehen Sie, das hatten Sie mir doch beim Einstellungsgespräch versichert.»

Duffy blickte verständnislos drein.

«Ich fragte Sie, was Sie an Qualifikationen mitbringen, und Sie sagten, Sie hätten für Mr. Hendrick Gelegenheitsarbeiten verrichtet. Ich fragte, was denn so. Sie sagten, Sie hätten … Sachen rumgetragen. Ich erinnere mich, dass ich das habe gelten lassen, obschon ich eigentlich fragen wollte, ob Ihre Fähigkeiten sich auch darauf erstreckten, Sachen wieder hinzustellen, oder ob wir jemanden einstellen sollten, der immer irgendwelches Zeug auf den Armen hatte, weil er noch nie etwas von Hinstellen gehört hatte. Und dann hab ich Sie gefragt, ob Sie Mr. Hendricks Rasen gemäht hätten.» O-oh, dachte Duffy, oder genauer gesagt: OH, SCHEISSE MIT REISSE, dachte er laut in seinem Kopf. Duffy erinnerte sich an das unerklärliche Unbehagen, das ihn beschlichen hatte, als er bei Hendrick zu Besuch gewesen war und durchs Küchenfenster zu den Kindern hinausgeschaut hatte, die auf der Rutschbahn spielten. Wie sie obendrauf standen. Vielleicht hatte er damals gemeint, sein Unbehagen gelte der Vorstellung, die Kinder könnten herunterfallen, aber dem war nicht so; sein Unbehagen galt der Vorstellung von Duffys Zukunft.

«Nun besteht Mr. Hendricks Rasen, wie Sie wohl wüssten, wenn Sie jemals in der Nähe von Mr. Hendricks Haus gewesen wären, nicht aus dem üblichen Gras. Ein Teil davon besteht aus Mosaikpflaster und ein Teil aus Beton. Ich habe Sie eingestellt, Mr. Duffy, in der Annahme, Sie könnten Beton mähen. Ich bin sehr enttäuscht von Ihnen.»

«Ich kann's ja lernen», hörte sich Duffy sagen, «ich kann's bestimmt noch lernen.» Hinter ihm ertönte ein schwaches, nasales Kichern, dann flog ein strenger Blick von Mrs. Boseley über seine Schulter, und dann wurde er mit der flachen Hand hart auf den Kopf geschlagen. Das tat weh. Es hätte gar nicht wehgetan, wenn er darauf gefasst gewesen wäre. Aber das war ja der Sinn der Sache.

«Ich glaube nicht, dass Sie das für meine Bedürfnisse schnell genug lernen werden; dieses Handwerk ist schwer zu erlernen. Ich glaube kaum, dass Sie es rasch genug beherrschen werden. Wenn ich einen Betonmäher einstelle, Mr. Duffy, dann erwarte ich einen gelernten Betonmäher. Ich fürchte, ich werde fortan auf Ihre Dienste verzichten müssen.»

«Oje», sagte Duffy. Oje, nicht weil er gefeuert wurde – wurde er das überhaupt? –, sondern wegen des ganzen Rests.

«Aber bevor Sie gehen, erzählen Sie uns doch bitte noch aus Ihrem Leben.» Mrs. Boseley setzte ein Lächeln auf, das offensichtlich brutal unaufrichtig wirken sollte. Sie war keine schlechte Schauspielerin, das musste ihr Duffy lassen. Vielleicht kam das vom jahrelangen Auf-und-ab-Gehen durch den Mittelgang, immer ein «Möchten Sie Tee oder Kaffee, Sir?» auf den Lippen, und der unterdrückten Wut auf die fetten Männer in ihren platzenden Jacketts mit Schneewehen von Schuppen auf den Schultern und dem blöden Spruch: «Ich möchte lieber dich, Schätzchen», und jeder meinte, er sei der erste, dem das einfiel; und selbst wenn man da zu Beginn noch ein höfliches, halb amüsiertes Lächeln aufsetzte, legte man sich doch nach ein paar Jahren von diesem und ähnlichen Sprüchen einen echten Anschiss von einem Lächeln zu, nicht wahr, diese grauenvolle Parodie eines Lächelns, so ein Kannst-mich-mal-kreuzweise-Lächeln. Mrs. Boseley jedenfalls hatte sich so eines zugelegt.

Diesmal knallte ihm Gleeson eine gegen den Hinterkopf. Es tat genauso weh wie beim ersten Mal.

«Ich bin nichts Besonderes», sagte er.

«Wer sind Sie, Duffy?»

«Ich bin ich.» Das klang schwächlich, hilflos.

«Was sind Sie, was machen Sie?»

«Ich bin ich, ich arbeite, ich arbeite für Sie.» Diesmal legte er mehr Pathos hinein; das schien ganz von allein zu kommen.

«Sie waren noch nie bei Mr. Hendrick zu Hause, stimmt's?»

«Doch.»

Gleeson verpasste ihm wieder eine.

«Sie machen doch etwas anderes, stimmt's?»

«Nein.»

«Woher kennen Sie Hendrick?» Das «Mr.» war entfallen.

«Ich hab für ihn gearbeitet. Gelegenheitsarbeiten.»

«Warum sind Sie heute bei den Blumen herumgelungert?»

«Was?»

«Warum sind Sie heute bei den Blumen herumgelungert?»

«Ich habe keine Ahnung, was Sie meinen.»

«Warum haben Sie die Taschenrechner nicht genommen?»

«Wie bitte?»

«WARUM HABEN SIE DIE SCHEISSTASCHENRECHNER NICHT GENOMMEN?», schrie ihn Mrs. Boseley an. «WARUM HABEN SIE DIE SCHEISSTASCHENRECHNER NICHT GENOMMEN?» Das war ihm zuwider; Frauen, die ihn anschrien, waren ihm zuwider. Er dachte: ‹Jetzt wird mich Gleeson wieder schlagen.› Tat er aber nicht. Stattdessen tat er etwas anderes. Etwas, was Duffy wünschen ließ, er hätte ihm doch noch eine gescheuert. Etwas, was ihm viel mehr Unbehagen bereitete.

Es war ein kleines Klicken in seinem linken Ohr, das von einem leichten Zug am Ohrläppchen begleitet wurde. Er drehte leicht den Kopf und spürte dort etwas Kaltes auf seiner Haut. Aus dem Augenwinkel sah er Gleeson, der jetzt eher seitlich von ihm stand. Als die zweite kalte Berührung kam, wurde er sich rasch klar darüber, dass Gleeson den Goldstecker in seinem linken Ohr mit einer Zange umklammert hielt.

«Auf», sagte Gleeson und zupfte dabei sanft mit der Zange. Duffy widersetzte sich der Anweisung nicht. Als er auf den Beinen war, wurde sein Stuhl hinter ihm weggekickt, und Duffy wurde nach hinten gezogen. Mrs. Boseley kam hinter ihrem Tisch hervor und begann seine Taschen zu leeren. Ganz flüchtig schoss ihm der Gedanke durch den Kopf, sich mit einem plötzlichen Panthersprung auf die Frau zu stürzen, aber an die Folgen mochte er nicht denken. Außerdem konnte sie sich seine Taschen gern ansehen. Duffy war nicht umsonst ein schlauer Kopf. Das Notizbuch mit den Namen der Stammkunden lag zu Hause; der Zweitschlüssel zur Halle ebenfalls. Sie konnte also gerne das verrotzte Taschentuch haben, etwas Kleingeld, einen kleinen Kamm, eine Brieftasche, die eine abgelaufene Kreditkarte enthielt und dafür kein einziges von jenen weißen Pappkärtchen, die DUFFY SECURITY anpriesen, einen Kugelschreiber und eine halbe Rolle Fruchtbonbons. Das alles legte sie zwischen ihnen auf dem Tisch an ein Häufchen.

«Ab», sagte Gleeson und trat den Stuhl gegen Duffys Kniekehlen. Er setzte sich, eine Stellung, die ihn auch ohne die Problemzone an seinem linken Ohr Gleeson gegenüber stark benachteiligt hätte. «Ab und zu werde ich vielleicht die Hand wechseln müssen», ließ ihn Gleeson wissen. «Aber wir werden ja keine Dummheiten machen, nicht wahr?»

«Ich mach keine, wenn du keine machst», sagte Duffy.

«Alsdann», sagte Mrs. Boseley und beäugte das Häufchen von Duffys Habseligkeiten, als hätte sie ein halbes Dutzend gebrauchte Kondome und eine tote Maus zutage gefördert. «Fangen wir nochmal von vorn an.» Duffy warf ihr einen Blick zu, dessen Ängstlichkeit durchaus echt war. Ein Teil davon entsprang Duffys Unsicherheit, wie er sich verhalten sollte. Er konnte ihnen nicht alles verschweigen. Er konnte ihnen auch nicht alles rausrücken bis auf seine Hypothese. Er würde ihnen am besten einen Teil davon rausrücken, aber nicht zu viel. Und wie viel das war, würde natürlich ein wenig von Gleesons Beschäftigung mit seinem linken Ohr abhängen. Duffy war schlau, aber er war nicht tapferer als andere.

Er beschloss also, ein Stück weit den Dummen zu spielen, und sobald Gleeson irgendetwas Schmerzhaftes tat, alles auszuplaudern, was er ihnen geben wollte, und dann daran festzuhalten. Daran festzuhalten würde das Schwierigste sein. Wie groß der Schmerz sein würde, falls es so weit kam, vermochte Duffy überhaupt nicht abzuschätzen. Tatsächlich konnte man seines Wissens ein Ohrläppchen ganz fest kneifen, ohne dass es wehtat. Es war einer jener halb toten Bereiche des menschlichen Körpers. Darum tat es eigentlich gar nicht weh, dass Gleesons Zange seinen Stecker umklammert hielt – tatsächlich hatte sich das kalte Metall sogar seiner Körpertemperatur angeglichen.

Genauer gesagt, körperlich tat es nicht weh. In Duffys Vorstellung schmerzte es enorm. Und so war es besser, als es hätte sein können, und gleichzeitig auch viel schlimmer. Hätte Gleeson ihm auf normale Weise wehgetan – indem er ihn etwa ins Gesicht schlug – und ihm dann versichert, dass es immer schlimmer werden würde, bis Duffy etwas täte oder sagte, dann hätte er gewusst, woran er war, hätte abschätzen können, wie viel er noch aushalten würde. So aber war es die Vorahnung von Schmerz, nicht gegenwärtiger Schmerz, was ihm Angst machte; und das war viel schlimmer.

«Name?»

«Duffy.»

«Was sind Sie?»

«Ich arbeite für Sie.»

«Wo haben Sie Hendrick kennen gelernt?»

«Bei ihm zu Hause.»

«Warum sind Sie bei den Blumen rumgelungert?»

«Bin ich gar niiiaaauuUUUUUUUUUU.»

Und das war nur ein kleiner Ruck gewesen, eine plötzliche halbe Drehung von Gleesons Zange. Duffy empfand es nicht als Förderung der Lebensfreude.

«Deinen Geckenstecker hab ich nie verputzen können», sagte Gleeson. «Aber ich konnte ja nicht wissen, dass der sich mal als praktisch erweisen würde. Ich hab eben nur ein bisschen gedreht, eigentlich nur ein bisschen geruckelt. Bin mal gespannt, was passieren würde, wenn ich ein wenig dran ziehe.»

Duffy dachte: ‹Scheiße, dass es so wehtun würde, hab ich nicht gewusst. Jetzt, wo ich's weiß, wird die nächste Runde auch nicht leichter. Vielleicht ist es jetzt Zeit, dass ich umfalle.› Er spürte, wie Gleeson seine Zange besser in den Griff nahm. ‹Ja, jetzt ist es Zeit, das einzig Richtige ist jetzt umzufallen.›

«Name?»

«Duffy.»

Er spürte einen kleinen Ruck an seinem Ohr. Nur ein kleiner Ruck tat jetzt schon ganz schön weh. Er schloss die Augen, als mache er einen letzten Versuch, sich zusammenzureißen.

«Was sind Sie?»

Er gab keine Antwort, was einen weiteren Ruck mit der Zange zur Folge haben würde, aber nicht jene Art von fiesem, jeglichen Verstand ausschaltendem Zerren, das ihm eine offensichtliche Lüge oder Frechheit einbringen würde. Er wollte weiter nichts als ein kleines Denkzettel-Zerren von der Sorte, die ihm einen Anlass zum Umfallen bescheren würde. Er bekam genau das. Er beschloss umzufallen.

«Ich leite eine Sicherheitsberatung. Das heißt, ich bin ganz allein», redete er weiter. «Ich bin ein Ein-Mann-Betrieb, ich bin die Firma, ich bin allein.» Dafür kriegte er eine scharfe Drehung der Zange, nicht ganz eine Du-Scheißbulle-Drehung, aber nah dran.

«Wo haben Sie Hendrick kennen gelernt?»

«In einem Klub.»

«Warum sind Sie bei den Blumen rumgelungert?»

«Ich hab mir die Flugroutenscheine angesehen.»

Er sah auf den Tisch runter und mied Mrs. Boseleys Blick, genau wie umgefallene Schurken die Blicke der Bullen mieden: Sie gestanden sich ihre Schande ein, so lautete das in der Theorie, und der Bulle hörte bloß mit. So konnten sie noch einen Funken Selbstachtung bewahren. Duffys Theorie war ein bisschen anders: Mit gesenktem Haupt ließ es sich besser flunkern.

«Schön, und jetzt wollen wir das noch etwas ausführen. Wo war dieser Klub?»

«Er heißt ‹Alligator›. Liegt in Fulham. Es ist ein Schwulenklub. Da hab ich ihn kennen gelernt.»

Zeit für ein paar Singt-wie-ein-Kanarienvogel-Einzelheiten. «Ein nettes Lokal, sehr ruhig, ich hab da was getrunken, da kommt er rein, wir fangen an zu plaudern, da sagt er mir, in seinem Betrieb würde geklaut, ich biete ihm meine Dienste an, er gibt mir den Job. Dann haben wir abgemacht, dass ich mich als jemand ausgeben soll, der für ihn Besorgungen übernimmt, aber offenbar haben wir unsere Story zu wenig gründlich vorbereitet. Ich hatte nicht erwartet, dass Sie mit mir ein richtiges Einstellungsgespräch führen würden.»

«Besorgungen», sagte Gleeson. «Jede Wette, dass du es ihm gelegentlich besorgt hast. Schwule Sau.» Er nahm die Zange in die linke Hand und haute Duffy mit der Rechten wieder eine runter. Das hatte einen knirschenden Ruck der Zange zur Folge; Duffy meinte, ein Rinnsal von Blut zu spüren, das seitlich an seinem Hals hinunterrieselte.

«He, aufhören, ja? Ich rede ja. Hör auf.» Das war als Appell an Mrs. Boseley gemeint, und es schien zu wirken.

«Ja, lassen Sie das, Gleeson. Dafür gab es wirklich keinen Grund.» Sie wandte sich wieder Duffy zu. «Und was hat Hendrick gesagt?»

«Er sagte, es sei zu Diebstählen gekommen. Ziemlich regelmäßig. Etwa einmal im Monat. Sagte, er wolle nicht zur Polizei gehen, weil das den ganzen Frachtschuppen durcheinander bringen würde.» Duffy kam plötzlich ein Gedanke: Vielleicht hatte er sich von Mrs. Boseley überreden lassen, nicht zur Polizei zu gehen? Zu Anfang wenigstens. Und dann, vielleicht erst nach einer Weile, beschlossen, den Mittelweg zu wählen.

«Und was haben Sie rausgekriegt?»

«Also, ich bin da ziemlich ratlos.» Er wollte ihnen nicht den Eindruck machen, sie hätten es mit einem besonders schlauen Sicherheitsexperten zu tun; und jetzt bewegten sie sich auf heiklem Terrain. «Ich meine, ich hab mich ein wenig umgesehen, und mir scheint, die Firma wird sehr effizient geführt.»

«Ersparen Sie uns das», sagte Mrs. Boseley.

Scheiße, zu viel der Lobhudelei.

«Nun ja, ich will damit sagen, ich kann mir nicht vorstellen, wie jemand bei diesem System krumme Dinger drehen könnte.» Damit lag es also an seiner Begriffsstutzigkeit, was ihnen vermutlich besser in den Kram passte. «Also nahm ich an, dass McKay der Schuldige war. Ich nahm an, dass er irgendein System verwendete, das ich nicht spitzkriegen konnte, weil ich damals noch nicht dabei war. Und weiter bin ich nicht gekommen, außer dass ich jetzt denke, dass es eben doch Casey gewesen sein muss.» Obschon sein Gesicht noch immer dem kleinen Häufchen seiner Habseligkeiten auf Mrs. Boseleys Schreibunterlage zugewandt war, entging ihm der Blick, der zu Gleeson unterwegs war, nicht. *Sie* hatten offensichtlich auch gemeint, dass es McKay war; sein gestriges Tauschmanöver hatte sie eindeutig aus der Fassung gebracht.

«Ich glaube nicht, dass Casey ganz so blöd ist, wie er aussieht. Wussten Sie, dass er in zwei Fächern einen Schulabschluss hat? Das hat er mir beim Essen erzählt. Und die Feuerzeuge sind aus seinem Teil des Schuppens verschwunden. Aus welcher Ecke vorher Zeug verschwunden ist, weiß ich nicht. Aber ich schätze, es ist Casey. Ich wollte ihn heute Abend noch beschatten, aber jetzt ist mir allem Anschein nach etwas dazwischengekommen.»

«Warum sind Sie bei den Blumen rumgelungert?»

«Ich bin mir nicht bewusst, dass ich so was gemacht hätte. Ich meine, dass ich dort mehr rumgelungert wäre als sonst wo. Ich hab mich eben da und dort rumgedrückt, hab versucht, das System rauszukriegen, wissen Sie.» Er hatte nicht die geringste Lust, ihnen zu erzählen, dass seiner Meinung nach vielleicht zweierlei krumme Geschäfte liefen, nicht nur eins, behagte ihm gar nicht. Aber er hatte Hoffnungen. Er hatte Hoffnungen, dass er fast alle Fußangeln umgangen hatte. Der jüngste Diebstahl hatte sie eindeutig beunruhigt, so viel hatte er begriffen. Das hatte sie nervös gemacht. Nun musste er sie beruhigen, ein bisschen hinhalten, und dann war er vielleicht aus dem Schneider. So dachte er zumindest.

«Übrigens, Sie sind entlassen.»

«Was?»

«Sie sind entlassen. Fristlos.»

Duffy sagte, zu seiner eigenen Überraschung: «Kündigungsschutzgesetz.» Er hörte Gleeson ein ungläubiges nasales Kichern ausstoßen. «Eine Woche Frist, eine Woche Kündigungsfrist steht mir zu, das ist mein gutes Recht.»

«Ich glaube nicht, dass Sie irgendein Recht haben», sagte Mrs. Boseley. «Vorspiegelung falscher Tatsachen», fügte sie hinzu, als zitiere sie einen Unterabschnitt des Gesetzes.

«Eine Woche Kündigungsfrist», wiederholte Duffy, als zitiere er einen anderen Unterabschnitt. Er hatte nicht die geringste Ahnung, was im Gesetz stand; und sie auch nicht, vermutete er. «Das ist nicht mehr als recht und billig. Eine Woche Frist. Dann kann ich es Casey vielleicht nachweisen. Und dann wären die andern nicht ganz so überrascht. Ich schätze, noch eine Woche hier, dann kann ich es Casey bestimmt nachweisen.» Das war sein bestes Argument. Vermutlich wussten sie oder nahmen zumindest an, dass McKay der Dieb gewesen war; sie hatten ihn abschießen lassen, um zu verhindern, dass er auf Hendrick Freight Aufmerksamkeit lenkte; und jetzt wurden sie nervös beim Gedanken, dass es vielleicht doch nicht McKay gewesen war. Bei einer Gesamtbelegschaft von acht Leuten zwei Mann abzuschießen, wäre ein bisschen viel, selbst für ihre Begriffe. Aber wenn Duffy Casey drankriegte, das könnte ihnen zusagen. «Sie können mich gleich morgen früh entlassen», sagte er. «Ich werde zu spät kommen. Dann können Sie mir vor allen andern kündigen, mit einer Woche Frist.»

Mrs. Boseley überlegte. Duffy dachte, er sei schon aus dem Schneider.

«Und Sie haben Hendrick in einem Schwulenklub kennen gelernt?»

«Ja.»

«Sind Sie … schwul, wie Sie das nennen?»

«Ja … manchmal.»

«Und ist Hendrick schwul, wie Sie das ausdrücken?»

«Ja … manchmal.»

«Was soll'n das heißen, *manchmal*?», wütete Gleeson hinter ihm. «Entweder du bist 'ne Schwulensau, oder du bist keine Schwulensau. Beides geht nicht.»

Da hätte Duffy sagen sollen: «Oh, 'tschuldigung, Gleeson, du kennst dich in diesen Dingen viel besser aus als ich, ich habe mich geirrt, ich bin eine Schwulensau, da beißt die Maus keinen Faden ab, ich war schon immer eine Schwulensau und werde eine Schwulensau bleiben, in Schwuligkeit Amen.» Stattdessen sagte er, weil er dachte, er sei schon aus dem Schneider, und somit nicht viel dachte:

«Es ist wissenschaftlich erwiesen, dass alle Männer bis zu einem gewissen Grade bisexuell sind.»

Der halbe Kopf wurde ihm abgerissen. Zuerst das ganze Ohr, dann der halbe Kiefer, samt einer Hand voll Zähne sowie einem Auge und dem Großteil seiner Nase und einem guten Teil seines Hirns. So fühlte es sich zumindest an. In Wirklichkeit hatte Gleeson bloß an der Zange gezerrt, mit dem langen, sauberen Zug eines Gärtners, der einen Rasenmähermotor anwirft. Duffy griff sich mit der linken Hand ans Ohr, außerstande zu schreien, und fühlte, wie ihm das Blut auf die Handfläche tropfte. Und während sein Kopf ganz langsam zu seiner ursprünglichen Anordnung zurückfand, spürte Duffy, wie sich die Zange um sein rechtes Ohrläppchen schloss, das nackte, das einzige, das ihm noch blieb. O mein Gott, dachte er. Gleeson beugte sich über jenes Ohr und flüsterte:

«Ich nicht, du Schwuchtel. Ich nicht, verfickt nochmal.»

Duffy blickte zu Mrs. Boseley auf. Sie wirkte in keiner Weise überrascht. Sie wirkte auch weder zufrieden noch unzufrieden. Sie schaute ihn an, als wäre er der Nachrichtensprecher im Fernsehen. Er streckte die linke Hand aus, mit der Handfläche nach oben, um ihr das Blut zu zeigen; aber sie tat weiter nichts, als sein Taschentuch von der Schreibunterlage zu nehmen und es ihm zu reichen. Er knüllte es um sein linkes Ohr und fürchtete um sein anderes. Gleeson hielt es fester im Griff als nötig; aber schließlich war das von ihm ja nicht anders zu erwarten.

Zum Glück hatte Mrs. Boseley einen Entschluss gefasst.

«Sie kommen morgen zu spät zur Arbeit, ich kündige Ihnen mit einer Woche Frist, binnen dieser Woche klären Sie die Sache mit Casey, und Sie kommen uns nicht in die Quere. Das reicht, Gleeson, wirklich; ich wünschte, es würde Ihnen nicht soviel Spaß machen.»

Der Druck an Duffys Ohr ließ nach, um dann ganz zu verschwinden. Eigentlich hätte Duffy entweder «Vielen herzlichen Dank» oder «Dir Scheißkerl werd ich's zeigen» sagen wollen, entschied sich aber klugerweise für den Mittelweg und hielt den Mund. Er stand auf, sammelte seine Sachen von der Schreibunterlage auf und stopfte sie sich in den Blouson. Er hörte, wie hinter ihm die Bürotür aufgeschlossen wurde, sah aber nicht hin und blickte auch die beiden nicht mehr an. Das Taschentuch gegen sein Ohr gepresst, verdrückte er sich durch die Tür, durchquerte den Schuppen, zog die Seitentür auf und ging hinaus in den Abend. Er hatte gedacht, dass es Nacht sein würde, dass es anständigerweise nur dunkel sein könnte, nach allem, was er durchgemacht hatte. Aber das war es nicht. Dreisterweise war es immer noch ein heller, klarer Abend, und schon setzte wieder so ein Scheißjumbo zur Landung an.

Der Assistenzarzt am Uxbridge Hospital, der ihm das Ohr nähte, roch leicht nach Lavendelwasser.

«Na ja, die beste Stelle zum Nähen ist es nicht, aber auch nicht die schlimmste. Was die schlimmste ist, brauche ich Ihnen wohl nicht zu sagen.»

Duffy wollte weiter nichts, als dass der vorwärts machte. Er hatte bereits anderthalb Stunden in der Unfallabteilung warten müssen, gekränkt, dass seine Verletzung für so unwichtig angesehen wurde und dass jede beliebige Hausfrau, die ein halbes Fernsehgerät im Bauch stecken hatte, sich sofort vordrängen durfte.

«Au», sagte er laut. Er hatte seine Tagesration Tapferkeit aufgebraucht, und jetzt war ihm alles egal.

«Ja, das kann ich mir vorstellen», sagte der Assistenzarzt. «Wissen Sie, das ist wirklich komisch, dass Sie damit hierher kommen. Ein Ohr hab ich, glaub ich, noch nie machen müssen.» Vielen Dank auch, halt bloß deine Scheißklappe und mach vorwärts. «Und meine erste Nase hab ich auch erst vor ein paar Wochen gemacht.»

Ich will nichts davon hören, dachte Duffy; erzähl mir lieber von einem hübschen, sauberen Flugzeugabsturz, um mich abzulenken. «*Alle* 246 000 Passagiere an Bord eines Tretmobils von Air Kakerlak kamen heute Nachmittag ums Leben, als ...»

«Eine Nase hatte ich noch nie gemacht. Sah bös aus; wie tranchiert, als hätte sie jemand mit einem Taschenmesser aufgeschlitzt. Obwohl, das war sein kleinstes Problem. Er hatte einen schrecklichen Verkehrsunfall gehabt und war, ooh, wirklich übel zugerichtet, aber sie hatten ihn zusammengeflickt, bis auf seine Nase. Die war wohl unter der Sauerstoffmaske versteckt gewesen oder so. Jedenfalls hab ich's dann noch ganz gut hingekriegt. Ich würde meinen, dies hier auch. Wie haben Sie das abgekriegt?»

«Ich hab's eben abgekriegt.» Duffy hatte bereits dem Krankenhausarzt bei der Aufnahme allerlei Lügen aufgetischt, damit der nicht dachte, die Verletzung habe kriminelle Ursachen, und sich verpflichtet fühlte, die Polizei zu verständigen. Irgendetwas über einen Ohrring, der sich in einem Zaun verfangen hatte, als er daran vorbeilief. Nein, er hatte den Ohrring nicht dabei, damit ihn der Arzt untersuchen konnte. Im Übrigen war ihm sein Stecker ja auch wirklich weggekommen.

«Sie brauchen es mir nicht zu sagen, wenn Sie nicht wollen.» Nein, natürlich nicht. Duffy war müde. Andererseits, wen scherte das schon.

«Ich trage einen Stecker drin. Ein paar Leute, die mich nicht mögen, haben ihn rausgerissen», sagte er.

«O Gott», sagte der Assistenzarzt und stocherte weiter mit seiner Nadel herum, die sich so dick wie ein Ruder anfühlte. «Nun, ich finde, unsereins sollte zusammenhalten», fügte er hinzu und lehnte sich ein bisschen enger an Duffys Schulter. Der Geruch von Lavendelwasser meldete sich wieder. Duffy lächelte leise vor sich hin.

«Ich fürchte, heute Abend bin ich dafür ein kleines bisschen zu müde», sagte er.

«Haben Sie mit dem andern auch was angestellt?», fragte der Assistenzarzt. «Da entwickelt sich ein blauer Fleck.»

Duffy war müde, aber nicht traurig-müde, also ließ er das nicht gelten. Sein Ohr pochte. Der Assistenzarzt hatte die untere Hälfte behutsam in Watte und Gaze gewickelt und mit Pflaster fixiert. Duffy warf einen Blick in den Spiegel und kam sich vor wie Van Gogh.

Er fuhr zu seiner Wohnung in Acton, und zwei Minuten später zog er schon wieder los. Er hatte nur seinen Schlüssel und sein Notizbuch gebraucht. Dann machte er sich wieder auf den Weg nach Heathrow. Normalerweise verdiente er etwas an den Benzinspesen, aber bei diesem Job hatte er da seine Zweifel: zu viel Stadtverkehr, zu viel Anfahren-Anhalten und dann volle Pulle die Autobahn runter. Er stand morgens gewöhnlich zu spät auf, als dass stetige, benzinsparende fünfundsiebzig drin gewesen wären. Morgen würde er allerdings trödeln können. Morgen könnte er so spät kommen, wie er wollte. Er könnte sogar frech sein zu Mrs. Boseley, wenn er wollte. Wenn er schon gefeuert wurde, dann wenigstens mit Schmackes …

Er erreichte den Schuppen und verschaffte sich mit dem Schlüssel so leise wie möglich Zutritt, nur für den Fall, dass Gleeson dabei war, ein paar weiteren widerspenstigen Angestellten einen Heimwerkerkurs zu verpassen. Es war alles still. Er kastrierte die Alarmanlage und tappte hinüber zu Mrs. Boseleys Horst. Dort suchte er nach Spuren dessen, was sich vor wenigen Stunden hier drin abgespielt hatte. War das ein Blutstropfen auf dem Teppich oder ein Ölfleck? Das spielte gar keine Rolle. «Mrs. Boseley, wir haben Grund zu der Annahme, dass sich auf Ihrem Teppich ein Blutfleck befindet.» – «Ja, die Männer kommen immer mal wieder mit Nasenbluten bei mir vorbei.» Oder was auch immer. Der Hirsch aus den Highlands blickte wohlwollend von dem National-Trust-Kalender herab. Duffy gab ihm den Finger.

Er fand den Rechnungsordner an derselben Stelle wie bei seiner letzten Suche. Darunter war die Mappe mit den avisierten Sendungen. Er verbrachte einige Zeit damit, sich Dinge zu notieren. Dann schlenderte er durch die Halle und trat ab und zu gegen eine in Sackleinwand eingeschlagene Kiste, entsprechend den Willettschen Prinzipien. Aber es meldete sich immer nur Pappe, nie Metall. Er suchte verschiedene Sendungen heraus und knöpfte sich die Frachtinformationen vor. Scheiße, dachte er, ich schlafe so ungern auf der rechten Seite.

7

Duffy schlief sich aus und stand gemächlich auf. Sein Ohr fühlte sich nicht allzu gut an. Er schnappte eine Portion Müsli, die versucht hatte, aus ihrer dreifachen Zwangsjacke von Plastikbeuteln zu entkommen, und kaute sich ohne große Begeisterung hindurch. Er glaubte einfach nicht so recht, dass Müsli war, was es zu sein vorgab. Er konnte einfach nicht glauben, dass es in den Müsli-Fabriken nicht irgendwelche Spaßvögel gab, die ab und zu eine Kiste Sägemehl reinkippten oder einen Beutel Holzspäne oder einen Sack Heckenschnittabfälle, nur um zu sehen, ob irgendjemand einen Unterschied bemerkte. Natürlich nicht. Je schlimmer es schmeckte, umso gesünder war es: Das glaubten doch alle.

Um zehn rief er Carol an. Sie kam verschlafen ans Telefon: Sie hatte wieder mal die alte Scheißschicht gehabt, von sechs bis zwei Uhr früh. Ja, sie würde sehr gerne am Abend vorbeikommen. Irgendwas Besonderes? Würden sie ausgehen? Das war ein Witz, obwohl sie ihn nie als solchen servierte. Sie gingen nie aus. Oder genauer gesagt, er führte sie nie aus. Was habt ihr gestern Abend gemacht, Carol? Oh, Duffy hat mich wieder mal nicht ausgeführt, das haben wir gemacht. Ihre Freundinnen lächelten, weil sie ein bisschen verlegen aussah. Dieser Duffy, dachten sie, ein wahrer Teufel im Bett, *uns* macht die nichts vor. Wir wissen schon, was *die* meint, wenn sie sagt, sie seien zu Hause geblieben.

Aber so war es natürlich ganz und gar nicht. Sie blieben zu Hause, und Duffy kochte ihr ein Abendessen, während sie ihn aufzog: er schrubbe das Gemüse immer so keimfrei sauber, als ginge es um einen Mondflug; ob seinen Lebensmitteln schon mal ein Ausbruchsversuch gelungen sei, und dass seine Messer blanker poliert seien als ihr Schminkspiegel. Sie werkelten jeder für sich wie ein altes Ehepaar. Und im Gegensatz zu dem, was ihre Freundinnen dachten, gingen sie nicht miteinander ins Bett – ebenfalls wie ein altes Ehepaar. Sie sahen fern und plauderten, und manchmal, aber nicht unbedingt, legte Carol ihre Uhr in die Tupperwarebox und kuschelte sich für die Nacht an ihn. Die Erwartung, dass etwas passieren könnte, hatte sie mittlerweile aufgegeben. Das heißt, es passierte schon etwas, bloß anderswo; und nach einer Weile ohne Erwartungen in dieser Richtung hatte es ihr erstaunlicherweise gar nichts mehr ausgemacht. Sie versuchte nicht einmal mehr, sich leise an ihm zu reiben. Sie hatte das leise Gefühl, er würde es ohnehin nicht mögen – es weckte zu viele Erinnerungen.

Als nächstes rief Duffy Willett an und fragte, ob er nach Feierabend vorbeikommen könne. Er hatte einen ganzen Katalog von Fragen aufgestellt nach all dem, was der alte Willett ihm das letzte Mal serviert hatte. Sein Glucksen klang nach Zustimmung. Dann wählte Duffy eine neue Nummer, eine aus seinem Notizbuch.

«Ist Mr. Dalby im Hause?»

«Ich fürchte, Mr. Dalby ist im Augenblick nicht zu sprechen, Sir.» Nein: vermutlich noch etwas zu früh. Bis in die tiefe Nacht all diese Rundgänge durch das «Dude's», um sicherzustellen, dass Sektflaschen und Schwänze auch oft genug spritzten: Das musste einen ja schlauchen.

«Wann könnte ich ihn am besten erreichen?»

«Sie könnten's ja gegen elf nochmals versuchen.»

«Bestens.» Damit käme er so richtig spät zur Arbeit; ein guter Vorwand für Mrs. Boseley, um Dampf abzulassen. Um elf rief er wieder an.

«Mr. Dalby da?»

«Ich seh mal nach. Wer ist am Apparat?»

«Ach, sagen Sie doch einfach, es sei der Assistent von Lord Brown.»

«Einen kleinen Moment, Sir … ich verbinde.» Verbindlich wie immer, sinnierte Duffy.

«Hallo, hier Dalby.» Eine präzise Stimme, mit neutralem

Tonfall, bereit, auf herrisch oder unterwürfig zu schalten, je nachdem, was die Situation gebot.

«Guten Morgen, Mr. Dalby, hier spricht Jeffrey Marcus, Assistent von Lord Brown.» Duffy konnte eine völlig unordinäre Stimme annehmen, wenn er wollte. «Es handelt sich aber um eine Privatangelegenheit, die nichts mit Lord Brown zu tun hat.»

«Ja.»

«Ich habe neulich mit Christopher gesprochen, und er sagte mir, Sie seien wieder im Geschäft.»

«Christopher ...?» Dalby klang verwirrt, was ja nicht erstaunlich war.

«Ich kenne ihn als Christopher, so nennt er sich mir gegenüber seit ein paar Jahren, aber ich kann mir denken, dass er bei Ihnen einen anderen Namen verwendet. Christopher hat den Bogen raus.»

«Wenn Sie meinen ...»

«Da Sie also wieder im Geschäft sind, würde ich gerne heute Abend mal bei Ihnen vorbeikommen.»

«Können Sie sich etwas deutlicher ausdrücken?»

«Das halte ich nicht für besonders klug, oder? Nicht auf dieser Linie ...»

«Oh, da haben Sie wohl Recht ...»

«Sagen wir um neun, Mr. Dalby? Und ich benutze den Vordereingang, ja?» Duffy hoffte, dass er «Nein, nicht durch den Vordereingang» sagen und ihm eine Alternative vorschlagen würde, aber sein selbstsicherer, schon fast gebieterischer Ton gegenüber Dalby hatte seine Wirkung offenbar nur zu gut getan.

«Ja, neun Uhr, ja, in Ordnung, Mr. Marcus, ich werde Sie erwarten.»

Das zumindest war gut gelaufen. Duffy betrachtete den Erfolg dieses Anrufs als Schmerzensgeld für sein lädiertes Ohr; das heißt, als erste, klitzekleine Anzahlung. Sofern der Rest so glatt lief. Sofern er Dalby beim persönlichen Gespräch weiter einwickeln konnte; sofern Willett die richtigen Antworten lieferte; sofern Mrs. Boseley sich an ihre Abmachung hielt und ihm nicht irgendetwas anhängte und ihn mit einem Bullen an der Tür empfing, wenn er zur Arbeit kam; sofern Plan A – der Sorgfalt, Intelligenz, Scharfsinn und eine enorme Portion Glück erforderte – funktionierte. Falls er das nicht tat, würde Duffy auf Plan B zurückgreifen müssen, der einiges an Fiesheit, nicht ganz legalen Tricks und eine nicht ganz so enorme Portion Glück erforderte.

Wie einen Rosenkranz ließ Duffy sich die Gedankenkette durch den Kopf gehen, während er gemächlich im späten Vormittagsverkehr zur Arbeit fuhr; er hatte das Gefühl, dass es heute für den Lieferwagen nicht gut wäre, schneller als siebzig zu fahren, und trödelte so die M 4 entlang, ab und zu angerempelt von den Druckwellen vorbeibrausender Flughafenbusse. Der Rosenkranz ging so: frische Blumen, Räucherstäbchen, Litschis in Dosen, Pistazien, frische Muscheln, Verschiedenes. Dalby musste irgendwo noch ein Restaurant haben. Duffy ging Punkt für Punkt durch, drehte und wendete sie, ging sie nochmals durch, erst vorwärts, dann rückwärts. Es musste wohl «Verschiedenes» sein. Sein Mut sank ein bisschen bei diesem Gedanken. Aber vielleicht würde Willett das anders sehen.

Als er auf den vergangenen Abend zurückblickte, musste Duffy über sich selbst den Kopf schütteln wegen seiner Bemerkung, dass alle Männer ein Stück weit schwul seien. Dies ausgerechnet zu einem Typen wie Gleeson, dessen Spindtür an der Innenseite zentimeterdick mit Seite-3-Mädchen vollgekleistert war. Und dabei hatte Duffy seine Zunge bis zu jenem Augenblick so gut im Zaum gehalten. Das war eine Bemerkung, wie man sie einem lästigen Zeitgenossen, den man auf einer Party kennen lernte, an den Kopf warf, wenn er schon ziemlich besoffen war und eine Gehschiene am Bein trug, aber nicht einem muskelbepackten Seite-3-Ficker, der deine Eier in der Zange hatte, oder zumindest dein Ohr. Blöd, Duffy, saublöd.

Aber gleichzeitig, hinter dem Gefühl, dass ihm der halbe Kopf abgerissen wurde, war ein Gedanke gewesen, der sich ins Freie kämpfte, und dieser Gedanke war ganz einfach. Er lautete: ‹Hab ich euch. Hab ich euch.› Gleesons Impuls, Duffy schließlich den Kopf abzureißen, mochte schlichtem Schwulenhass entsprungen sein; aber bei allem davor und danach war es um etwas anderes gegangen. Dass Duffys Ohr überhaupt in Gefahr geraten war, verriet ihm, dass es nicht nur darum ging, wer er war und wo er Mr. Hendrick kennen gelernt hatte. Die Brutalität des Vorgehens zeugte von Nervosität, von Unruhe, von einer Bereitschaft, notfalls die ganze Belegschaft des Frachtschuppens zu liquidieren, um ihr Ziel zu erreichen; einer Bereitschaft, zerfressen von der Angst, ein solcher Schritt könnte alles auffliegen lassen. Und deshalb *wollten* sie ihm glauben – ganz abgesehen davon, dass Duffy sich ohnehin recht gut abgesichert hatte. Sie wollten um jeden Preis, dass er nichts weiter war als das, was er ihnen gestanden hatte, als er umfiel.

Und diese Nervosität, verbunden mit ihrem Eifer, ihn auf der Stelle zu entlassen, brachte Duffy zu der Überzeugung, dass bald etwas geschehen würde; dass irgendeine Sendung oder so was unterwegs war. Darum waren sie so von den Socken gewesen, als erneut etwas gestohlen wurde, und deshalb wollten sie auch Duffys eher dürftiger, optimistischer Versicherung glauben, dass er Casey noch vor Ablauf der Woche für sie dingfest machen würde. Sie hatten keinen Beweis gegen Casey und auch keinen Anhaltspunkt für Duffys Kompetenz; in ihrer Verzweiflung aber glaubten sie, beides zu haben.

So war denn Duffy gar nicht überrascht, als Mrs. Boseley ihre Rolle spielte wie vereinbart. Als er beim Spind seine Jeansjacke auszog, stand plötzlich Tan neben ihm.

«Mrs. Boseley will dich.»

«Danke, Tan, ich werd's mir überlegen.»

«Nein, gleich, schnell, schnell, sagt sie.»

«Okay, Tan, okay.» Er reckte sich genüsslich und zog für Tan eine Nummer ab. «Diese Frau geht mir ganz schön auf die Titten, muss ich dir sagen.»

«…? Titten?»

«Ja, andauernd liegt sie mir in den Ohren, und da siehst du jetzt, was dabei rauskommt. Ach was, vergiss es.»

Tan schien verblüfft, was nicht erstaunlich war, denn der Duffy, der heute vor ihm stand, war ein ganz anderer als sonst. Dieser Neue schlurfte aufreizend von den Spinden hinüber zu dem erhöhten Büro, drückte die Tür auf und blieb einfach im Rahmen stehen. Sowohl er als auch Mrs. Boseley redeten mit lauter Stimme, sodass alle im Umkreis sie hören konnten.

«Sie wollten mich sprechen?»

«Ja, setzen Sie sich, Duffy.»

«Mir gefällt's so.»

«Sie kommen zu spät zur Arbeit.»

«Na und?»

«Kommen Sie mir nicht mit ‹Na und›, Duffy, ich verlange eine Erklärung. Andere mussten Ihre Arbeit machen, bis Sie geruht haben, hier aufzutauchen.»

«Ist doch mal 'ne Abwechslung. Sonst muss ich den ganzen Tag für die die Scheißarbeit machen. Machen sie's zur Abwechslung eben mal selbst.»

«Wenn Sie mit Ihrer Arbeit nicht zufrieden sind, dann suchen Sie sich einen anderen Job. Ich kann nicht behaupten, dass man Ihnen groß nachweinen wird.» Mittlerweile schrien sie einander schon recht laut an; aus dem Augenwinkel konnte Duffy einen verdutzten Casey sowie einen der Fahrer sehen, die beide zu ihnen hochschauten.

«Wär ja alles halb so schlimm, wenn es hier nicht so viele blöde *Fotzen* gäbe.» Das müsste reichen, dachte er; so groß ihre Abneigung gegen Mrs. Boseley sein mag, aber diese Beleidigung müssten sie als Kündigungsgrund ansehen.

«Sie sind entlassen.»

«Von mir aus lieber heute als morgen.»

«In einer Woche sind Sie draußen. Und jetzt zurück an Ihre Arbeit.»

Duffy trat gegen die Glastür, stellte aber fest, dass sie in weiser Voraussicht aus Sicherheitsglas bestand. Während er die Treppe hinuntertrampelte, schrie er über die Schulter: «In diesen Laden gehört eine Scheißgewerkschaft!»

Obschon seine Großspurigkeit nur vorgetäuscht war, ließ sich Duffy irgendwie davon anstecken. Er hatte zwar nur Theater gespielt mit Mrs. Boseley, aber es war dennoch ein Genuss gewesen, sie vor dem ganzen Frachtschuppen anzupissen. Den Rest des Morgens saß er ganz aufgekratzt in seiner Dummenecke. Und als es zur Mittagspause pfiff, geschah etwas Erstaunliches. Casey kam zu ihm gezottelt und knuffte ihn in den Bizeps.

«Kantine», sagte er klar und deutlich. Duffy fühlte sich wie ein Tierforscher, dem das Experiment endlich gelungen war, einem seiner Schützlinge die Nachahmung der menschlichen Stimme beizubringen. Diese Anstrengung schien Casey jedoch geschlaucht zu haben, denn über seiner Doppelportion Nudelringe mit Pommes verfiel er wieder in sein gewohntes

Schweigen. Als er nach seinem doppelten Plumpudding den Löffel hinwarf und laut ausatmete, hielt Duffy die Zeit für gekommen, die Unterhaltung wieder aufzunehmen.

«Was für ein Tag», sagte er. «Erst schneid ich mir beim Rasieren fast das Ohr ab, und dann werd ich auch noch gefeuert.»

Casey runzelte die Stirn. Er schien sehr lange nachzudenken. Dann sagte er, im Tonfall äußerster Vertraulichkeit: «War spitze, wie du Fotze zu ihr gesagt hast. Höhö.»

Duffy war beinahe gerührt. Casey schien ihm damit so etwas wie Zuneigung ausdrücken zu wollen. Wie schade, dass es so lange gedauert hatte. Wie schade, dass sie nur noch eine knappe Woche miteinander zu Mittag essen würden. Wie schade, dass Casey vielleicht wegen Duffy in der Scheiße landen würde.

Nach Feierabend fuhr er wieder zum Terminal 1, zum «Apple Tree Buffet». Hier herrschte die gleiche Stimmung von Massenpanik wie eh und je, nur dass eine neue Ladung Passagiere mit schweißnassen Händen davon ergriffen war.

«Ein paar Sachfragen», sagte er zu Willett, «und ein Ratespiel.»

«Schieß los.»

«Sachfrage eins. Du findest einen Beutel Heroin. Ganz gleich wo, Chinesenarsch, wo auch immer. Was nun?»

«Ich denke, wir würden ihn erst mal rausziehen.»

«Und dann?»

«Dann machen wir einen ersten Test. Wir haben eine kleine Testausrüstung. Nur um sicherzugehen, dass es nicht Salz ist oder so was, das geschmuggelt wird.»

«Und der Test sagt euch, was es ist.»

«Mehr oder weniger, ja. Dann schicken wir es an das staatliche Chemielabor. Versiegelt, natürlich, damit der Kurier nicht zu üppig wird. Die analysieren es für uns und machen eine Rückmeldung.»

«Und was können die euch sagen?»

«Na ja, sie sagen dir, was es ist. Sie sagen dir, wie alt es ist. Sie sagen dir, woher es kommt. Das gehört zu den befriedigenderen Seiten der Sache: Die Analyse ist unglaublich präzise. Dabei ist es natürlich eine Hilfe, dass nie zwei Lieferungen gleich sind – es sei denn, sie wurden zur gleichen Zeit in derselben Fabrik hergestellt, klar. Und dass so viel davon in Heimindustrie produziert wird, ist ebenfalls eine Hilfe. Ich meine, zwei genau gleiche Lieferungen Heroin kommen so wenig vor wie zwei genau gleiche salzglasierte Teller.»

Diesen Vergleich hätte Duffy nicht gebraucht. Zumal er ihn gar nicht verstand.

«Und wenn ... angenommen, der Kurier hatte einen Beutel – angenommen, er hatte zwei Beutel, und die wurden getrennt, auf dem Flug oder wo auch immer, und die werden an verschiedenen Orten gefunden: Könnte das Labor dann nachweisen, dass sie zur selben Lieferung gehörten?»

«O ja, kein Problem. Oft ist das der einzige Beweis dafür, dass beispielsweise zwei Dealer miteinander zu tun haben. Aber so was sind Beweise von hohem Wert.»

«Hmmm. Gut. Ende des ersten Teils. Bereit für das Ratespiel?»

«Ja.»

«Du bist ein Schmuggler.» Das war nur mit gleicher Münze heimgezahlt; schließlich hatte Willett *ihn* einen Zollbeamten spielen lassen. «Du hast eine bestimmte Menge Heroin bei dir.»

«In welcher Form?»

«Was heißt das, in welcher Form?»

«Na ja, es ist nicht unbedingt in Pulverform. Es kann in

einer Flüssigkeit gelöst sein, zu einer Paste verarbeitet werden. Kann ich damit machen, was ich will?»

«Du kannst damit machen, was du willst. Du musst es nur durch den Zoll bringen – an mir vorbei. Ich bin ein eifriger, aber relativ neuer Zollassistent.»

«Kein Problem.»

«Moment, du musst es auf eine von sechs Arten machen. Du bringst sechs Sorten von Fracht rein, und in einer davon muss es sein – vielleicht auch in mehr als einer. Bereit?»

«Bereit.»

«Okay, hier die erste Frage für zehn Punkte. Pistazien.»

«Sind das diese fiesen kleinen grünen Dinger?»

«Genau.»

«So halb offen, aber trotzdem brichst du dir die Fingernägel daran ab? Die einen sind offen, da brichst du dir die Fingernägel ab; die anderen sind zu, und an denen beißt du dir die Zähne aus?»

«Genau.»

«Sollte nicht so schwierig sein.» Willett überlegte ein Weilchen. «Pulverform. Einige der halb offenen Nüsse aufbrechen, die Schalen mit dem Stoff füllen, zukleben, fertig.»

«Was, jede einzeln?»

«Klar. In jede davon kriegst du genug rein, um dir ein Auto zu kaufen. Wenn das Zeug erst mal für den Straßenverkauf gestreckt ist. Und die sind ja mit Salz oder so was bestäubt, stimmt's?»

«Ja.»

«Das hilft. Kein Problem. Die hätten wir durchgeschmuggelt. Das nächste?»

«Räucherstäbchen.»

«Hmmm. Wie werden die geliefert?»

«Äh, da bin ich nicht sicher. Sagen wir, Päckchen von, na,

zwanzig, dreißig Stück. Paar Dutzend Päckchen pro Karton.»

«Welche Art von Päckchen? Papier?»

«Ja, okay. Na ja, sagen wir, eine Pappschachtel, mit einem Papieraufkleber.»

«Das ist schon heikler. Die Stäbchen ausbohren geht nicht. Das Zeug zu Stäbchen formen und bemalen? Nein. Nein – dann muss es die Verpackung sein. Nicht allzu schwierig, aber langwierig und umständlich, weil die Schachteln nicht so groß sind, aber es geht. Die Aufkleber einweichen und ablösen, das Heroin zu einer Paste machen und damit die Aufkleber wieder ankleistern. Das müsste an dir vorbeikommen.»

«Litschis in Dosen.»

«Dosen. Kann gut sein, kann schlecht sein. Kommt ganz darauf an, was dir für technische Mittel zur Verfügung stehen. Wenn du eine kleine Konservenfabrik an der Hand hast, ist es natürlich kein Problem. Drei Möglichkeiten, denke ich. Du kannst die Methode mit der Paste und den Aufklebern verwenden. Oder eine Abgießmethode: Das heißt, du nimmst den Aufkleber weg, bohrst ein winziges Loch in die Dose – nein, da brauchst du wohl ein zweites, nicht wahr, für die Luft – und gießt die Flüssigkeit ab. Dann füllst du die Dose mit Heroinlösung – geht ganz einfach mit ’ner Spritze. Dann machst du den Aufkleber wieder dran, und fertig ist der Lack.»

«Was ist mit den Litschis?»

«Ach, die lässt du einfach drin. Es sei denn, Litschis und Heroin würden zusammen irgendeine chemische Reaktion auslösen, von der ich nichts weiß. Aber gelöstes Heroin ist sehr beliebt. Du kannst dir nicht vorstellen, wie viele Flaschen Sojasauce und Reiswein wir schon geöffnet haben, ohne großen Erfolg.»

«Und die dritte Methode?»

«Also am einfachsten für den Empfänger ist es, wenn du schon beim Eindosen was machen kannst – entweder das, oder du hast die technischen Mittel, um den Dosendeckel abzunehmen und wieder aufzulöten. Dann steckst du einfach einen Beutel Heroin rein, füllst auf mit ein paar Litschis, bis du genau das gleiche Gewicht hast wie bei den andern Dosen, und dann versiegelst du sie wieder.»

«Wie erkennt der Empfänger die richtige Dose?»

«Kein Problem. Ein einfacher Code – sagen wir, ein paar klitzekleine Nadelstiche an einer vereinbarten Stelle im Aufkleber. Sofern wir nicht einen Tipp bekommen – oder jede einzelne Dose öffnen, die durchkommt –, können wir das unmöglich entdecken. Und wenn wir jede Dose öffnen wollten, deren Aufkleber nicht völlig einwandfrei aussieht – also, dafür müssten wir gleich eine ganz neue Abteilung aufmachen, nicht wahr?»

«Schnittblumen.»

«Welche Sorte?»

«Äh – diverse.»

«In dem Fall – diverse Möglichkeiten. Wenn es exotische sind, weißt du, mit dicken, fleischigen Stielen, könntest du einen dünnen Plastikhalm voller Stoff in die Stängel hineinschieben. Die Verpackung könntest du auch verwenden, wie bei den Räucherstäbchen – Pastenform. Du könntest auch – da kommt es allerdings drauf an, woher sie kommen und wie lange sie unterwegs sind – Stoff oder vielleicht Watte verwenden, die in Heroinlösung getränkt ist, als wollte man die Blumen damit feucht halten. Ein bisschen weit hergeholt, aber so ähnlich auch schon vorgekommen. Oh, und dann hab ich noch etwas Cleveres mit Blumen gehört. Allerdings nicht in diesem Land. Da hatten die einen einheimischen Künstler angestellt – der Mann muss verdammt geschickt gewesen sein –, der so kleine Stückchen Papier bemalte, damit sie aussahen wie der Boden eines Blütenkelchs: Weißt du, die Sorte Blumen mit so großen Glocken. Dann haben sie die reingeklebt und hatten so im Grunde eine Blume mit doppeltem Boden; dazwischen war ziemlich viel Platz für Stoff.»

«Wie ein Koffer.»

«Genau. Verdammt clever. Da würdest du nicht nachsehen, stimmt's?»

«Nein. Frische Muscheln.»

«Ich weiß nicht genau, wie die aussehen; die müsst ich mir erst mal anschauen. Wenn sie geschlossen sind – oder zumindest ein paar davon –, kannst du einfach das Pistazienprinzip anwenden. Wenn sie offen sind: bisschen heikler, da müsstest du vielleicht irgendwie die Schalen verwenden. Also, wenn das zu schwierig wäre, würde ich es einfach mit der Verpackung machen.»

«M-hm. Und als Sechstes und Letztes: Verschiedenes.»

«Was meinst du damit?»

«Na ja, das steht in den Frachtunterlagen.»

«Von allem etwas?»

«Das nehm ich an.»

«Dann hab ich, so gesehen, ja geradezu Geburtstag, nicht wahr. Ich meine, wenn du eine Kiste mit einem Dutzend verschiedener Sachen drin hast, dann finde ich dir auch ein Dutzend verschiedener Methoden, und dann suche ich mir die beste davon aus, und dann findest du's nie – es sei denn, du findest es vielleicht eben doch.»

«Wieso vielleicht doch?»

«Weil du etwas, das mit dem Vermerk ‹Verschiedenes› daherkommt, sehr genau unter die Lupe nehmen würdest. Und wenn du eh schon einen Verdacht hast, ist die Methode ein bisschen zu offensichtlich. Das ist genau so 'ne Methode, wie sie ein nicht hundertprozentiger Profi für eine große einmalige Lieferung wählen würde.»

«M-hm. Welche von diesen sechs würdest du also verwenden?»

«Na ja, vergiss nicht, dass ich mit ein bisschen mehr Zeit vielleicht für alle sechs noch bessere Methoden finden könnte. Diese Typen verbringen Monate, manchmal Jahre damit, sich etwas auszudenken, das wir dann binnen Sekunden oder Minuten entdecken oder eben nicht entdecken. Da sind die Chancen schlecht verteilt. Und die machen es auch immer wieder anders. Sobald eine Methode auffliegt – und wenn sie schlau sind, oft sogar noch früher –, verlegen sie sich auf eine andere; ein System, das einmal schief gelaufen ist, irgendwo auf der Welt, verwenden die Cleveren nie wieder.»

«Welche Methode würdest du also verwenden?»

«Die Muscheln gefallen mir nicht, aber vielleicht müsste ich über die auch noch mal nachgrübeln. Die Räucherstäbchen gefallen mir nicht, weil die einen eifrigen jungen Zollassistenten an Opiumhöhlen oder so was erinnern könnten. Und wie gesagt, ‹Verschiedenes› gefällt mir auch nicht. Ich würde die Nüsse, die Dosen oder die Blumen wählen. Und da kommt's jetzt drauf an, was für ein Typ du bist. Blumen – da müsste ich etwas phantasievoller sein; Dosen – da bräuchte ich die entsprechenden technischen Mittel; Nüsse – da bräuchte ich entsprechend viel Geduld. Aber versteh mich bitte richtig – ich käme an dir vorbei. An *dir* käme ich allemal vorbei.»

Duffy überlegte. War das ein versteckter Appell? Ein Mach-bloß-nichts-auf-eigene-Faust-Junge-Ratschlag? Vielleicht. An

Willetts Stelle hätte er wenig Freude bei der Vorstellung, dass ein Amateur Zollbeamter spielen wollte; er würde erwarten, dass er einen Tipp bekäme, dass Fachleute eingeschaltet würden. Schön und gut – bloß hatte Duffy eben keine Details; keinen Lieferungstermin, keine Waren, die es besonders unter die Lupe zu nehmen galt, bloß eine Hypothese. Herr Zollbeamter, machen Sie sofort diese Hypothese auf. Dachte ich mir's doch: ein doppelter Boden.

Er beschloss, auf Willetts Aufforderung ein Stück weit einzugehen.

«Wenn ich etwas spitzkriegen sollte ...»

«Ja?»

«Wie weit erstrecken sich deine Befugnisse?»

«Überallhin.»

«Heißt das, auch außerhalb des Zollbereichs? Bis zu Hendrick Freight?»

«Überallhin heißt überallhin. Es gibt nicht plötzlich eine Amnestie, bloß weil du etwas durch den Zoll gekriegt hast. Wenn Waren verboten oder zollpflichtig sind, bleiben sie das auch. Da rücken wir dir auf die Pelle, egal wo du bist.»

«Ach, dann lass ich's lieber. Ich schmeiße das Zeug von der Kanalfähre aus über Bord.»

Willetts faltiges Gesicht runzelte sich noch etwas mehr.

«Da kann ich nur sagen, pass auf die Strömungen auf.»

«...?»

«'n Fall vor ein paar Jahren. Ein Bursche in einem Privatflugzeug kriegte kalte Füße. Flog einen Ballen Gras ein, das sich nicht unbedingt eignete als Futter für sein Vieh. Ziemlich geringer Heuanteil, könnte man sagen. Jedenfalls bekam er kalte Füße und kippte das ganze Zeug in den Ärmelkanal. Landete, fuhr nach Hause, fühlte sich ein bisschen ärmer, aber auch um vieles leichter. Ein paar Tage vergehen, da schwemmt die Flut diesen großen Packen Stoff an die Küste von Dorset. Ich hab wohl Geburtstag, denkt da der alte Bauer und raucht eine ganze Menge davon, bis ihm dämmert, dass es dieses komische Zeug sein muss, von dem in der Zeitung immer die Rede ist. Er ruft uns an, wir klären die Herkunft ab und nehmen den Piloten hopp wegen illegaler Einfuhr.»

Das fand Duffy denn doch ein starkes Stück. Er brummte und fuhr fort.

«Jetzt kommt übrigens Sachfrage Nummer zwei. Falls ich etwas spitzkriege, kann ich dich dann anrufen?»

«Du wärst bescheuert, wenn du's nicht tätest.» Willett war stolz auf seinen Beruf, stolz auf die Art und Weise, wie Heathrow sich in den letzten Jahren entwickelt hatte. Da hatten sie die Schrauben angezogen. Was natürlich bedeutete, dass die cleveren Typen ihr Glück anderswo versuchten – in Luton, zum Beispiel, und laschen Pauschalreiseflughäfen, wo die Banditen, inmitten von erschlafften Dauerwellen und zollfreiem Tia Maria, durch die grünen Korridore schwirren. Aber trotzdem konnte er persönlich stolz sein.

«Dabei könnte ich auch … recht vage bleiben, ja?»

«O ja – oft kriegen wir nur Tipps von der Sorte: Jamaika, irgendwann in diesem Monat. Aber es verbessert unsere Chancen.»

«Und wenn ich … sehr spezifisch würde?» Duffy war wie immer bestrebt, sich Rückendeckung zu verschaffen.

«Zweites Schließfach, oberste Reihe. Dagegen hätten wir auch nichts einzuwenden, Kumpel.»

«Und wie stehe ich juristisch da, wenn ich dich anrufe – oder jemand anders, wenn du nicht im Dienst bist?»

«Also, wenn ich nicht da bin, verlangst du Dickie Mallett: prima Kerl. Und was dich angeht: Ich kann es nicht mit absoluter Sicherheit sagen, ich bin ja kein Anwalt. Aber ich würde meinen, dass du mindestens so viel Immunität bekämest, wie wir garantieren müssten, damit wir auch sicher die Information bekommen.»

Das klang ganz nett und juristisch: mit anderen Worten, verschwommen und unverständlich. Duffy nahm einen zweiten Anlauf.

«Wenn ich dich anrufe, ohne zu sagen, wer ich bin, und nur sage: ‹Ich bin ein interessiertes Mitglied der Öffentlichkeit› –, sagen wir mal, ich hätte genau das gesagt, aber du wüsstest, dass ich es bin, und dann gäbe ich dir einen Tipp. Müsstest du weiterleiten, dass du wusstest, dass ich es bin?»

Willett begriff, dass dies nicht mehr zum Ratespiel gehörte (nicht dass das Ratespiel nicht auch ernst gemeint gewesen wäre, wie ihm klar geworden war); jetzt wurde er geprüft. Er dachte einige Augenblicke nach.

«Ich meine, ich würde wohl meinen», erwiderte er schließlich, «dass du mit dieser Formulierung bereits deine Bedingungen bekannt gibst, und ich müsste sie annehmen. Ich würde auch formaljuristisch damit argumentieren, dass ich schon deshalb gezwungen bin, deine Identität beim ersten Mal geheim zu halten, da wir sonst keine Aussicht auf ein zweites Mal hätten.»

Duffy lächelte. Es war nicht sehr wahrscheinlich, dass es ein zweites Mal geben würde – er hatte keine große Lust, je wieder in einem Flughafen zu arbeiten. Aber nun hatte er seine Zusicherung bekommen.

Er hatte seine Zusicherung, aber Willett hatte auch seinen Plan A zunichte gemacht. Es war aber auch naiv von ihm gewesen zu erwarten, dass sein Freund einfach «Nein, Nein, Nein, Nein, Nein» sagen würde und dann «Ja, es wird in der dritten Muschel von rechts sein, bei der übernächsten Lieferung». Das war dumm gewesen; aber er hatte dennoch so halb daran festgehalten, weil er auf Plan B nicht gerade scharf war. Doch dann fasste er sich an den Teil seines linken Ohrs, dem erlaubt war, aus der zärtlichen Umhüllung des Assistenzarztes hervorzulugen, und war prompt ein bisschen weniger unscharf auf Plan B.

Herrgott, er hatte Carol eingeladen und dann eine zweite Verabredung getroffen. Sollte er sie anrufen oder so tun, als wäre die Sache mit Dalby plötzlich dazwischengekommen? Na ja, das war sie irgendwie ja auch, fand er. Das kannst du dir später noch überlegen, sagte er sich. Zuerst gilt es, noch ein paar Leute anzurufen und ein paar Kontakte herzustellen. Einer davon würde jemandem sehr viel Ärger bescheren.

Während er Geoff Bells Nummer einstellte, legte er sich seinen Einleitungswitz zurecht. Bell war ein Freund, dessen Hilfe in technischen Dingen Duffy bisweilen in Anspruch nahm. Um ein Telefon abzuhören, brauchte er es nur schief anzusehen; er konnte durch Backsteinmauern fotografieren. Duffy war einmal so blöd gewesen, fünf Pfund zu wetten, dass Bell ihn, Duffy, nicht binnen einer Woche in Unterhosen fotografieren könnte. Zwei Tage lang passte Duffy sehr genau auf, wo er seine Hose runterließ. Er hätte sich die Mühe sparen können. Am dritten Tag kriegte er mit der Post einen unscharfen, grobkörnigen, aber unzweideutigen Schnappschuss von ihm selbst und einem Freund aus dem «Alligator». In einer äußerst unterhosenfreien Situation. Auf Bells Begleitzettel stand: «Wenn du willst, kann ich mich weiterhin um eines mit Unterhosen bemühen.» Da die Wette noch vier Tage weiterlief, schätzte Duffy seine Chancen als schlecht ein und zahlte.

Bell zeichnete jeden Anruf, der reinkam, auf, sodass Duffy seine immer mit einem faulen Spruch anfing:

«Ah, Geoff», sagte er, als er durchkam, «hier AQ35B wegen der Tripolis-Connection. Wenn wir den Plastiksprengstoff unter den zweiten Bohrturm legen statt unter den dritten, kommen wir mit leichteren Zündkapseln aus und können die Zündschnur quer durchs Mittelmeer bis Malta ziehen.»

«Duffy, wie geht's? Schon 'ne Ewigkeit nichts mehr von dir gehört. Das Letzte war dieser Auftrag mit dem gelöschten Tonband gewesen.» Manchmal verzweifelte Duffy an Bell. Was für Duffy ein Spiel zur Einstimmung war, fasste Bell todernst als Test auf.

«Ich hab da was ziemlich Heikles vor, Geoff, und wollte wissen, ob du mir da helfen könntest.»

Duffy hatte eigentlich etwas ziemlich Einfaches vor; aber es war nun mal so, dass Bell sich für einfache Jobs nicht begeistern konnte.

«Bist du morgen Abend frei?»

«Ja.»

«Ich brauche so gegen sechs einen Leib-Recorder und etwas später – wann genau, weiß ich noch nicht – so schnell wie möglich drei Kopien, die an drei verschiedene Adressen geliefert werden müssen. Bis dann pfeifen mir wahrscheinlich schon die ersten Kugeln um die Ohren», fügte er melodramatisch hinzu.

«Also, eine Polizeiweste kannst du vergessen, durch die kannst du Puffreis schießen. Natürlich nur mit der richtigen Waffe. Einem Pusterohr zum Beispiel.»

«Wie steht's mit den Aufnahmen?» Typisch Geoff; er hatte sich wieder zuerst das Nebensächliche rausgepickt.

«Na ja, das können wir in Serie machen, damit die Qualität bei allen gleich ist und nicht von Band zu Band abnimmt und …» Geoff fuhr noch eine ganze Weile fort, aber Duffy hörte nicht mehr zu: Im Grunde führte Bell ein Selbstgespräch.

Der zweite Anruf galt Christine, einer Krankenschwester, die er vor ein paar Monaten kennen gelernt hatte. Rein äußerlich war sie Carol ein bisschen zu ähnlich, als dass Duffy mit gutem Gewissen mit ihr angebändelt hätte; deshalb hatte er sie nur ein paar Mal ausgeführt, wobei er Carols wegen jedes Mal Gewissensbisse hatte. Sie wiederum war ganz froh, dass Duffy kein Arzt war und dass nicht gleich zu einer gynäkologischen Untersuchung geschritten wurde, kaum war die erste halbe Bierdose getrunken und der erste Beutel Kartoffelchips geleert. Dergleichen hatte Duffy noch nie von ihr verlangt. Tatsächlich war dieser Anruf das erste Mal, dass Duffy überhaupt etwas verlangte. Er sagte, er brauche das, was er brauche, für ein Laientheater; genauer gesagt, für einen Sketch, den er mit ein paar Freunden in einem Pub aufführe. – Ob sie mitkommen dürfe? – Nein, vor ihr wäre es ihm peinlich, da würde er erstarren; aber falls sie das noch ein zweites Mal spielen sollten, dürfte sie natürlich gerne kommen. Ob sie ihm eine borgen könne? Christine sagte, das sei eindeutig gegen die Spitalvorschriften; aber schließlich würden sie die Dinger ja die ganze Zeit wegschmeißen, und wenn sie nicht wirklich verwendet würde … «Nein», sagte Duffy, «aber sie muss so aussehen, als könnte man sie verwenden – vielleicht sitzen da Ärzte im Publikum, und die beschweren sich, wenn da nicht das richtige Teil dran ist.» Ob er das Ding morgen abholen könne? Prima.

Um halb acht kam Carol an in ihrem Mini.

«Was gibt's denn heute Abend, Duffy? Käse auf Toast oder

Röstbrot mit Käsegarnitur? Lieber Himmel, was hast du denn mit deinem Ohr gemacht?»

«Beim Rasieren. Schon gut, tut nicht weh. Ich bestell mir Moussaka und Pommes, und du kannst alles auf der Speisekarte haben, was unter vier Pfund kostet.»

«Duffy …», und ihr Tonfall beschrieb einen Bogen der Überraschung und des Entzückens, als sie seinen Namen in die Länge zog, «wir gehen doch nicht etwa aus?»

«Doch, doch.»

«Das hättest du mir sagen sollen, dann hätte ich mich doch noch umgezogen.»

Duffy sah verlegen drein. Carol glaubte zuerst, es sei sein schlechtes Gewissen, weil er sie schon so lange nicht mehr ausgeführt hätte. Doch er sah weiterhin verlegen drein.

«Duffy», sagte sie streng, «wo ist der Haken bei der Sache?»

«Nnn?»

«Wo ist der Haken, Duffy?»

«Wie? Nichts Haken.» Aber sie konnte sehen, dass da einer war. «Ich muss nur kurz jemanden treffen unterwegs, weiter nichts.»

«Duffy, du bist ein Schwein.»

Duffy grinste vorsichtig.

«Ich weiß.»

Um halb neun brachen sie auf und fuhren gemächlich in die Stadt. Als Carol erkannte, in welche Richtung es ging, wandte sie sich Duffy zu und sagte: «Du fährst mich doch nicht etwa zur Arbeit, Duffy? Vor morgen früh muss ich dort nämlich nicht mehr antreten.» Jetzt sah er noch verlegener aus.

Diesmal fuhr Duffy viel näher ans «Dude's» ran und parkte gut dreißig Meter davon entfernt.

«Ich geh mal eben da rein», sagte er und zeigte die Straße entlang. «Bin gleich zurück.»

«Du *bist* ein Schwein, Duffy, und ein schmutziges dazu. Falls einer meiner Kollegen hier vorbeikommt, schick ich ihn rein, damit du keine Sauereien machst.» Aber sie meinte es nicht wirklich ernst. Wenn Duffy sein Geld in schicken Massagesalons ausgeben wollte, war das seine Sache. Sie konnte nichts dagegen einwenden. Und wenigstens war es mit Frauen.

Heute Abend stand ein anderes Mädchen an der Garderobe. Blond und mit Brüsten … nein, Duffy wollte eigentlich gar nicht hinsehen. Irgendetwas an diesem Lokal machte, dass man sich ausgesprochen schmutzig vorkam und gleichzeitig ausgesprochen wenig Interesse verspürte. Fünfzehn Paar Brüste sollten fünfzehnmal aufregender sein als ein Paar; aber so funktionierte es nun mal nicht. Selbst im Séparée mit dem Mädchen hatte er an ihren Brüsten kein großes Interesse gefunden, weil sie gar nicht ihr zu gehören schienen: Sie schienen Teil der Armaturen und Installationen des Klubs zu sein. Vorgehängt und dann wieder ins Regal gelegt, um zwei Uhr früh, wenn der letzte schnaufende Freier seinen Hut bekommen hatte und auf die Straße bugsiert worden war.

«Kostet das etwas?», fragte er das Mädchen, plötzlich neugierig geworden.

«Zwanzig Pfund, Sir …»

«Nein – nein, ich meine, wenn man tatsächlich seinen Hut abgibt.»

«Den Hut? Heutzutage gibt es kaum noch Herren, die einen tragen.»

«Oder den Mantel. Ob die Garderobe etwas kostet, wollte ich eigentlich nur wissen.»

«O nein, Sir, ganz bestimmt nicht.» Sie wirkte geradezu beleidigt. «Aber Sie können uns natürlich immer ein Trinkgeld geben», fügte sie hinzu. Natürlich. Immer. Das eine Pfund Wechselgeld vom Preis eines Whiskys – das käme etwa hin. Er war genervt.

«Termin bei Mr. Dalby», sagte er ziemlich schroff.

«Oh, da muss ich erst nachsehen, ob er frei ist, Sir.»

«Mein Name ist Marcus.»

«Marcus wie?»

«*Mister* Marcus.» Duffy merkte, dass er ein Pseudonym gewählt hatte, das aus zwei Vornamen bestand. Wie Eric Leonard. Einen Namen, der nicht seriös war.

«Oh, entschuldigen Sie.» Das Mädchen wirkte beschämt. Duffy fühlte sich wie ein Despot. Das war vermutlich gar nicht mal schlecht; er musste in die richtige Stimmung kommen, um Dalby zu bluffen.

Er hoffte, dass ihn das Mädchen mit dem nordenglischen Akzent und den Brüsten in der statistischen Mitte nicht wieder erkennen würde. Andererseits, wie lange erinnerten die sich wohl an einen Freier – zehn Minuten? Außerdem sah er jetzt anders aus; statt Fifties-Revival und Mottenkugeltinktur war er heute ganz aufgesamtet. Blaues Jackett, blaue Hose – in diesem Licht genügend passend, um als Anzug gelten zu können – Stiefel und ein lila Hemd mit offenem Kragen. Sah er aus wie Lord Browns Assistent? Sah er aus wie ein Dealer? Nun, es lag einzig an ihm, diese Gleichungen umzukehren: Er musste weder wie der eine noch wie der andere aussehen, wenn er sie aussehen ließ wie er.

Während er zur Treppe geführt wurde, warf er einen verstohlenen Blick zur mädchengespickten Bar. Der alte Geruch von Räucherstäbchen. Unten so düster wie eh. Die Séparées mit ihren Pendeltüren; die Hände, die wie angeleimt an Brüsten klebten; die feuchten Flaschen; die frischen Blumen; der gekünstelte Konversationston der Hostessen; die Ehemänner mit schütterem Haar, gutem Anzug und schlechtem Gewissen.

«Mr. Marcus, es ist mir ein Vergnügen.» Dalby war aus dem Büro getreten, um ihn zu begrüßen, und hielt kurz inne, um die Szenerie zu seinen Füßen zu inspizieren. Man konnte zwar nicht hören, wie Pfundnoten hingeblättert wurden; aber vorstellen konnte man es sich von hier oben ganz gut, dachte Duffy.

Auf den ersten Blick kam ihm Dalbys Büro wie von Flutlicht erhellt vor, aber das war nur der Kontrast. Duffy setzte sich dem Klubinhaber gegenüber in einen Stuhl mit hoher Rückenlehne und Gobelinbezug. Er nahm sich Zeit und ließ seinen Blick sekundenlang durch das Büro schweifen, als spielte er mit dem Gedanken, es zu kaufen. Er registrierte die Stehlampe, das Sofa, das kleine Bücherregal, die Serie von großen Drucken an den Wänden. Sie sahen aus wie frühe Holzschnitte, die für moderne Dekorationszwecke etwa zwanzigfach vergrößert worden waren; sie zeigten pastorale Szenerien. Derjenige hinter Dalbys Kopf stellte ein großes, angepflocktes Pferd dar, eine Kuh, ein Schaf und ein paar strohgedeckte Cottages. Jahrhunderte und Welten vom «Dude's» entfernt. Es sei denn natürlich, das angebundene Pferd gehörte einem braven Opium-Handelsmanne, der gerade in einem der Cottages vorbeischaute, um eine Connection zu machen.

Dalby hüstelte, und Duffy gestattete seinem Auge, langsam zu dem Hüstler zurückzuschweifen. Dalby blickte ihn durch seine kleine runde Goldrandbrille etwas beklommen an. Duffy stellte fest, dass er im Augenblick das Heft in der Hand hatte; und so sollte es auch bleiben. Wenn schon bluffen, dann ganz groß bluffen, dachte er, und aggressiv bluffen. Zudem würde er als Zeichen der Selbstsicherheit auf den gewundenen, halbseidenen Jargon der Branche verzichten. Dalby wirkte wie die Sorte Dealer, die ständig drum herum redeten und ins Schleudern kamen, wenn man die Dinge beim Namen nannte.

«Der Raum ist sauber», sagte er scharf in seinem unordinären Tonfall. Es war eher eine Feststellung als eine Frage.

«O ja.»

Duffy blickte an Dalbys linker Schulter vorbei zu der offenen Tür, die vermutlich in sein Schlafzimmer führte und zu dem Badezimmer mit der postkoitalen Wanne. Er verlieh seinem Blick durch dessen Länge die Wirkung einer zweiten Frage.

«Wir sind ganz unter uns», versicherte ihm Dalby.

Dann sprach Duffy schnell und selbstsicher, wie es sich für Lord Browns Assistenten gehörte.

«Ich kriege demnächst hundert Kilo Gras rein, aber soviel ich gehört habe, wird Sie das nicht sonderlich interessieren. Kann ich Ihnen auch nicht verübeln, ist ja vom Handling her eine sehr umständliche Droge, nicht wahr; und persönlich halte ich Zigaretten ohnehin für ein abscheuliches Laster, selbstverständlich ohne jemandem nahe treten zu wollen. Nächste Woche oder so kommt bei mir auch eine mittelgroße Menge Koks rein. Und ich habe auch gerade eine Lieferung ausgezeichnetes Chinese Number Three reingekriegt, die zurzeit verschnitten wird. Soweit meine Einkaufsliste. Wie ich auf Sie komme? Weil ich jetzt Geld brauche für meine nächste Einfuhr, die ziemlich üppig sein wird. Sonst würde ich gar nicht nach außen gehen. Sie gelten als zuverlässig und ehrlich – zumindest habe ich das so gehört –, und, wenn ich mir die Bemerkung erlauben darf, Sie sind Brite, was eine nette Abwechslung ist. Sollte dies nicht der Fall sein – ich meine natürlich nicht, dass Sie kein Brite sind, Sie wissen schon –, dann würde ich Ihnen davon abraten, mit mir eine Geschäftsbeziehung einzugehen.»

Duffy blickte Dalby gelassen an und wartete auf seine Antwort.

«Äh … hm … hm …» Er wirkte von soviel Direktheit etwas überrumpelt. So überrumpelt, hoffte Duffy, dass er nicht nachhaken würde, wer denn dieser fiktive «Christopher» sei.

«… äh … Preis?», sagte er schließlich, als müsste er sich zwingen, ein unanständiges Wort zu gebrauchen.

«Koks oder Horse?»

«Das äh … erstere.» (Hieß das nun, dass er nur an diesem interessiert war; oder dass er selbst schon eine Lieferung des zweiten erwartete?)

«Gleitende Preisskala, je nach Reinheitsgrad. Da muss ich erst abwarten und nachsehen, wenn es da ist. Meine Preise liegen im mittleren Bereich. Zwanzig bis dreißig pro Gramm. Wollen Sie welches?»

«Äh … jaaa.»

«Gut, prima», sagte Duffy, als müsste er an diesem Abend noch ein paar weitere Kunden besuchen. Er stand auf und streckte die Hand aus.

«Alles nur per Handschlag», sagte er. Dalby ergriff seine Hand, als wäre es eine Ehre. «Ach, übrigens, beim Reinkommen habe ich offenbar einige Ihrer Kunden gestört. Gibt es noch einen anderen Ausgang?»

«Ja, ja, hier lang.» Er führte Duffy aus dem Büro, durch einen Flur weg von den Séparées und durch eine Hintertür ins Freie. Keine Alarmanlage, einfache Tür: Duffy lachte innerlich. Dalby hielt ihm die Tür auf; Duffy nickte, aber ohne ihn anzusehen, und ging festen Schrittes in die Dunkelheit hinaus. Das war anstrengend gewesen.

«Haben sie wunderbare Sachen mit dir gemacht?», fragte

Carol, als er in den Lieferwagen glitt. Es war ein halb ernster Scherz. Er drehte sich ja auch um ein gefährliches Thema.

«Wunderbar», erwiderte Duffy mit träumerischer Stimme. «Kostet bloß vierundfünfzig Pfund.»

«Nimmst du mich mal mit?», fragte sie. Aber Duffy kicherte nur vor sich hin.

Später, als sie bei Kebab saßen und sich über der Sorbas-Musik Gehör zu verschaffen versuchten, sagte er: «Vielleicht lass ich dich allein hingehen.»

«Wohin?»

«In diesen Schuppen – das ‹Dude's›.»

«Wie meinst du das?»

«Na ja, ich hab mich nur eben gefragt, mit wem du heute Abend essen gegangen sein könntest.» Carol sah verwirrt drein. Duffy zwinkerte ihr zu.

«Ich lade dich natürlich ein, aber wenn du die Rechnung mitnimmst, kannst du's doch als Spesen abschreiben, wenn alles klappt, nicht wahr?»

Sie beugte sich herüber und pochte ihm mit den Knöcheln auf den Kopf, als wollte sie darin Ordnung schaffen.

«Ich meine, auf diese Weise kriegst du was zurückbezahlt, nicht wahr?»

Manchmal verstand sie ihn überhaupt nicht, auch wenn sie später nochmals darüber nachdachte.

«Dein Kebab wird kalt.» Warum lächelte er sie jetzt so an?

Er fuhr sie zurück nach Acton, und weil ihr Wagen ja bereits dort stand und es spät war, beschloss sie, da zu übernachten. Sie gingen in die Wohnung, und Duffy drehte alle Lichter an, obschon sie gleich schlafen gehen wollten. Er sah sich immer gerne ein letztes Mal um. Er fühlte sich dann sicherer beim Einschlafen.

«Duffy», sagte sie, als sie sich an seinen Rücken kuschelte.

«Mnnn.» Er schlief schon fast.

«Dieser Samtanzug gefällt mir.»

«Mnnn.»

«Schade, dass die Teile nicht zusammenpassen.»

8

Als er am nächsten Tag zur Arbeit kam, wurde Duffy einmal mehr von Casey mit einem Knuff in den Bizeps begrüßt und einem gekicherten «Fotze». Dieses Aufflackern von Zuneigung seitens des Tätowierten rührte Duffy, und er fing an, sich zu fragen, ob er Casey aus der Klemme helfen könnte. Wenn er ihn draußen ließ und die ganze Klauerei an McKay hängen blieb, wo sie hingehörte, wäre er mit Hendrick quitt. Und wenn er Casey draußen ließ, wäre das auch ein nicht gehaltenes Versprechen gegenüber Mrs. Boseley, und das konnte nicht schlecht sein. Er sollte es versuchen, falls es sich ohne Umstände machen ließ.

In der Mittagspause rief er die Hi-Fi-Ganoven an. Wenn sie einen Funken Verstand hatten, waren sie mit dem Zeug nicht stracks zu ihrem nächsten Mittelsmann gerannt, sondern warteten ein paar Tage ab, ob der Sache nicht nachgegangen werde. Er erreichte den Fahrer mit der Vorliebe für Öllachen. Duffy gab sich so ordinär wie nur möglich.

«Duffy hier, von Hen'rick, Heafrow. Also, diese Zünder, die ich euch da neulich aus Versehen in' Laster geschmissen hab. Isses okay, wenn ich die heut Abend holen komm?»

«Was ist, Kumpel?»

«Karton Zünder, die ihr mit eurem Hi-Fi gekriegt habt. Hab ich eingeladen. Aus Versehen mit reingeschmissen.»

«Zünder?»

«Feuerzeuge, du weißt schon, Lullenzünder. Hab 'n Karton davon mit reingeschmissen. Muss ich wiederhaben, sonst flieg ich raus hier.»

«Hab nix dergleichen hier gesehen, Kumpel.»

«Okee, habt ihr sie ehm noch nich ausgeladen. Liegen wohl immer noch unter eurem Hi-Fi-Schrott. Aber die sind ehm auf euch ausgetragen.»

«Ich geh mal nachsehen, Mann.»

«Okee.»

Er blieb mehrere Minuten weg, und Duffy hatte schon Angst, dass ihm die Zehn-Pence-Stücke ausgehen würden, bevor er zurückkam. Er klang unzufrieden.

«Wir haben sie gefunden, Kumpel, sie lagen unter ein paar Tapedecks.»

«Danke, vielen Dank, hast mir den Arsch gerettet.»

«Ähm, ich fürchte, da fehlen ein paar. Scheint sich hier einer bei uns selbst bedient zu haben.» Auch Hi-Fi-Ganoven wollen ihr Pfund Fleisch, dachte Duffy.

«Sperr sie weg, bis ich da bin, ja? Und nochmals danke schön. Hast mir den Arsch gerettet.»

«Gern geschehen.»

Das kam nicht gerade von Herzen.

Es würde eine Menge zu tun geben an diesem Abend, das war abzusehen, und so beschloss Duffy, früh anzufangen. Wenn er heute um halb fünf schon Schluss machte, würde das Mrs. Boseley ganz schön ärgern, was freilich allein schon Grund genug gewesen wäre, es zu tun, aber so hätte er auch Zeit genug, nach Ealing zu fahren zu den Hi-Fi-Ganoven, bevor die den Laden dichtmachten.

Er holte 140 von dem ursprünglichen Gros von Feuerzeugen und fuhr nach Hause. Dann fuhr er zum Schwesternheim und holte bei Christine einen kleinen Gegenstand ab. Wieder zu Hause, packte er alles, was er vermutlich brauchen würde, in eine Tasche und machte sich auf den Weg zu Geoff. Beim Klingeln zog er den Reißverschluss runter und ließ den Hosenlatz weit offen stehen. Das machte er jedes Mal, wenn er bei Bell vorbeischaute.

«Mach den Hosenladen zu, Duffy», sagte die Gegensprechanlage. Duffy lächelte. Er hatte die Kamera bis heute nicht entdeckt. Die meisten Leute ließen einen gerne wissen, dass man bespitzelt wurde, durch die Fischaugenlinse in der Tür oder eine nicht-so-versteckte Kamera; das gab ihnen nicht nur ein Gefühl von Sicherheit, sondern auch von Macht. Bell dagegen genoss gerade, dass man nicht wusste, dass man beobachtet wurde.

«Achsel, Weiche oder Rücken?», sagte er zur Begrüßung. Duffy stöhnte innerlich. So war es immer. Er versuchte, möglichst viel Interesse für Bells Techniken aufzubringen, aber der Bursche trieb es wirklich zu weit. Auf der Werkbank lagen fünfzehn Mini-Tonbandgeräte zur Inspektion bereit. Duffy schwante, was für Diskussionen über ihre Vor- und Nachteile ihm bevorstanden: Diskussionen, nicht zwischen Bell und Duffy, sondern Bell und Bell.

«Spielt es eine Rolle?»

«Natürlich spielt es eine Rolle. Das ist die Grundfrage. Wo willst du das Mikro, wo willst du den Recorder?»

«Weiß ich nicht. Gibt's da denn Unterschiede, die 'ne Rolle spielen?»

«Natürlich gibt's die, Duffy. Wen zeichnest du auf? Und wo? Will ich natürlich gar nicht wissen, wissen muss ich nur das Notwendige. Wie lange soll die Aufzeichnung werden? Wie weit weg wird dein Freund sein? Werdet ihr beide stationär sein? Wird es Hintergrundgeräusche geben? Wirst du eine Gelegenheit haben, dich davonzuschleichen und das Band zu wechseln?»

«Verstehe», sagte Duffy, aber Bell hatte nur innegehalten, um Atem zu schöpfen.

«Willst du dich umziehen können? Ist es ebenso wichtig, dich aufzuzeichnen wie deinen Freund? Werden Dritte dabei sein? Und dann gibt es da natürlich noch die physischen Aspekte.»

«Was meinst du damit?»

«Wird dich jemand voraussichtlich in die Eier treten? Oder in den Rücken boxen? Wirst du während der Aufzeichnung jemanden schlagen wollen? Oder vor der Aufzeichnung? Willst du eine Stop-Taste am Recorder, damit du das Band anhalten, jemanden schlagen und dann wieder weiter aufzeichnen kannst?»

«Besonders nett ist das ja nicht, was du mir zutraust, Geoff.»

«Wie? Was meinst du?» An Bells erstaunter Miene erkannte Duffy, dass dieser von einem rein technischen Standpunkt aus gesprochen hatte. Jemanden zu schlagen war von seiner Warte aus nichts weiter als ein Faktor, der die Tonqualität beeinträchtigen konnte.

Duffy fing an, auszuführen, was er brauchen würde. Er hatte mit gut vierzig Minuten bei Bell gerechnet; tatsächlich wurden es geschlagene zwei Stunden. Als er wieder ging, hatte er ein Gefühl, als seien ihm gerade im Uxbridge Hospital sämtliche Rippen bandagiert worden. Ein Recorder vom Umfang eines Knäckebrots klebte über seinem Kreuz; Drähte führten in die zwei Taschen seines Blousons: in der rechten Tasche der Start-Knopf, in der linken der Pausen-Knopf. Das würde er sich merken müssen.

Jetzt, da er die M 4 entlangfuhr, war es dunkel. Von den wahnsinnigen, selbstzerstörerischen Jumbos hatten nur ein paar zuckende Lichter am Himmel überlebt; rot, grün, weiß.

Sie waren selber schuld, wenn sie jetzt abstürzten, überlegte Duffy. Einfach so in die Dunkelheit hinauszufliegen. So was sollte verboten sein.

Im Frachtschuppen lud er die Feuerzeuge aus und stellte sie in die Nähe seiner Dummenecke. Eine Geschichte für Hendrick konnte er sich später noch einfallen lassen. Jetzt musste er zuerst einmal Plan B hinter sich bringen. Er schnippte gegen die obere Hälfte seines linken Ohrs, sodass es wieder vor Schmerz pochte. So hatte er schon weniger Bedenken wegen Plan B. Er machte sich auf zu Mrs. Boseleys Glasbüro, stellte seine Tasche neben den Schreibtisch, setzte sich auf ihren Stuhl, schob seinen Fuß möglichst weit weg von dem Alarmknopf, holte tief Luft und griff zum Telefon.

Los, los, geh schon ran, jedes Mal, wenn ich dich beschattet habe, warst du auch zu Hause, du wirst doch nicht ausgerechnet heute Abend ausgegangen sein, vielleicht stehst du ja auch nur in der Einfahrt und polierst deinen protzigen Granada, los, komm schon, ah –

«Gleeson, Duffy hier. Ja, Duffy, vom Betrieb, genau.»

«Verfickt nochmal, was willst du?»

Nun kam es drauf an, die richtige Reihenfolge einzuhalten, damit Gleeson ja nicht auflegte, bevor er einsah, dass ihm nichts anderes übrig blieb, als das zu tun, was Duffy vorschlug.

«Ich hab Mrs. Boseley angerufen, aber ihr Mann sagte, sie übernachte bei Freunden.» *Das* sollte er erst mal in seinen Schädel reinkriegen.

«Woher hast du meine Nummer? Warum rufst du an?»

«Deine Nummer hab ich aus einem dicken Buch, das vor mir liegt und ‹E–K› heißt. Okay?»

«Und warum rufst du an?»

«Ich hab heute im Frachtschuppen Heroin gefunden.»

«*Was* hast du? Duffy, wo bist du?»

Das ließ Duffy unbeachtet. Er hielt inne. Er hatte das Gefühl, dass Gleeson fürs Erste ganz Ohr war.

«Wenigstens hab ich gedacht, es sei so was. Und drum hab ich ein bisschen davon mitgenommen – du hast vielleicht gemerkt, dass ich heute etwas früher gegangen bin – und es einem Freund gezeigt, und der hat auch gemeint, es sei welches, und wir sollten es wohl der Polizei abliefern oder so. Und da hab ich gesagt, ich sollte wohl besser die Leute von Hendrick Freight anrufen, und so hab ich zum Telefonbuch gegriffen ...» Er machte sich einen Spaß daraus, die Geschichte auszuspinnen.

«Wo in aller Welt hast du das gefunden?»

«... und Mr. Hendrick angerufen.» Dramatische Pause.

«Was hat er gesagt?» Gleeson klang nicht allzu selbstsicher.

«Oh, der war nicht da, er ist ausgegangen. Dann hab ich, wie gesagt, Mrs. Boseley angerufen, und die ist über Nacht nicht da, und da hab ich gedacht, dass du mir vielleicht sagen kannst, was ich tun soll.»

«Ganz recht, Duffy. Lass mich mal nachdenken.»

Duffy gab ihm vier Sekunden Zeit und sagte dann: «Soll ich die Polizei verständigen?»

«Wir wollen nichts überstürzen, Duffy. Lass mich nachdenken. Ich meine, wir wollen ja nicht, dass Hendrick Freight plötzlich schlecht dasteht.» Damit war Duffys nächster Schritt bestens vorbereitet.

«Geht mich einen Scheißdreck an, wie schlecht Hendrick Freight dasteht. Was schulde ich denn Hendrick Freight? Was krieg ich denn von Hendrick Freight für mein verficktes Ohr? Ich hol die Polizei, verfickt nochmal.» Er ließ seine Stimme ins Hysterische abheben.

«Nein, Duffy», sagte Gleeson. «Stop, erst mal überlegen.

Nein, natürlich kann die Firma dir egal sein, versteh ich ja. Aber ich will nichts übereilen.»

Duffy dachte, dass er angebissen hatte. Er wählte einen ruhigeren Tonfall.

«Na ja, also, wenn du's dir wirklich überlegen willst, könnte ich dir ja zeigen, wo es ist. Ich hab ja einen Schlüssel zum Schuppen.» Der Haken grub sich jetzt in seinen Gaumen: Würde er es merken?

«Was hast du? Wie?»

«Ja. Hab ihn zwar nie gebraucht, aber Mr. Hendrick hat mir einen gegeben, wie er mich angeheuert hat.»

«Okay, gute Idee. Morgen, wenn alle da sind, wäre es etwas schwieriger. Wo bist du jetzt?»

«Zu Hause, aber ich kann in einer guten halben Stunde draußen sein. Wenn ich vor dir da bin, geh ich rein und dreh eine der kleinen Lampen an. Es wäre wahrscheinlich nicht klug, alle anzudrehen.»

«Nein, ganz recht. Ich mache mich gleich auf den Weg. Oh, und könntest du vielleicht die Probe von dem Zeug mitbringen, die du heute Nachmittag weggenommen hast? Dann können wir alles wieder zusammentun.»

«Klar.»

Duffy legte auf. Dann nahm er einen Stuhl aus Mrs. Boseleys Büro und stellte ihn unter die eine Lampe, die er angedreht hatte, im vorderen Drittel der Halle. Neben den Stuhl stellte er seine Tasche, nachdem er zuerst einige Gegenstände herausgenommen und sich vorne in den Blouson gestopft hatte. Dann trat er neben die Seitentür und wartete auf Gleeson. Er würde in zweifacher Hinsicht im Vorteil sein: Gleeson wüsste nicht genau, wo Duffy sein würde, und es war sehr dunkel in der Halle. Es war sogar noch dunkler als in Dalbys Wichshöhle. Zwanzig Minuten verstrichen.

«Duffy.» Die Seitentür klickte ins Schloss, und Gleeson stand da und blinzelte in die Düsternis.

«Hier drüben», sagte Duffy aus gut zehn Metern Entfernung. Gleeson wandte sich ihm zu, und sofort sagte Duffy, so gebieterisch wie möglich: «Da lang.»

Er drehte Gleeson den Rücken zu, um zielstrebig die Halle zu durchqueren. So sah es jedenfalls für Gleeson aus, der ihm hinterhertrabte. Doch nach vier Schritten wirbelte Duffy herum, und als Gleeson auf seine Höhe kam, verpasste er ihm einen knallharten Faustschlag in die obere Magengegend. Gleesons eigenes Tempo verstärkte die Wucht des Schlags: Er klappte nach vorn und rang keuchend nach Luft. Duffy gehörte nicht zu den Anhängern des schulmäßigen «Linker Uppercut, rechter Cross an die Kinnspitze». Wenn man jemandem an einer bestimmten Stelle wehgetan hatte, schien es Duffy logisch, an derselben Stelle nachzudoppeln. Diesmal nahm er das Knie. Dann nochmals die Faust.

Gleeson fiel nicht um. Er stand bloß da, mit hängenden Gorilla-Armen, und die Augen traten ihm vor den Kopf, als bekäme er einen Herzanfall. Er registrierte kaum, dass Duffy in seinen Blouson griff und ihm Handschellen anlegte. Duffy zog sie straff an, wie er es früher bei Verbrechern getan hatte, die ihm besonders zuwider waren. Dann kramte er ein Seil hervor und setzte sich Gleeson zu Füßen auf den Boden. Er schlang das Seil um den hinteren Fuß und zerrte ihn neben den vorderen, sodass Gleeson beinahe umgekippt wäre. Dann fesselte er ihm die Knöchel.

Bis Duffy wieder zu Atem kam, dauerte es ein Weilchen. Bei Gleeson dauerte es noch etwas länger. Duffy ließ ihm Zeit, damit sein Herzanfall sich legen konnte. Er war ja kein Sadist. Wenigstens jetzt noch nicht. Dann sagte er:

«Hüpfen.»

Gleeson starrte ihn an, halb erschrocken, halb verwirrt. Duffy zeigte durch die Halle auf den Stuhl, den er unter die Lampe gestellt hatte.

«Hüpfen. Oh, und falls du auf den Gedanken kommst, zu schreien, steck ich dir einen Knebel ins Maul und gieße dir einen Viertelliter Castrol in die Nase. Klar?»

Gleeson hüpfte wie ein Kind beim Wetthüpfen in der Schule. Er sah jämmerlich aus. Er sah aus, als wollte er sackhüpfen, und jemand hätte ihm den Sack geklaut. Duffy hatte kein Mitleid mit ihm. Er rechnete damit, dieses Gefühl so lange unterdrücken zu können, wie es für die Sache nötig wäre. Beliebig lang, wenn er sich's überlegte.

Gleeson hüpfte bis zum Stuhl, blickte Duffy an und setzte sich hin. Duffy holte noch ein Seil hervor und fesselte ihn an den Stuhl.

«So», sagte er, «hier sind die Spielregeln. Wenn ich dich so umkippe, schlägst du dir den Hinterkopf ein. Und so rum schlägst du dir die Fresse ein. Wenn du schreist, gieß ich dir Castrol in die Nase, klar?»

Das meiste davon hätte Gleeson sich auch selbst zusammenreimen können. Aber Duffy wollte, dass sie in diesem Punkte völlig übereinstimmten. Gleeson nickte. Er sah verängstigt drein. Er hatte allen Grund dazu.

Duffy schleppte zwei Packkisten heran und platzierte sie knapp außerhalb der Reichweite von Gleesons Fußtritten. Er setzte sich auf die eine, und auf der anderen packte er seine Tasche aus. Er wählte eine Reihenfolge, die, wie er hoffte, Gleeson möglichst lange auf die Folter spannen würde. Als erstes eine Schachtel Streichhölzer. Dann eine Zitrone. Dann eine Kerze. Dann ein Messer. Dann zwei Untertassen. Dann eine kleine Dose Marvel-Milchpulver. Dann eine Plastikflasche. Dann einen Löffel. Dann einen kleinen Beutel voll weißem Pulver. Dann eine rechteckige Pappschachtel. Er öffnete die Schachtel und nahm eine Spritze heraus. Dann zündete er die Kerze an. Dann blickte er zu Gleeson. Dann sagte er:

«Alsdann.» Und schnippte das Streichholz weg.

«Ich habe nichts damit zu tun», sagte Gleeson.

Duffy schenkte ihm kaum Beachtung. Das sagten sie alle. Manche sagten es kläglich wimmernd, wenn sie mit versauten Hosen und einem halb nackten Kind auf den Knien erwischt worden waren; manche sagten es selbstsicher, aggressiv, wenn sie gerade auf der Straße vor dem Kaufhaus Fine Fare geschnappt wurden und meinten, ihre Ware noch rechtzeitig an den Hehler abgestoßen zu haben, und sie würden ihre Rechte genau kennen, und B. Stechlich, Unterweltsanwalt seit zwanzig Jahren, würde gleich vorbeikommen und sie gegen Kaution rausholen.

Gleeson sagte es irgendwie zwischen diesen beiden Extremen. Aber auch wenn er es am oberen Ende der Selbstsicherheitsskala gesagt hätte, wäre Duffy nicht aus der Fassung geraten. Heute Nacht würde kein B. Stechlich mit seiner schmuddeligen Aktentasche und seinen lähmenden Anfällen von Unvoreingenommenheit bei Hendrick Freight vorbeischauen. Und Duffy würde sich auch keine großen Sorgen um die Strafprozessordnung machen. Er würde vielleicht sogar ab und zu hinter Gleeson treten müssen, um zu sehen, wie ihm *das* gefiel.

«Ich habe nichts damit zu tun», wiederholte Gleeson, im traurigen Murmelton eines Säufers über seinem Bier.

«Gleeson, was jetzt kommt, ist nicht kompliziert», sagte Duffy, immer noch, ohne ihn auch nur anzusehen. «Es wird vielleicht ein bisschen wehtun, aber kompliziert wird es nicht. Oh, eins noch vorneweg.»

Er kramte in der Innentasche von Gleesons Jackett, wobei

er dessen Gesicht sehr nahe kam, aber immer noch so tat, als sei Gleeson gar nicht da, und holte seine Brieftasche heraus.

«Schöne Menge Faltpapier hier drin. Pass auf, wo du hingehst, wenn du soviel mit dir rumschleppst.» Er griff hinein und holte zwanzig Pfund heraus. «Das ist für den Stecker, Gleeson. Ich schätze, soviel wird er ungefähr kosten. Und du hast Glück, dass ich krankenversichert bin, sonst hättest du eine ganze Ecke mehr blechen müssen.»

Gleeson glaubte fälschlicherweise ein Aufheitern von Duffys Tonfall zu bemerken.

«Ich hab's wirklich nicht mit Absicht gemacht», sagte er.

«Das macht es schlimmer, nicht besser», erwiderte Duffy kalt. Er ging um den Stuhl herum, stellte fest, wo die nützlichen Teile von Gleesons Rücken waren, und rückte ihn zurecht, sodass der Quersparren der Stuhllehne seine Nieren nicht mehr schützte. Während er dastand, drückte er in seiner rechten Blousontasche auf den Startknopf.

«So. Jetzt erzählst du mir alles, was du weißt, und zwar von Anfang an.» Ein kleiner Druck auf den Pausenknopf in der linken Tasche. «Und wenn du aufhörst oder zögerst oder lügst, werde ich dir wehtun. Und wenn du schreist oder brüllst, kriegst du eine Ladung Castrol in die Nase.» Um zu zeigen, dass das nicht nur eine Redewendung war, griff Duffy in seine Reisetasche und stellte eine runde Viertelliterdose von dem Motorenöl auf die Packkiste.

«Ich weiß nicht, wovon du sprichst.»

«Du wirst mir alles über das Heroin erzählen, über Mrs. Boseley und Mr. Dalby, und wie es reinkommt und woher es kommt und an wen es geht und wann die nächste Lieferung reinkommt.» Immer mehr fragen, als sie vermutlich wissen, das war eine der Spielregeln.

«Ich arbeite hier, sonst nichts.»

Duffy trat hinter ihn, boxte Gleeson hart in die Nieren, wartete, boxte ihn noch einmal und fuhr mit der Aufzeichnung fort.

«In deiner Einfahrt steht ein hübscher großer Granada. Deine Frau hat wohl ein Privatvermögen, wie?»

«Toto», grunzte er. Warum fiel ihnen eigentlich nie etwas Besseres ein?

«Wie oft kommt so ein Toto rein?»

«Keine Ahnung, wovon du sprichst.» Allmählich wurde es langweilig. Duffy schaltete auf Pause und boxte Gleeson von neuem. Dann änderte er die Taktik. Die Schraube rasch anziehen, das war auch eine seiner Spielregeln.

Er seufzte, einzig um Gleesons willen, nahm die Spritze und hielt die Spitze der Nadel kurz in die Kerzenflamme. Dann tat er so, als würde er es sich plötzlich anders überlegen, wandte sich der Castrol-Dose zu und rieb die Nadel sorgfältig in dem Dreck, der sich um den Ausguss herum angesammelt hatte.

«Brauchst du eine Erklärung? Dann erklär ich's dir. Wenn wir fertig sind, nehme ich diese Nadel, um dir was zu spritzen. Du hast eine gewisse Wahl, wenn auch keine allzu große. Dieser kleine Beutel –» er zeigte auf den Plastikbeutel mit dem weißen Pulver – «hat, wie man mir versichert, eine Reinheit von neunzig Prozent. Nein, den hab ich natürlich nicht im Schuppen gefunden», erwiderte er auf Gleesons fragenden Blick, «den bin ich mir kaufen gegangen. Also, ich habe nur ihr Wort dafür, aber soweit es überhaupt ehrliche Dealer gibt, sind die immer ehrlich gewesen. Vielleicht möchtest du's drauf ankommen lassen, wie rein es ist, aber vielleicht auch nicht.»

Darüber ließ er Gleeson eine Weile nachrätseln, dann fuhr er fort.

«Solltest du das Gefühl haben, mit mir nicht kooperieren zu können, solltest du mich anlügen oder mir etwas vorenthalten, dann werde ich dir dieses neunzigprozentige Zeug direkt in den Arm spritzen.» Was dich umbringen würde; aber das brauchte er ihm nicht zu sagen. «Solltest du dich aber zu einer Kooperation entschließen können, dann werde ich den Stoff, wenn wir fertig sind, mit Marvel-Milch verschneiden.» Du wirst das Gefühl haben, man hätte dir einen Vorschlaghammer über den Schädel gezogen, aber umbringen wird es dich nicht ganz. «Ob ich die Nadel ein paar Mal in den Dreck tauche, bevor ich dir die Spritze verpasse, oder nicht, hängt ganz davon ab, wie zufrieden ich mit dem Verlauf des Abends bin.»

«Du würdest mich nicht umbringen, Duffy.» Besonders tapfer klang seine Stimme nicht.

«Dich würde ich jederzeit umbringen, bedenkenlos.» Was würde ein weiterer Todesfall am Rande der Drogenstraße schon ausmachen, besonders wenn es einen erwischte, der das Zeug verschob? Noch einmal sagte Duffy, mit völlig gleichgültiger Stimme: «Dich würde ich jederzeit umbringen, bedenkenlos.» Er überließ es Gleeson, sich die Details auszumalen, sich vorzustellen, wie er an den Stuhl gefesselt dasitzen würde, mit einer Blutspur an der Ellenbeuge, wo die Nadel rausgefallen war, glotzäugig vor Angst, auch noch im Tod. Und dann würde die Polizei kommen und das Ganze als eine weitere kleine Abrechnung innerhalb der Heroinszene einschätzen, dann würde sie sich Gleesons Bankkonto ansehen, und dann würde sie Hendricks Frachtschuppen eine Weile im Auge behalten, aber natürlich nichts erwischen, und nach einer Weile würde man es zu den Akten nehmen, was soviel hieß wie: nichts mehr damit zu tun haben wollen, und was spielte das schon für eine Rolle, bloß ein fetter Dealer mit

Koteletten, der an einen Stuhl gefesselt war und auf das Morgengrauen wartete. Und ein schöner Tod war das nicht; man schiss sich die Hosen voll; man kriegte eine komische Erektion, man ersoff im eigenen Schweiß. Es sprach überhaupt nichts dafür. Duffys Daumen schnippte in seiner rechten Tasche.

«Ich wusste zuerst nicht, worum es ging. Wirklich nicht, ich schwör's dir.»

«Wie lange ist das her?»

«So um die zwei Jahre – zweieinhalb Jahre. Eines Tages kommt Mrs. Boseley zu mir und sagt: ‹Würde es Ihnen etwas ausmachen, diese Kiste persönlich zu überbringen? Ich möchte nicht, dass sie unterwegs verloren geht.› Es war etwas, das zum ‹Dude's› musste. Also habe ich okay gesagt – schließlich fahre ich ja gern. Hab das Zeug also genommen – ich weiß nicht mal mehr, was es war – und zum ‹Dude's› gefahren und nicht mehr darüber nachgedacht. Und am nächsten Tag gibt mir Mrs. Boseley vierzig Mäuse. Vierzig Mäuse! ‹Nur ein kleiner Bargeldbonus, Gleeson, weil Sie diese Kiste so prompt abgeliefert haben.› Na ja, erst hab ich gedacht: ‹Weihnachten kommt dies Jahr aber früh›, und dann denk ich: ‹Hat sie's etwa auf mich abgesehen oder so was?› Und dann vergess ich die ganze Sache. Und dann passiert es wieder, nur kriege ich diesmal fünfzig Mäuse, und Mrs. Boseley sagt nett ‹Danke schön›, und ich denke mir: ‹Also, wenn die's wirklich auf mich abgesehen hat, stellt sie sich aber reichlich seltsam an.›

Als es zum dritten Mal passiert, will ich es wissen. Nachdem ich also das Zeug geliefert habe, gehe ich zu ihr ins Büro und sage: ‹Ist das eigentlich in Ordnung, was ich da mache, Mrs. Boseley?› Und sie sagt: ‹Ich bin sehr zufrieden.› Und ich sage: ‹Ja, aber ich meine, was liefere ich da eigentlich ab?› Und sie sagt: ‹Wollen Sie das wirklich wissen?› Und ich überleg's mir und sage: ‹Nein, lieber nicht.› Und da hab ich mir gesagt: ‹Das war das letzte Mal, dass du das machst, Gleeson.›

Und dann gibt mir Mrs. Boseley ein paar Monate später wieder einen Wink, und ich sage: ‹Sie sollten sich besser einen anderen Fahrer suchen›, und da steht sie auf und macht ihre Bürotür zu. Ich weiß noch, wie sie das gemacht hat. Dann setzt sie sich hin und sagt: ‹Nein, Sie sind mein Fahrer, Gleeson.› Und ich sage: ‹Ich habe soeben gekündigt.› Und sie sagt: ‹Ich fürchte, das können Sie gar nicht.› Ich sage: ‹Wieso?› Und sie sagt: ‹Weil ich nie einen ebenso zuverlässigen Fahrer wie Sie finden würde›, und ich sage ‹Bockmist› oder so was in der Art, und sie sagt nur: ‹Und überhaupt kann ich das nicht zulassen.› Und da krieg ich das Gefühl, dass was faul ist. Also sage ich: ‹Wieso nicht?› Und sie sagt: ‹Weil Sie jetzt mit drinstecken, ob's Ihnen passt oder nicht. Wir sitzen im selben Boot und kommen gemeinsam durch oder gehen gemeinsam unter›, sagt sie. Ich sage: ‹Was habe ich denn da ans ‹Dude's› geliefert?› Und sie sagt: ‹Kleine Mengen Heroin für medizinische Zwecke. Bloß kleine Mengen; nur für einen alten Großvater, der in China heroinsüchtig wurde und jetzt regelmäßig Stoff braucht, und die Einfuhrgesetze sind da so albern.› Und dann gibt sie mir hundert Pfund, im Voraus.»

Diese Geschichte hatte Duffy noch nie gehört, aber das Schema des Geständnisses schon Millionen Mal – an einem Verhörtisch, aus dem Zeugenstand, in einer Polizeizelle. Zuerst hieß es: «Ich bin doch der Herr Saubermann»; dann hieß es: «Seht nur, wozu man mich gezwungen hat.» Und da hätte man gern gesagt: Wenn du *wirklich* «Der Herr Saubermann» wärst, hättest du gar nicht zugelassen, dass «man dich dazu zwingt». Aber das wäre bloße Zeitverschwendung gewesen. Duffy glaubte Gleeson die Geschichte mehr oder weniger;

zumindest waren seine Zweifel nicht so groß, dass er Gleeson deswegen geschlagen hätte.

«Weiter.»

«Na ja, so ist es dann eben weitergegangen. Ich liefere nur. Ich werde nur für die Fahrten bezahlt.»

Das konnte stimmen, aber Duffy glaubte nicht daran. Es gibt immer einen ersten Punkt, an dem ein Gangster seine Geschichte abbrechen will. Er denkt, mehr können sie mir eh nicht nachweisen, also höre ich hier auf. Genau das machte Gleeson gerade. Bloß waren die Umstände eben etwas anders. Duffy brauchte gar nichts zu beweisen. Die Beweislast hatte sich verlagert. Es war an Gleeson, Duffy zu beweisen, dass er ihm alles erzählt hatte, was er wusste.

«Und warum wurde McKay abgeschossen?»

«Er klaute Zeug. Um ein Haar hätte er die letzte Lieferung geklaut. Rein zufällig. Dieses Risiko konnten wir nicht eingehen.»

Duffy nahm das Messer und schnitt die Zitrone entzwei. Er kam sich vor wie eine vornehme Teedame, als er etwas Saft in den Löffel auspresste. Er blickte vom Löffel zu Gleeson. Sein Gast sah ganz und gar nicht glücklich aus.

«Weiter.»

«Weiter was?»

Als Antwort schüttete Duffy die kleine Menge weißen Pulvers aus dem Plastikbeutel in die Untertasse. Dann nahm er die Dose Milchpulver, setzte an, um mit dem Messer den Deckel aufzustemmen, überlegte es sich offenbar anders und klopfte den Deckel wieder zu. Und für den Fall, dass Gleeson auf den Gedanken gekommen wäre, zu niesen oder plötzlich heftig zu pusten, stülpte er die Untertasse umgekehrt über die andere, in der das Pulver lag.

«Wer, wie, wo, wann?»

«Nur Mrs. Boseley und Dalby, sonst weiß ich von niemandem, Mrs. Boseley sagt mir nichts.» Das stimmte vermutlich; Heroinhandel wurde normalerweise so straff wie möglich geführt. Darum sagte Duffy lediglich, ebenso sehr dem Tonband wie Gleesons Seelenfrieden zuliebe:

«Und du.»

«Und ich. Das Zeug kommt so alle drei Monate rein. Ich bringe es dann zu Mr. Dalby.»

«Immer?»

«Immer ich. Sonst niemand.»

«Und du lieferst es bei ihm persönlich ab?»

«Ja. Mrs. Boseley ruft an, bevor ich abfahre, und wenn ich ankomme, steht er immer an der Tür.»

«An welcher Tür?»

«Wie meinst du das, an welcher Tür?»

«Wie sieht sie aus, diese Tür?»

«Wie eine Tür eben, eine Holztür, da steht 61 dran.» Aha; natürlich hintenrum.

«Und er bezahlt dich?»

«Nein, er sagt bloß: ‹Danke, mein Bester› oder sonst was Pampiges, und dann macht er die Tür zu.» Das waren drei der vier Fragen gewesen. Jetzt kam die entscheidende.

«Wie?»

«Wie was?»

«Wie kommt es rein?»

Gleeson hielt inne. Duffy schraubte den Deckel von der Plastikflasche ab und goss eine kleine Menge Wasser zu dem Zitronensaft. Er spürte, wie Gleeson die Augen vor den Kopf traten.

«Je nachdem. Mal ist es in dem Ding versteckt, dann wieder woanders. Sie verwenden nie das gleiche System.»

«Was ist es beim nächsten Mal?»

«Weiß ich nicht. Mrs. Boseley weiß das.»

«Woher weiß es Mrs. Boseley?»

«Weiß ich nicht.» Aber er schien sich seines Unwissens nicht sicher zu fühlen. Duffy nahm die Dose Marvel-Milch und stellte sie auf den Boden. Hinter die Kiste. Wo er sie leicht vergessen konnte.

«Es wird mit der Luftfrachtbriefnummer gekennzeichnet. Da steht dann eine 44 drin.»

Duffy stand auf und ging in die Richtung von Mrs. Boseleys Büro. Nach ein paar Schritten blieb er stehen, machte kehrt, kam zurück, nahm die Castrol-Dose, schwenkte sie Gleeson vor der Nase, stellte sie hin und zog wieder ab, alles, ohne ein Wort zu sagen. Er kam zurück mit dem Ordner voller Rechnungen, die Dalbys Firma betrafen, und mit dem Avis-Ordner der bevorstehenden Lieferungen.

«Zeig's mir.» Er fuhr mit dem Finger die erste Seite herunter, bis Gleeson nickte; dann gingen sie der Reihe nach alle Seiten durch. All diese Lieferungen wiesen, ganz wie Gleeson gesagt hatte, eine 44 in der Luftfrachtbriefnummer auf. Duffy schlug den Avis-Ordner auf. Wieder ließ er Gleeson die Arbeit tun, indem er bloß mit dem Finger über die Seite fuhr, bis das Nicken kam. Es kam sehr bald. 783/5236/144. Eine Kiste Litschis in Dosen. Herkunftsort: Hongkong. Ankunftsdatum: Donnerstag. Übermorgen. Kein Wunder, dass sie nervös geworden waren.

«Die ist es?», sagte Duffy und las die Nummer der Aufzeichnung halber vor.

«Ja.»

«Und wo ist das Heroin darin?»

«Weiß ich nicht. So was würden sie mir nicht sagen. Würde ich auch gar nicht wissen wollen. Es wird wohl in einer der Dosen drin sein, denk ich.»

«Wie viele Dosen?»

«Steht auf dem Lieferschein.» Duffy hielt ihm nochmals den Ordner hin und ließ ihn das Lesen übernehmen. «Ein Gros 230-Gramm-Dosen Chung-Mon-Litschis.» Vielen herzlichen Dank. Duffy griff in die rechte Tasche, schaltete das Tonband aus und wurde nun ganz aufgeregt. Und zwar ganz augenfällig.

«Weiter», sagte er.

«Weiter was?» Gleesons Stimmlage erhöhte sich mit seiner Panik.

Duffy fing an, den Löffel über der Kerzenflamme zu erhitzen.

«Der Rest, erzähl mir den verfickten Rest, du Saukerl.» Sein Tonfall schwappte jetzt ein wenig ins Hysterische, jedoch ohne dass seine Hand zu zittern begonnen hätte. Sie zitterte auch nicht, als er die Untertasse abdeckte und vorsichtig die Hälfte der weißen Kristalle in den Löffel kippte. Dann fuhr er mit dem Erhitzen fort.

«Es gibt keinen Rest.»

Aber Duffy achtete kaum noch auf Gleeson. Er war in Gedanken bei toten Babys, die aufgeschlitzt und mit Heroinbeuteln voll gestopft wurden, um dann eilends über die Grenze geschafft zu werden, bevor sie ihre natürliche Farbe verloren. Tote Babys, die unter zwei Jahren alt sein mussten, um von Nutzen zu sein. Wenn du älter als zwei wirst, bist du außer Gefahr: Dann kannst du aufwachsen wie irgendein anderes Kind. Aufwachsen und ein Junkie werden, wenn du willst, oder ein Dealer; es ist ja ein freies Land.

Und er dachte an ein ernst aussehendes Mädchen mit dunklem Haar und Augen, die immer größer wurden, während ihr Körper verkümmerte. Ein Mädchen, das intelligent genug war, um zu erkennen, dass es ihre eigene Charakterschwäche war, die sie umbrachte. Ein Mädchen mit einem Teppich, der nach ihren ausgespülten Spritzen roch. Ein Mädchen, vor dem er geflohen war, um nicht erfahren zu müssen, was mit ihr geschah.

Diese beiden Gedanken vermochten Duffys Verstand ganz wunderbar zu konzentrieren.

«Es gibt keinen Rest», wimmerte Gleeson. «Mehr wollte mir Mrs. Boseley nicht erzählen. Ich weiß nicht, woher es kommt.»

Duffy blickte auf die aufgelöste Flüssigkeit in dem Löffel. Er scherte sich einen Scheißdreck um Gleeson, genau wie Gleeson sich einen Scheißdreck um Lesley geschert hätte. Oder um all die andern. Er legte den Löffel hin und wischte grob den Dreck von der Nadel der Spritze. Er näherte die Nadelspitze dem Löffel.

«Marvel», war alles, was Gleeson hervorbrachte. Dann, nochmals, leise: «Marvel.»

Duffy legte die Spritze hin, ging um die Kiste herum zu der Milchpulverdose und versetzte ihr einen scharfen Fußtritt. Gleeson hörte, wie die Dose fünfzehn Meter weit entfernt hinter ihm landete; dann hörte er sie rollen, gegen etwas prallen und anhalten. Das war das letzte, was er von der Dose hören sollte. Seine Kehle gab einen unwillkürlichen Quieklaut von sich.

«Es gibt keinen Rest», wiederholte er. Er sprach sehr leise, als hätte er vor der Dose Castrol ebenso viel Angst wie vor der Spritze. Duffy tauchte die Nadelspitze in die Lösung und zog den Kolben zurück. Die Flüssigkeit wurde gleichmäßig in den durchsichtigen Kunststoffzylinder der Spritze gesogen.

Duffy legte die Spritze kurz hin. Er griff in seine Tasche und holte eine Schneiderschere und ein Stück Bindfaden heraus. Er schnitt Gleesons rechten Ärmel auf, dem Unterarm entlang durch Jacke und Hemd zugleich. Er schlug die schlackernden Partien grob zurück und schnürte den Arm gleich über dem Ellbogen mit dem Bindfaden ab. Er schaute einen Moment zu und sah, wie die Venen am Unterarm hervortraten. Gleeson hatte noch gute Venen im Unterarm, gesunde, fette, fixfähige Venen. Vielleicht sollte er Gleeson ins Handgelenk fixen, knapp unterhalb der Handschelle. Oder in die Weiche.

Duffy fühlte sich, als würde er gleich platzen. Sein Ohr pochte. Er nahm die Spritze, richtete sie empor und drückte leicht auf den Kolben. Die Lösung spritzte in einem dünnen Bogen heraus und bekleckerte die Packkiste, auf der er gesessen hatte. Er stellte sich vor, wie es aus Lesleys Nadel gespritzt hatte, wenn sie die völlig bedröhnt gegen ihren Teppich gerichtet hatte. Ein plötzlicher Gedankensprung, und er sah es aus seinem Schwanz spritzen, als er unten in Dalbys dämmeriger Wichshöhle gesessen hatte. In hohem Bogen runter auf den Teppich; genau gleich. Duffy war etwas aufgeregt; er war wohl ein wenig verrückt geworden.

Die Venen an Gleesons Handgelenk boten ihm eine breite Auswahl. Duffy beugte sich über sie. Er drückte mit der linken Hand den Arm fest runter und führte die Nadelspitze auf eine breite, gewundene Vene zu. Gleeson fiel in Ohnmacht; durch die plötzliche Verlagerung seines Gewichts wäre der Stuhl um ein Haar auf die Seite gekippt.

Duffys Ohr schmerzte. Auch sein Rücken schmerzte. Seine Hand ebenfalls; er war das Verprügeln von Leuten nicht mehr gewohnt. Er legte die Spritze zurück und ging durch die Halle zu der Stelle, wo die Dose Marvel-Milch gelandet war. Er hob sie auf, ging zurück und steckte sie in seine Reisetasche. Dann verstaute er auch die anderen Sachen – die Zitrone, die

Flasche, die Untertassen, die gefüllte Spritze. Er schloss die Handschellen auf und steckte sie weg. Dann löste er die Fesseln an Gleesons Fußgelenken. Jetzt war er nur noch lose an den Stuhl gebunden. Duffy wartete, bis Gleeson zu sich kam. Das ging etwa fünf Minuten, aber das machte nichts, denn Duffy brauchte auch Zeit, um sich zu erholen.

Gleeson schlug die Augen auf, und seine Koteletten erbebten, als er sich ins Bewusstsein zurückschüttelte. Als erstes stellte sich Duffy vor ihn hin, drehte sich um, schlug hinten seinen Blouson hoch, zog das Hemd aus der Jeans und zeigte ihm das Tonbandgerät. Gleeson konnte offensichtlich nicht begreifen, warum er nicht tot war; aber Duffy hatte keine Lust, ihm dabei zu helfen.

«So», sagte er. «Das habe ich alles aufgezeichnet, und so, wie die Richter gegenwärtig eingestellt sind, würde ich sagen, dass du mindestens zehn Jahre kriegst. Es sei denn, du stößt auf einen Softie, der dir vielleicht nur acht verpasst. Jetzt hast du zwei Möglichkeiten zur Auswahl, die kluge und die dumme. Die dumme Wahl wäre, dass du nicht tust, was ich sage, mit dem Erfolg, dass du zehn Jahre kassierst und Boseley und Dalby möglicherweise ungestraft davonkommen. Die kluge Wahl bedeutet, dass wir Boseley und Dalby drankriegen, und wenn wir's so deichseln können, kommst du weg; wenn sie dich verpfeifen, kommst du ins Loch, aber dann setze ich mich für dich ein und sage, dass du dich gemeldet und freiwillig Informationen geliefert hättest. Dann kriegst du vielleicht vier oder fünf.»

Duffy nahm an, dass Gleeson sich für die kluge Variante entscheiden würde, und erklärte ihm genau, was er von ihm erwartete. Als er damit fertig war, fügte er hinzu:

«Übrigens, falls dir einfallen sollte, statt der klugen Variante was machen zu wollen, was dir noch klüger vorkommt –

von diesem Tonband lass ich binnen einer Stunde drei Kopien ziehen und an verschiedene Adressen schicken.»

Gleeson nickte. Er hatte kein Wort mehr gesagt, seit er die Nadel hatte auf sich zukommen sehen. Duffy hoffte, dass ihm der Schrecken nicht endgültig die Sprache verschlagen hatte; immerhin würde man ihn vielleicht noch im Zeugenstand brauchen.

«Die Seile sind ziemlich lose», sagte er, als er davonging. «Stell den Stuhl wieder dahin, wo ich ihn gefunden habe, ja? Oh, und mach das Licht aus, wenn du gehst.»

Duffy raste zu Bells Wohnung – nicht aus Notwendigkeit, sondern aus bloßem Übermut. Er gab das Tonband ab und überließ Geoff das Kopieren und den Versand. Dann fuhr er zurück in seine Wohnung und packte seine Tasche aus. Er spritzte den Inhalt der Nadel ins Spülbecken. Dann holte er den Plastikbeutel mit der ungebrauchten Hälfte der Kristalle hervor und schüttete sie vorsichtig und behutsam zurück in das Salzfässchen, wo sie hingehörten.

9

Am nächsten Morgen rief er als erstes Hendrick an.

«Äh, hier Duffy, Mr. Hendrick. Gute Neuigkeiten. Ich hab die Feuerzeuge gefunden.»

«*Was* haben Sie?»

«Ich hab die Feuerzeuge gefunden. Gestern hab ich den Schuppen kontrolliert, und da hab ich sie in der Toilette gefunden. Ich würde sagen, da haben sich in der Mittagspause mal ein paar Kids reingeschlichen. Ich fürchte, ein paar davon haben sie geklaut, aber der größte Teil ist noch da.»

«Prima, Duffy, *gut* gemacht.»

«Ich schätze, wir können also sagen, dass es McKay war.»

«Zu diesem Schluss müssen wir wohl kommen. Armer Kerl. Dabei wirkte er so vertrauenswürdig.»

«Tja, man kann eben nie wissen, nicht wahr?» Hätte McKay acht Vorstrafen für Einbruch und nochmals zehn für Hehlerei gehabt, so hätte ihm Hendrick vermutlich noch mehr vertraut.

«Nein, das kann man wirklich nicht.»

«Dann werd ich jetzt die Feuerzeuge weiterleiten, ja? Und das wär's dann gewesen. Übrigens hab ich mir bei Mrs. Boseley 'ne Kündigung eingehandelt, damit kommt das dann ja ganz gut hin.»

«Oje, das tut mir aber Leid, Mr. Duffy, wie ist denn das passiert?»

«Na ja, ehrlich gesagt, hat sie wahrscheinlich das Richtige getan. Ich bin mit der Arbeit nie wirklich froh geworden.»

«Ach. Manche von den Leuten sind mit großer Begeisterung dabei, müssen Sie wissen.»

«Ja, das haben sie mir gesagt.» Er dachte an Casey, wie er ihn mit einem «Fotze, höhö» in den Bizeps knuffte. «Dann werden Sie also morgen meine Rechnung bekommen, Mr. Hendrick, und ich hoffe, Sie nehmen's mir nicht übel, wenn ich sage, dass ich Ihnen für prompte Bezahlung sehr verbunden wäre. Die Zeiten sind nicht gerade einfach, wie Sie selbst wohl nur zu gut wissen.»

«Allerdings. Also, danke schön. Auf Wiederhören.»

Duffy holte das Branchentelefonbuch hervor und schlug unter «Lebensmittelimport» nach. Drei Anrufe brachten ihm ein Knapp-daneben, ein Verpiss-dich und ein Falsch-verbunden ein. Er kämpfte sich weiter voran. Schließlich brachte er es zu einem Ja: genauer gesagt, den drei Ja, die er brauchte. Größe, Marke und Verfügbarkeit. Dann folgten zwei Ja seinerseits. Ja, ein Gros. Ja, er habe tatsächlich viele chinesische

Freunde. Und ein Nein. Nein, er brauche nichts für das Hauptgericht.

Er holte sie auf dem Weg zur Arbeit ab. Litschis im Wert von fünfundsechzig Pfund schepperten im Laderaum seines Lieferwagens herum. Damit geriet er bei diesem Job in die roten Zahlen, und Gleesons wohlabgegriffene Ein-Pfund-Noten hatte er bereits ausgegeben, ja, er hatte sich geradezu verausgabt. Vielleicht könnte er von den Dingern ja auch essen, dachte er.

Der Mann am Tor zum Frachthof winkte ihn durch. Komisch, in letzter Zeit hatte es gar keine von diesen Stichproben-Kontrollen mehr gegeben. Er fragte sich, warum. Ein Karton Litschis würde nicht eben überzeugend aussehen, sodass er gut daran tat, die Quittung von der Sino-Pak Food Company sicher aufzubewahren.

Dalbys Lieferung war erst am nächsten Tag, Donnerstag, fällig, aber Duffy wollte kein Risiko eingehen. Es war schon vorgekommen, dass eine Lieferung zu früh eintraf, und so wollte er auch für diese Möglichkeit vorbereitet sein.

Aber es kam nicht so. Air Kakerlak hielt sich an den Fahrplan. «Alle 144 Dosen Litschis kamen ums Leben», fing Duffy für sich an, «als eine DC-10 …» Das wäre Ironie des Schicksals. Er hatte sich schon Sorgen um Freunde gemacht, die ein Flugzeug nahmen – als Carol für zehn Tage mit jemandem nach Sizilien flog –, aber noch nie um Frachtgut. Flieg bloß nicht in der Dunkelheit ab, flüsterte er plötzlich in Richtung Hongkong.

Der Mittwoch verlief ruhig. Duffy ging Gleeson aus dem Weg, ging Mrs. Boseley aus dem Weg, ging, ohne besonderen Grund, sogar Tan aus dem Weg. Er nahm sein gewohnt geselliges Mittagessen mit Casey ein und ertappte sich nachher dabei, wie er an seinem Lieferwagen nervös das

Schloss der Heckklappen kontrollierte. Ja, sie waren abgeschlossen.

Am Donnerstag rief er Willett und Carol an und fragte sie nach ihrer Arbeitszeit in den nächsten zwei Tagen.

Willett antwortete in einem Tonfall, den Duffy erkannte: dem Tonfall, der ausdrückte: «Ich stelle keine Fragen, und du verrätst mir nichts, und dieser Anruf hat nie stattgefunden.» Carol antwortete in einem Tonfall, der Duffy ebenso vertraut war: dem Tonfall, der ausdrückte: «Lädst du mich zu dir ein? Lädst du mich zum Ausgehen ein?», und am Ende enttäuscht klang, als Duffy auflegte, ohne konkret geworden zu sein.

Als er wieder zur Arbeit ging, war er unruhig. Er parkte seinen Lieferwagen auf halbem Weg zwischen dem Frachthofeingang und Hendrick Freight, in einer kleinen Sackgasse, die zum Schuppen einer inzwischen bankrotten Speditionsfirma führte. Er ging zu Fuß in den Betrieb und wurde unterwegs von Casey überholt, der zur Begrüßung hupte, wild beschleunigte, auf den Gehsteig fuhr und im letzten Augenblick das Steuer herumriss, als Duffy schon dachte, er müsste auf die Kühlerhaube springen oder eine dreieinhalb Meter hohe Mauer erklimmen.

«Drangekriegt», sagte Casey, als Duffy entnervt und geschockt eintraf.

«Fotze», knurrte Duffy.

«Höhö.»

Das Problem war, dass es in den nächsten Stunden auf Gleeson ankommen würde. Sie hatten seit ihrem Abend im Schuppen kein Wort gewechselt; sie hatten einander kaum angesehen. Das einzige äußere Anzeichen, dass überhaupt etwas geschehen war, bestand darin, dass Gleeson eine andere Jacke trug als die, in der er normalerweise zur Arbeit kam. Duffy fragte sich, wie er das wohl seiner Frau erklärt hatte:

diesen sauberen Schnitt und außerdem das aufgeschlitzte Hemd. Aber das war Duffys kleinstes Problem. Und ganz gewiss auch Gleesons kleinstes.

Um elf fand Duffy Gleeson hinter einem Stapel Kisten versteckt, wo er auf seinem Klemmbrett eine Liste abhakte. Sonst war niemand zu sehen. Duffy gab ihm die Schlüssel zum Lieferwagen. Ein hässlicher Gedanke ging ihm durch den Kopf, und so sagte er nur leise:

«Die Tonbänder sind ganz prima geworden.»

Dabei ließ er es bewenden und wanderte dann zurück in seine Dummenecke. Den Rest des Tages schenkte er dem Betrieb im Schuppen keine besondere Beachtung. Er schob seinen Karren herum, lud nach Wunsch auf oder ab, stattete mit Casey der Kantine den voraussichtlich letzten Besuch ab und zog den Kopf ein. Das Letzte, was er jetzt wollte, war, dass Mrs. Boseley den Verdacht bekam, dass er sich auch nur im Geringsten für eine bestimmte Lieferung aus einem bestimmten Teil des Schuppens interessierte. Auch hatte er keinen Bock darauf, sich jetzt noch von einem Gabelstapler umsäbeln zu lassen. Um zwei Uhr gab er sich alle Mühe, nicht hinzusehen, als Mrs. Boseley geschäftig aus ihrem Glasverschlag kam und Gleeson ansprach. Vielmehr ging er ganz bewusst zu seinem Spind und fummelte darin herum, damit er nicht sehen würde, wie Gleeson einen der firmeneigenen Lieferwagen holte und ihn rückwärts an einen bestimmten Stapel frisch eingetroffener Fracht heranfuhr.

Aber von da an konnte er an nichts anderes mehr denken als an das, was nun geschehen sollte. Gleeson würde ungefähr jetzt rückwärts in die Sackgasse fahren. Er würde die Türen des Lieferwagens öffnen. *Jetzt* würde er seine Entscheidung fällen müssen. Die einzige Entscheidung, die Duffy Gleeson hatte überlassen müssen, da er nicht vorhersehen konnte, wie Dalbys Litschis verpackt sein würden. Gleeson musste nun entweder die Frachtunterlagen auf den Karton kleben, den Duffy gekauft hatte, oder dann musste er mühsam beide Kartons aufmachen und ein Gros konservierter Litschis in beide Richtungen umlagern. Ohne dabei eine ganz bestimmte Dose (die er unter diesen Umständen nicht als diese erkennen würde) fallen zu lassen oder mittendrin nachlässig zu werden.

Jetzt fuhr er die M4 entlang. Vorsicht, ein Lastwagen. Vorsicht, die Brücke, wo McKay abgeschossen wurde. Vorsicht, ein Bus. Vorsicht, ein Dreirad. Vorsicht, eine Kakerlake. Pass auf, dass dir die Taube dort nicht auf die Windschutzscheibe kackt. Sieht nach Regen aus – schnell die Scheibenwischer einschalten, Gleeson, die *Scheibenwischer.* Nicht bei Rot über die Ampel. Schön ruhig. Vorsicht, ein Polizist. Gut gemacht, da wären wir, Nummer 61. Klingeln, wie üblich katzbuckeln, die Ware abgeben, vor Mr. Dalby ehrerbietig an den Koteletten zupfen, so ist's recht, und zurück in den Transit. Schön vorsichtig auf der Rückfahrt – du hast noch meine Wagenschlüssel. Keine Risiken eingehen. In den dritten Gang runterschalten. Ja, machst du sehr gut. Durch das Tor. In den Frachtschuppen. Auskuppeln; Handbremse; Zündung. Spitze.

Gleeson ging zu Duffy und schmiss ihm die Schlüssel aus einem halben Meter Entfernung ziemlich heftig zu. Vielleicht hatte er auf der Rückfahrt noch an eine Möglichkeit gedacht, von der ihm Duffy nichts gesagt hatte: Was ist, wenn Dalby sofort bemerkt, dass er nicht bekommen hat, was er erwartet? Duffy hatte eine Antwort parat, nur für den Fall. Dalby würde offensichtlich eine Weile brauchen, bis er alle Dosen abgecheckt hätte; und außerdem würde er vielleicht damit warten, bis er zu Hause war. Und was würde er dann finden? Die richtigen Dosen, die richtigen Frachtunterlagen, aber kein Horse. Das würde er wohl kaum dem Kurier von Heathrow anlasten; wenigstens nicht sofort. Er würde vermutlich annehmen, dass in Hongkong etwas schief gelaufen sei.

Aber Dalby könnte früher als erwartet mit Mrs. Boseley an der Strippe hängen. Deshalb beschloss Duffy, es sei an der Zeit, seine Verbindungen mit Hendrick Freight zu lösen. Er schlenderte hinauf zum Glasbüro und nahm unaufgefordert Mrs. Boseley gegenüber Platz. Sie blickte auf: die hohen Backenknochen, das nach hinten gezerrte Haar, die kalten, toten Augen. Er ertappte sich bei dem Gedanken: ‹Ich hoffe, du bist *grau*, wenn du wieder rauskommst; ich hoffe, dass du drinnen vor die Hunde gehst; ich hoffe, dass du danach solche Albträume hast, dass du kleine bunte Pillen schlucken musst, und ich hoffe, dass du süchtig wirst und immer noch mehr davon frisst und abmagerst, bis dir deine Polaraugen aus dem Gesicht springen.› Verzeihen können gehörte nicht zu Duffys Tugenden. Aber er sagte bloß:

«Also, dann geh ich jetzt.»

«Was?»

«Ich dachte, ich geh jetzt. Mach Ihnen keinen Ärger mehr. Hole meine Papiere ab. Sie können mich gleich auszahlen. Ich habe keine Lust, morgen nochmals herzukommen.»

«Es soll mir ein Vergnügen sein.» Sie zahlte ihn aus und gab ihm seine Papiere. Sie wirkte entspannter denn je, seit er im Frachtschuppen angefangen hatte. Gestern war sie nervös gewesen – und sehr verwirrt, dass er die Feuerzeuge auf diese Weise «gefunden» hatte. Jetzt wirkte sie zwar nicht gerade heiter, aber sie war doch ganz die alte – in beängstigendem Maße beherrscht. Er konnte nicht umhin, ihr beim Gehen noch eins auszuwischen.

«Übrigens, Mrs. Boseley, wofür steht eigentlich das ‹E›?»

«Wie bitte?»

«Steht es für Eva?»

Sie fixierte ihn mit einem eisig unamüsierten Blick.

«Elizabeth? Egbert, Ethelred? Eisschrank?»

«Es steht für Er, A, U, Es, Duffy, verflixt nochmal.»

Er schenkte ihr sein nervendstes Grinsen und trampelte dann die Treppe hinunter. Als er seinen Lieferwagen erreichte, kam ihm ein unangenehmer Gedanke. Wenn Gleeson nun direkt zu Dalby gefahren war? Wenn er sich nun abgeseilt hatte und bereits auf dem Weg ins Ausland war oder so? Zum Flughafen war es ja schließlich nicht eben weit, oder?

Aber die Dosen waren vertauscht worden, und Duffy überlegte, wie wirklichkeitsfremd seine Ängste gewesen waren: Typen wie Gleeson hauten nicht ab. Erstens war ihnen das Ausland sowieso zuwider. Sie saßen lieber in einem englischen Gefängnis ein paar Jahre ab und konnten dabei die Morgenzeitung lesen und einheimische Kost essen, als sich in irgendein heißes Land abzusetzen, wo es nur verwürztes Essen und unfreundliche Eingeborene gab. Nicht, dass sich Duffy darüber erhaben gefühlt hätte: Er würde sich lieber für längere Zeit in einer englischen Zelle einmieten, als im wildesten fremdländischen Luxus zu schwimmen.

Er fuhr behutsam nach Hause, unsinnig besorgt um das Wohlergehen der Dosen. Er schleppte sie in die Küche und stellte sie auf das Abtropfbrett. Er kramte einen Dosenöffner hervor und machte eifrig die erste Konserve auf. Zwei Litschis schwammen obenauf. Er tauchte den Zeigefinger hinein und rührte damit um. Die Früchte fühlten sich ungemütlich glatt an; es war, als tauchte man seinen Finger in eine Dose voller Augäpfel. Er nahm eine davon heraus und biss hinein. Ihr Parfüm war so stark wie ihr Geschmack: Es war, als äße man den Duft von Rosen. Duffy hielt nicht viel davon, Rosenduft zu essen. Er dachte, dass er am Ende viele Dosen übrig haben würde.

Er war im Begriff, die erste Dose wegzuschmeißen, als ihm ein beunruhigender Gedanke kam. Wenn nun das Heroin in gelöster Form darin war, wie Willett erwogen hatte? Wenn es nun in einer der Dosen herumschwappte oder in mehreren? Das würde die Sache vermasseln. Mit einem Mal niedergeschlagen, machte er sich an die zweite Dose. Dann die dritte. Bei der vierten glitten seine Finger, die vom Stochern in den Dosen klebrig waren, ab, und der Dosenöffner klapperte über den Boden. Scheiße. Diese Übung würde seine Laune nicht verbessern.

Er stellte die offenen Dosen in Zehnerreihen auf dem Küchentisch auf. Zehn, zwanzig, dreißig. Duffy hatte schon mehr Litschis gesehen, als er zeit seines Lebens sehen wollte. Vierzig, fünfzig. Und noch ein guter Grund, nicht ins Ausland zu gehen – man lief weniger Gefahr, Litschis vorgesetzt zu bekommen. Sechzig, siebzig. Duffy fiel seine Definition der Hölle ein: In einem Jumbo der Air Kakerlak zu fliegen und mit nichts als Litschis gefüttert zu werden. Achtzig, sechsundachtzig, siebenundachtzig. OHO. OHO.

Unter den drei Litschis, die im Sirup obenauf schwammen, lag ein Päckchen. Vorsichtig schöpfte Duffy die drei Früchte heraus und legte sie zuoberst in Dose sechsundachtzig. Dann wusch er sich die Hände. Dann breitete er neben Dose Nummer siebenundachtzig eine doppelte Lage Küchenpapier auf dem Tisch aus. Er hätte einen kleinen roten Teppich ausgerollt, wäre einer greifbar gewesen.

Er steckte drei Finger hinein und hievte einen rundlichen Plastikbeutel heraus. Er legte ihn auf das Küchenpapier und hielt dann die Dose hoch, um sie zu inspizieren. An einer Stelle im Rande der Umhüllung war ein kleiner Riss, und in der

Krümmung des «g» von Chung Mon schien ein Nadelstich zu sein. Sonst nichts, es sei denn, dass Duffy etwas übersehen hatte. Aus seiner Warte wirkte der Nadelstich in der Aufschrift geradezu auffällig; aber aus der anderen Warte, derjenigen des Zolls? Duffy versuchte sich vorzustellen, wie das war, wenn man so was als einzigen Hinweis hatte und eine Lieferung von Konserven nach der anderen reinkam. Die kamen regelmäßig durch, Monat für Monat, und dann war da plötzlich einmal eine Dose mit einem Nadelstich. Welche Chance hatten da Willett und seine Kollegen?

Duffy tupfte das Plastikpäckchen trocken. Es war oben fest verschnürt mit dünnem Draht. Er entfernte den Draht und öffnete das Päckchen. Drinnen war ein zweites, auf den Kopf gestellt. Er klaubte es heraus; es war so fest verschnürt wie das erste, diesmal aber mit Bindfaden. In seinem Innern war wiederum ein Päckchen, diesmal mit Drahtverschluss. Duffy stellte sich Carols Stimme vor: He, Duffy, versucht dieses Horse denn auszubrechen? Er lächelte für sich. Er blickte in den dritten Beutel, und da war es: lag zufrieden da und wiegte sich in Sicherheit. Er leckte einen Finger ab und schmeckte das feine weiße Pulver; es war bitter und salzig. Er verschloss den Beutel wieder. Er wog ihn in der Hand; wenn er die drei Litschis wegrechnete, die als Füllmaterial hineingegeben worden waren, und den Saft, dann waren da vielleicht 180 Gramm.

Dann wandte er sich wieder den Dosen zu. Sehr anstrengend für seine Finger. Vielleicht sollte er sich einen elektrischen Dosenöffner zulegen. Nein, vielleicht doch nicht; allzu viele Jobs von dieser Sorte würde es wohl nicht mehr geben. In Dose 117 fand er noch einen Beutel. Er klaubte ihn heraus und legte ihn neben den ersten auf das Küchentuch. Dann kämpfte er sich weiter. Der Rest der Dosen erwies sich als zumindest in dieser Hinsicht fruchtlos. Am Ende betrachtete er seinen Küchentisch. Einhundertvierundvierzig geöffnete, triefende Dosen Litschis gähnten ihn an. Es sah aus wie eines von diesen Rummelplatzspielen, bei denen man einen Pingpongball nach einer Gruppe von Goldfischgläsern werfen muss: Der Ball hüpft eine Weile von Rand zu Rand, und wenn er in ein Glas fällt, gewinnt man einen Preis. Duffy hatte zwei Preise gewonnen.

Er holte zwei große Müllsäcke aus Plastik und schüttete die ganzen Litschis in den einen; dann warf er alle Dosen (nachdem er behutsam alle Deckel zugedrückt hatte) in den anderen. Dann wischte er den Küchentisch sauber und wechselte das Küchenpapier unter den Heroinbeuteln, als wäre es eine Windel. Dann setzte er sich hin und betrachtete sie eine ganze Weile.

Er hatte vor, beide Portionen in ihren Beuteln zu lassen, bis ihm einfiel, was Willett gesagt hatte. Falls die zwei Beutel durch irgendeinen Zufall aus verschiedenen Fabriken stammten, würde das alles vermasseln. Behutsam kippte Duffy den Inhalt in ein Marmeladenglas. Zwei Minuten lang schüttelte er es kräftig. Dann verteilte er das Heroin von neuem: Er hatte sechs kleine Beutel, in die er es aufteilen konnte. Die Hälfte schüttete er zurück in den einen Beutel, den er mit Draht zuband. Die andere Hälfte verteilte er unter die anderen fünf Beutel und band sie oben zu. Wenn es so verteilt war, waren sie nicht mehr als einen halben Zentimeter dick, wenn er sie zusammendrückte. Das müsste gehen.

Er wusch das Marmeladenglas gründlich aus und schrubbte den Küchentisch sauber. Dann kam ihm ein Gedanke. Er machte den schwarzen Müllsack mit den Dosen nochmals auf und nahm ein paar davon heraus. Er löste den Draht an Dalbys kleinem Päckchen und träufelte ein wenig Litschisirup auf das Heroin. Das müsste die Sache etwas erleichtern. Noch mehr helfen könnte er denen echt nicht mehr, es sei denn, er hätte ihnen auch noch die Haftbefehle getippt, dachte Duffy. Wenn das staatliche Chemielabor wirklich so schwer auf Draht war, wie Willett gesagt hatte, würden sie die Flüssigkeit, die in Dalbys Horse gesickert war, sehr bald identifizieren. «Ach ja, Mr. Dalby, haben Sie nicht am soundsovielten ein Gros Litschikonserven in Empfang genommen?» Duffy stellte sich Dalbys Antwort vor: «Ja, das habe ich, und ich habe jede einzelne persönlich aufgemacht, und in *keiner* davon war mein Heroin.» – «Besten Dank, Mr. Dalby. Damit ist der Beweisvortrag der Anklage abgeschlossen.»

Unterwegs zu seinem Lieferwagen stellte Duffy seine schwarzen Säcke hin. Er hoffte, dass der mit den Früchten nicht platzen würde. Über dreißig Kilo süßer Augäpfel, die, nach Rosenduft schmeckend, die Straße runterkullerten: Das hätte ihm gerade noch gefehlt. Erleichtert hievte er sie in den Laderaum des Lieferwagens. Dann die Dosen. Dann streifte er seine Rallyehandschuhe über und ging zurück in die Wohnung. Er wischte die Plastikbeutel sehr sorgfältig sauber und ließ dann die fünf schlanken Päckchen in seine rechte Blousontasche gleiten. Dalbys Päckchen hätte er auch mitnehmen können; er entschied sich aber dagegen und steckte es stattdessen in den Kühlschrank.

Letzter Lieferwagen nach Schieber-City, dachte er, während er die M 4 entlangzuckelte. Es war 21.30 Uhr. Die Jumbos hatten sich wieder in bloße farbige Lichter am Himmel verwandelt; wie sie so dahingen und sich kaum bewegten, erwartete Duffy jeden Moment, dass sie plötzlich erlöschen würden wie die letzten nachziehenden Funken einer Feuerwerksrakete. Aber das taten sie nicht. Nein, das würden sie nicht tun, nicht wahr, solange sie Duffy nerven konnten: Das gab ihnen einen Daseinsgrund. Und natürlich hatten heute Abend alle Piloten beschlossen, die M 4 zu nehmen. «Also, ich hatte ja ursprünglich an die Nordumfahrung gedacht, aber dann hab ich beschlossen, diesem Duffy noch ein letztes Mal mit den Flügeln zu winken – weißt du, plötzlich ein paar hundert Fuß absacken, die Düsen ausschalten und in seine Richtung trudeln. Hat ihm nicht gefallen. Ist direkt über den Pannenstreifen ausgeschert und in einen Straßengraben weggetaucht. Komischer Vogel.»

Die Sache im Frachtschuppen war schnell erledigt. Dritte Schublade von oben auf der rechten Seite, das war alles, was ihn bei diesem Besuch interessierte. Er löste die Klemmen am Fotorahmen und schob die fünf dünnen Beutel zwischen den Rückenkarton und das Foto von Dalby; dann klemmte er ihn wieder fest. Er war etwas enger als zuvor, aber Duffy bezweifelte, dass Mrs. Boseley es bemerken würde. Sie hätte nur Augen für dieses pausbäckige englische Gesicht, diesen süßen Kahlkopf, diese niedliche kleine runde Goldrandbrille. Wann sie sich das wohl ansah?, fragte sich Duffy: Wenn der Tag gut lief, oder wenn der Tag schlecht lief? Warum hatten die Leute überhaupt Fotos auf ihrem Schreibtisch stehen? Duffy wusste es nicht. Duffy hatte nicht einmal einen Schreibtisch.

Wieder in seiner Wohnung, hatte Duffy noch ein paar Stunden totzuschlagen. Er schrubbte den Küchentisch ein weiteres Mal, wusch das Marmeladenglas nochmals aus, aß eine Schweinefleischpastete und setzte sich vor den Fernseher. Das Dumme war nur, dass er laufend den Sender wechseln musste. Er genoss eine Wiederholung von *Der unsichtbare Dritte,* als ihm plötzlich einfiel, dass Eva Marie Saint die perfekte Besetzung für die Rolle von Mrs. Boseley gewesen wäre. Er schaltete weg von einem Komiker-Duo, weil der Dicke immer sein Gesicht verzog und Duffy ihm bloß ein Paar Koteletten aufzumalen brauchte, um Gleeson vor sich zu haben. Und ein dreiviertelstündiger Film auf BBC 2 über eine Sozialarbeiterin, den Duffy zwar enorm langweilig fand, aber für völlig ungefährlich hielt, traf ihn bei einer Fallbesprechung plötzlich wie ein Faustschlag ins Gesicht; eine der anderen Sozialarbeiterinnen sah aus wie Lesley. Er gab das Fernsehen auf, überprüfte noch einmal Willetts und Carols Zeitpläne und drehte dann ein spätabendliches Radioprogramm mit Zuschauerbeteiligung an. Es drehte sich um die Verteilung der Einkünfte aus den britischen Nordsee-Ölvorkommen und erwies sich als harmlos.

Um ein Uhr früh stopfte er den übrig gebliebenen Beutel Heroin in seinen Blouson und brach auf. Er hatte das Türschloss von Nummer 61 ausführlich inspiziert und ein halbes Dutzend Schlüssel zurechtgelegt, die er als erste ausprobieren wollte. Er war ziemlich zuversichtlich, dass einer davon passen würde. Er hatte keine Lust, allzu lange vor der Tür zu stehen und dem fernen Tritt eines eifrigen jungen Bullen zu lauschen, einer Neuausgabe des Duffy von früher. Versuchter Einbruch und Heroinbesitz klangen nicht nach einem Vergehen, bei dem er einfach so mit einem Freispruch davonkäme.

Aber beim dritten Schlüssel gab die Tür nach. Nun konnte er nur noch hoffen, dass Dalby nicht gerade eine seiner Angestellten beturtelte oder in diesem Augenblick einen postkoitalen Kopfsprung in seine Badewanne machte. Das Büro war leer; das Schlafzimmer dahinter war leer; aus Neugier blickte Duffy ins Bad. Hmmm, sah ganz wie ein normales Bad aus; enttäuschend. Er nahm den Beutel Heroin aus der Blousontasche und dachte nach. Dann fiel es ihm ein. Wo würden pausbäckige kleine Engländer ihre Schätze verstecken? Dort, wo sich früher der Zauber ihrer Kindheit entfaltet hatte. Duffy schob den Beutel Heroin unter Dalbys Kopfkissen. Der ausgefallene Milchzahn von einst konnte sich in ein Sixpence-Stück verwandeln. Das Heroin konnte sich in Tausende von Träumen verwandeln, Tausende von Empfindungen, Millionen von Sixpence-Stücken. Es konnte sich auch in ein paar tote Menschen verwandeln. Und in diesem Fall auch in eine lange Gefängnisstrafe.

Er ging aus Dalbys Büro und blickte die Stufen hinunter in die Wichshöhle. Die Kerzen und die Räucherstäbchen waren tot, der Sekt und der Eierkognak in den Teppichen trockneten langsam ein. Der Geruch war ziemlich übel, selbst von da oben. Kein Wunder, dass man viele Bäder nehmen wollte, wenn man einen solchen Betrieb leitete. Er dachte an seine Hand, feucht von der Sektflasche, wie sie höflich wieder auf die näher liegende Brust des Mädchens gelegt wurde. «Du kannst sie anfassen», sagte sie. «Hast schließlich dafür bezahlt. Die sind nicht bloß zum Anschauen.» Duffy machte kehrt und ging.

Am nächsten Morgen um acht machte er den ersten von zwei Anrufen.

«WPC Lucas, bitte», sagte er mit starkem walisischen Akzent.

«Carol, irgendein walisischer Hinterwäldler für dich», hörte er eine Stimme brüllen, während die Muschel unzureichend mit einer Hand zugedeckt wurde.

«Hallo?»

«*Nicht* meinen Namen nennen, hier Duffy. Beziehungsweise dein anonymer walisischer Informant. Dieser Schuppen, vor dem ich dich neulich habe sitzen lassen – das ‹Dude's›. Ich würde sagen, dass irgendwo da drin ein bisschen Heroin sein könnte. Der Bursche benutzt es vermutlich, kurz bevor er ins Bett geht oder vielleicht auch, wenn er schon im Bett liegt.» Er sagte ihr, wo Dalbys Privattür war, damit die Spürnasen von beiden Seiten zu stöbern anfangen konnten. «Ach ja, und nächste Woche wird dich dein anonymer walisischer Informant mal anrufen, um bei einem Essen zu feiern.»

«Oh, D …»

«*Nicht* meinen Namen nennen.» Himmel nochmal, jetzt hätte sie es um ein Haar vermasselt. «Ich meine, wir müssen ja nicht unbedingt ausgehen –» immerhin hatte er sie erst neulich ausgeführt – «wir könnten auch zu Hause bleiben. Ich könnte dir etwas kochen. Ich werde mir ein neues Fertiggericht draufschaffen.»

«Besten Dank für diese Information», erwiderte Carol ganz korrekt.

Dann rief er Willett an und erklärte ihm, ohne zu konkret zu werden, wie er Mrs. Boseleys Schreibtisch auseinander zu nehmen hatte und sie selbst am besten auch gleich. Nachdem er aufgelegt hatte, bedauerte er, dass er nicht einfach gesagt hatte: «Die eine Hälfte steckt in dem Fotorahmen und die andere in Mrs. Boseleys Hintern.» Das hätte ihre Augen ganz schön zum Kullern gebracht.

Er lungerte noch eine Weile in der Wohnung herum, weil er nichts anzufangen wusste. Er wollte nicht dabei sein, wenn die Razzien stattfanden. An Ort und Stelle ganz gewiss nicht, und noch nicht einmal hier, am Telefon. Es gehörte zu seinen Schwächen, dass er nie ein Telefon klingeln lassen konnte, ohne ranzugehen. Wenn er sich das erst einmal beigebracht hätte, könnte er die ganze Zeit in der Wohnung rumsitzen.

Was taten wohl andere Leute, wenn sie nichts zu tun hatten?, fragte sich Duffy. Besuchten ihr altes Mütterlein oder so was, nahm er an. Duffy hatte kein altes Mütterlein. Aber eine Kleinigkeit wenigstens hatte er noch zu erledigen. Er fuhr ein paar Meilen die Nordumfahrung entlang, bog ab in einen

Bereich von London, der zunehmend auf vornehm getrimmt wurde, und suchte einen Müllcontainer aus. Da kamen die Litschis und die Dosen rein. Dann leistete er sich im Pub einen kleinen Lunch.

Er fuhr gemächlich nach Hause und machte unterwegs bei ein paar Küchenartikelgeschäften Halt. Er kaufte Plastikbeutel in jener Größe, die bei ihm langsam zur Neige ging. Weiter schien es da nichts zu geben, was er kaufen wollte. Carol hatte das Bild von ihm, dass er Küchenutensilien hamsterte. Das war nicht fair, fand Duffy; er wollte nur von allem genug auf Vorrat haben. Der Gedanke, dass ihm etwas ausgehen könnte, war ihm zuwider.

Warum, fragte er sich, war er nicht aufgeregter, jetzt, wo dieser Job zu Ende war? Und er *war* schließlich zu Ende: Carol und Willett würden kurz mit ihrem Gewissen kämpfen, sich ein paar Gedanken machen, ob Duffy nur sehr klug gewesen oder ob da eine kleine Schiebung im Spiel war, dann aber würden sie akzeptieren, was ihnen so auf dem Präsentierteller serviert wurde; verdammt, vielleicht würden sie sogar belobigt, weil sie so nützliche Kontakte pflegten – warum sollte er sich also Gedanken machen? Und was seine Methoden anging: Na ja, dachte Duffy, in Schieber-City galt nun mal: Wer zuletzt schiebt …

Trotzdem war er nach diesem Job schwer deprimiert. Deprimiert beim Gedanken an eine Welt, in der es am einen Ende tote Babys gab und am andern tote Fixermädchen und zwischendrin einen Schwarm von unermüdlichen Unternehmern, die monatelang nur abwarteten und dann, mit Hilfe eines Nadelstichs in einem Dosenetikett, ihren Reibach machten und damit durchkamen. Auch manche seiner eigenen Reaktionen deprimierten ihn: wie gern er Gleeson umgebracht hätte, beispielsweise. Nüchtern betrachtet, hätte er das vielleicht durchaus getan, wenn das richtige Zeug in der Spritze gewesen wäre.

Nun, es gab keine neuen Methoden gegen Depressionen; da gab es nur die alten Methoden. Er machte sich schick und zog los in den «Alligator». Er kam genau zu dem Zeitpunkt, als sie aufmachten – um sechs. Er trank doppelte Whiskys, nicht sehr schnell, aber schnell genug. Es war nicht so, dass er nach einer Weile nicht mehr deprimiert gewesen wäre; es war vielmehr so, dass er anfing, sehr betrunken zu sein. Um neun Uhr kam vom benachbarten Barhocker ein Scharren und ein Hüsteln.

«Mein lieber Sir Duffy.»

Er drehte sich um. Langsam, nicht über den Hocker hinauskippen. AHA:

«Eric.» Es war dieser Typ namens Eric. Warum hatte Duffy je gedacht, dass der ungesund aussehe? Er hatte zeit seines Lebens keinen fitteren Mann gesehen. Er sah sehr gesund aus. Er sah sehr ordentlich aus. Er sah auch sehr nett aus.

«'n Drink für meinen Freund», brüllte Duffy in die Richtung, wo er den Barkeeper mehr oder weniger vermutete.

«Wusst ich's doch, dass ich eines Tages gewinnen würde», sagte Eric und bestellte einen dreifachen Wodka Tonic. «Diese Messbecher an den Bars ...», sagte er als Erklärung zu Duffy. Herrgott, Duffy sah echt betrunken aus. Eric hätte einen vierfachen bestellen sollen.

«Nun, Sir Duffy, was habt Ihr denn heute so getrieben?»

«Ah», erwiderte Duffy und drehte sich wieder zur Bar hin, teils aus Bescheidenheit über seine Heldentat, teils, um sich besser festhalten zu können. «Ich habe heute Lord Lucans Verschwinden aufgeklärt.»

Eric zwinkerte dem Barkeeper zu, als sein Drink kam.

«Ein weiterer Triumph für Duffy Security. Wie hast du das bloß geschafft?»

«Also, das war so ...» (Herrgott, der war *wirklich* besoffen.) «Er flog gerade 'n Jumbo der Air Krok ... Air Krak ... Air Kork ... Air Kaker ...»

«Air *was*?»

Aber das würde Eric nie erfahren. Duffy kippte plötzlich um in Erics Arme und schmiss dabei dessen dreifachen Wodka zu Boden. Mit Hilfe des Barkeepers hievte Eric Duffy zurück auf seinen Hocker. Duffy war sehr schwer, er brachte das ganze Gewicht des Betrunkenen zum Tragen. Er öffnete kurz das eine Auge und lächelte engelsgleich zu Eric hinüber. Seine Lippen traten unbeholfen in Aktion.

«Nächste Runde geht auf dich.»

HAFFMANS KRIMINALROMANE

Neil Barrett Jr.
Eine Flasche zeigt nicht immer nach Norden

George Baxt
Mordfall für Noël Coward
Mordfall für Greta Garbo
Mordfall für Alfred Hitchcock
Mordfall für Dorothy Parker

Arthur Conan Doyle
Das Fiasko von Los Amigos

Aaron Elkins
Yahi

Susan Geason
Haifischfutter

Erle Stanley Gardner
Die Abenteuer des Paul Pry

Geoffrey Household
Einzelgänger, männlich

Karr & Wehner
Die Gonzo-Krimis

Louis P. Laskey
Herz auf Eis

Conny Lens
Die Sonnenbrillenfrau

Bob Leuci
Der Spitzel

Kim Newman
Der rote Baron

Robert O'Connor
Buffalo Soldiers

Martin Ruf
Alexandras Augen

Damon Runyon
In Mindys Restaurant

Walter Satterthwait
Eine Blume in der Wüste

Wolfgang Schweiger
Kein Job für eine Dame

Claudia Zamek
Katzenjammer

HAFFMANS VERLAG

Romane und Erzählungen

D. W. Buffa
Nichts als die Wahrheit
Antonellis erster Fall
(rororo 22771)
«Ein ebenso intelligentes wie spannendes Buch.» FAZ

Michael Crichton
Die Gedanken des Bösen
Roman
(rororo 22798)
«Ein atemberaubend spannendes Buch.» *New York Times Book Review*

Erri De Luca
Die Asche des Lebens
Erzählung
(rororo 22407)
Das Meer der Erinnerung
Roman
(rororo 22743)

Klaus Harpprecht
Die Leute von Port Madeleine
Dorfgeschichten aus der Provence
(rororo 22746)

Jacques Neirynck
Die letzten Tage des Vatikan
Roman
(rororo 22759)
«Der Roman ist vielschichtig, verwickelt und voller Überraschungen ... voller kühner, kluger Gedanken, voller Wärme und hochunterhaltsam.» *Der Spiegel*

Chaim Potok
Novembernächte *Die Geschichte der Familie Slepak*
(rororo 22800)
«Eine ergreifende Familienchronik und eine Nachhilfestunde in russischer Revolution.» *Focus*

rororo Literatur

Nicholas Shakespeare
Der Obrist und die Tänzerin
Roman
(rororo 22619)
«Ein spannender und poetischer Roman über Gewalt, Ethik und Liebe.»
Süddeutsche Zeitung

Oliver Stone
Night Dream *Roman*
(rororo 22885)
Hemmungslos provozierend wie in seinen Filmen betritt Oliver Stone jetzt die literarische Szene. In seinem ersten Roman verlässt der neunzehnjährige Held seine Eltern, bricht sein Studium in Yale ab und geht nach Vietnam.

Wei-Wei
Die Farbe des Glücks *Roman*
(rororo 22788)
«Eine wunderbare chinesische Familiengeschichte, rührend, lebensnah und mitreißend.» *Cosmopolitan*

Weitere Informationen in der **Rowohlt Revue**, kostenlos in Ihrer Buchhandlung oder im **Internet: www.rowohlt.de**

3287/9